百部红色经典

鹰之歌

李云德　著

北京联合出版公司
Beijing United Publishing Co.,Ltd.

图书在版编目（CIP）数据

鹰之歌 / 李云德著. -- 北京：北京联合出版公司，
2021.5（2026.1重印）

（百部红色经典）

ISBN 978-7-5596-5252-2

Ⅰ.①鹰… Ⅱ.①李… Ⅲ.①长篇小说－中国－当代
Ⅳ.①I247.5

中国版本图书馆CIP数据核字(2021)第073655号

鹰之歌

作　　者：李云德
出 品 人：赵红仕
责任编辑：李艳芬
封面设计：李雅楠

北京联合出版公司出版

（北京市西城区德外大街83号楼9层 100088）

北京新华先锋出版科技有限公司发行

天津联城印刷有限公司印刷　新华书店经销

字数204千字　787毫米×1092毫米　1/16　15印张

2021年5月第1版　2026年1月第2次印刷

ISBN 978-7-5596-5252-2

定价：49.00元

出版前言

　　为庆祝中国共产党成立 100 周年，全面展现中国共产党成立以来中华民族辉煌的发展历程、取得的伟大成就和宝贵经验，集中体现中华民族的文化创造力和生命力，北京联合出版公司策划了"百部红色经典"系列丛书，希望以文学的形式唱响礼赞新中国、奋斗新时代的昂扬旋律。

　　本套丛书收录了近一百年来，描绘我国人民在中国共产党的领导下艰苦奋斗、开拓创新、改革开放的壮美画卷，充分展现我国社会全方位变革、反映社会现实和人民主体地位、弘扬社会主义核心价值观、讴歌中华民族伟大复兴中国梦的 100 部文学经典力作。

　　本套丛书汇集了知侠、梁晓声、老舍、李心田、李广田、王愿坚、马烽、赵树理、孙犁、冯志、杨朔、刘白羽、浩然、李劼人、高云览、邱勋、靳以、韩少功、周梅森、石钟山等近百位具有代表性的中国现当代著名作家。入选作品中，有国民革命时期探索革命道路的《革命的信仰》《中国向何处去》，有描写抗日战争的《铁道游击队》《敌后武工队》《风云初记》《苦菜花》，有描绘解放战争历史画卷的《红嫂》《走向胜利》《新儿女英雄续传》，有展现新中国建设历程的《三里湾》《沸腾的群山》《激情燃烧的岁月》，有寻找和重建民族文化自信的《四面八方》，也有改革开放后反映中国社会现状、探索中国道路的《中国制造》，同时还收录了展现革命英雄人物光辉事迹的《刘胡兰传》《焦裕禄》《雷锋日记》等。

本套丛书讲述了丰富多样的中国故事，塑造了一大批深入人心的中国形象，奏响了昂扬奋进的中国旋律。这些经历了时间检验的文学作品，在艺术表现形式、文学叙述方式和创作技巧等方面都具有开拓性和创造性，作品的质量、品位、风格、内涵等方面都具有很高的水准，都是有筋骨、有道德、有温度的优秀作品，很多作家的作品都曾荣获"五个一工程奖""茅盾文学奖""鲁迅文学奖""国家图书奖"等奖项。

为将该套丛书打造成为集思想性、艺术性、时代性为一体，展现新时代文学艺术发展新风貌的精品图书，北京联合出版公司成立了由出版界、文学艺术界的资深专家和学者组成的编辑委员会。他们从文学作品的历史价值、文学价值、学术价值、现实意义等维度对作品进行了深入细致的研读和筛选，吸收并借鉴了广大读者的意见与建议，对入选作品进行深入细致的分析与综合评定，努力将"百部红色经典"系列丛书打造成为政治性、思想性和艺术性和谐统一的优秀读物，向伟大的中国共产党成立100周年这一光荣的日子献礼！

目 录

第一章 [1]

　　乌云接去西坠的太阳，暮色就迅速地笼罩了群山。披着白雪的群峰的色彩变暗了，远处的高峰，青虚虚地插入云霄，顶端已难与云彩分开。雪线下的大森林，在雾霭霭的暮色中，莽莽苍苍的显得有些神秘。这时候，勘探员们从峡谷里、石峰顶、山梁上，互相招呼着奔向宿营地。

　　爬上岩壁的佟飞燕，听见人们招呼，抬头望望天空，望望被暮色笼罩的山野，意外地感到天黑得太快了。她不大情愿地把铁锤插在腰间的皮带上，系了系脖子上的红毛绳围巾，背起矿石袋往回走。

　　风很大，吹得乌云疾驰，黑乌乌地遮住蓝天。鸟儿都投林归宿了。只有一只花膀子山鹰，还高傲地独自飞翔在寒冷的苍空中，一双阔大的翅膀一动不动地张开着，慢慢地但又轻捷地在云端飞翔，还望着下边嘹亮地啼着。山鹰的啼声引起佟飞燕的兴趣，她仰脸望着空中的山鹰，一边走一边学着鹰啸。她学的很象，引逗得山鹰跟她呼应起来。

---

[1]　《鹰之歌》是李云德的代表作。其作品在字词使用和语言表达等方面均具有鲜明的时代特色。此次出版，根据作者早期版本进行编校，文字尽量保留原貌，编者基本不做更动。

"叽溜溜，叽溜溜……"她一声接一声地啸着。她那红润润的脸上，闪闪发光的大眼睛里，都洋溢着青春的朝气，心里有无限的快感。她头戴狐狸皮帽，身穿一件青大衣，腰间系着一条宽皮带，斜插花挎着水壶和背包，足登一双翻毛皮靴，打扮得俐俐落落的，若不是她系着红围巾和垂着两条辫子，谁都会认为她是个英俊的小伙子。她家原住在太行山区，父母都是革命军人，自小就随着父母过惯了游动生活。她在高中毕业后，觉得地质勘探工作很适合自己，没跟父母商量就考入了地质学院，然后才告诉父母说她决心当个工业建设的侦察兵，毕业后要进山"打游击"。她由地质学院毕业后已经在深山里跑了四年多。险峻的山峰，苍茫的森林，自然界的变化，在她看来都非常美丽，乐趣无穷，她对自己的职业充满着豪迈感。

今天，佟飞燕分外愉快。听说分局给派来个女医生，她有了个女伴。更使她高兴的是，葛锋就要来了。

葛锋是她父亲的老部下、老战友，她早就从父亲的信中知道了葛锋。葛锋转业来分局时她就想跟葛锋见面，现在终于快见面了。

佟飞燕正啸得起劲，忽听树丛中有一声响动，跳出一条浑身一色黑的狼狗。她吃了一惊，忙往后退了两步。这时，有个老头咳嗽一声，分开树丛走出来。老头穿着一身没有布面的山羊皮袄，手里提着一杆猎枪，肩上背着十多只野兔和山鸡。他的紫黑色的脸上，长着花白的大胡须，两只久经风霜锻炼的亮眼睛，那么出奇地盯着她。她有些发楞，心想：瞧，从哪儿出来的这位老山神爷啊！

老头打量她一阵，说："姑娘，你学的象极了，不用说是山鹰，连我都被你骗啦。你是猎人家的孩子吗？"

佟飞燕听说老头被她骗来，禁不住地笑了，说："不是，我爸爸是位解放军。我这是跟老地质工孙大立学的，他曾经是大兴安岭的一位出色的猎人。"

老头表示理解地点点头，重新打量着佟飞燕。他早已知道云罗山下来了找矿队，可没想到找矿队里还有女的。

佟飞燕往老头跟前走几步，看猎狗竖着双耳盯着她，便站下笑嘻嘻地说："老大爷，你使我吃了一惊，我以为这一带没有人烟呢，没料到会遇上你，还有你那把大白胡子，冷眼看起来真使人惊奇。"

老头捋着胡子哈哈大笑，说："若那么说，你把我当成个怪物啦。可你也叫我惊奇，我听见有人学山鹰叫，寻思是我的同行，跑过来一看，原来是你这个红脸蛋的姑娘。不用说，你对深山是很熟了。"

"我在深山里跑惯了，深山里的一切都怪有意思。"

"一切都怪有意思。"老头在心里重复这句话，这句话他很喜欢，觉得姑娘跟自己很投缘，从内心里喜欢她。他笑咪咪地说："姑娘，你们是多咱来到这里的？"

"我们来到这一带有一个来月啦，还要继续勘探下去呢。"

"好啊，这一带山区是个宝地，能不能找到宝就看你们的神通了。"老头很想向她讲讲周围的名山胜景，讲讲这一带山区出产的野兽，他看天黑了就改变了主意，从肩上取下一对野鸡，托在双手上，说："姑娘，你接着，这是我老汉送给你的见面礼。"他说着双手一扬，把野鸡向佟飞燕扔过去。

佟飞燕不能怠慢，赶紧用双手接住。她有些难为情地说："老大爷，我不要，你还是带回去吧！"

老头摆了摆手说："我是个深山粗人，不会客套，我今天能在这里看到你这样的姑娘，我太高兴啦，姑娘，你快回去吧，天黑了，你在深山里活动可要加小心啊！"他说完招呼猎狗，转身向林里走去。他一边走一边哼着山歌。

佟飞燕目送老头消失在森林里，欢喜地想："这老头，真是一个有趣的老头。"她抬头望望天空，山鹰已不见了。她把野鸡搭在肩上，加快脚步往回走。

宿营地设在云罗山麓，离小溪不远，靠避风处搭起一排白色帆布帐篷，座座帐篷都飘着缕缕青烟，帐篷顶上插的小红旗，迎风生气勃勃地摆动。从帐篷里传出愉快的说笑声、拉胡琴声，整个宿营地给人以温暖舒适的感觉，强烈地吸引着在山野里奔波了一天的勘探员们。

佟飞燕把野鸡送到厨房，走进了队部的帐篷。

帐篷里的光线很暗，地上燃着一堆火，烟气腾腾的。队长鲁云超披着一件皮大衣，竖起皮领子遮住半边脸，站在化学玻璃的小窗口前望着外边。他听见脚步声，回头瞅一眼佟飞燕，向她点点头，又转脸继续望着外边沉思。工程师陈子义坐在桌边埋头看岩石，他已经是六十一岁的人了，眉毛和胡子已苍白，但脸色红润润的，腿脚很俐落，精神很好。他嘴里叼着个磨得鲜红锃亮的烟斗，一口接一口地喷着烟。

佟飞燕从脖子上取下红毛绳围巾，挥舞着赶面前的烟，皱着眉说："哎呀，陈工程师，帐篷里的烟这么多，你还吸烟哪！"

陈子义微微一笑，用大拇指按了按大烟斗里的烟，仍然放在嘴里。他向鲁云超指一下，示意小佟别大声说话。

佟飞燕在桌边坐下，悄悄地打量着两个人，这种沉闷的气氛使她不痛快。她坐了一会儿，忍不住沉默地站起来走到鲁云超的身旁问：

"鲁队长，孙大立进城去接葛队长他们回来了吗？"

鲁云超摇摇头说："还没有到。"他继续望着青虚虚的云罗山峰沉思。他是在二月下旬带领地质普查队来到了云罗山下，那时候对云罗山的矿点抱的希望很大，可是冒着严寒勘探了一个多月，发现云罗山的铁矿床很不规整，矿石的含铁量较低，埋藏量又少，没有工业价值，因此希望落空了。根据地质分局的指示，普查队还要在这一带山区继续勘察，可是没有线索，山高林密，技术力量又薄弱，下一步真是困难重重啦。他向地质分局写一份报告，要求增派几名有经验的技术人员，可是分局连一个技术人员都没派，而把五二一勘探队的副队长葛锋派来。他觉得派个葛锋来是说明自己领导不力，这分明是分局领导不信任自己，因此心里很不痛快。

佟飞燕凑近小窗口前，朝山峰上望望，暮色很浓了，云罗山的主峰已被云雾遮掩，连峰顶上的树木都看不清了。

沉默了一会儿，鲁云超向佟飞燕说："小佟，你看我们对这一阶段的工作应该怎么样评价？"

"我还没想过这个。"佟飞燕思索了一下说，"我们这一阶段的工作很艰苦，可是收效不大，没有找到合乎理想的大矿床。"

"是呀！"鲁云超感慨地说，"我们不顾严寒，打破过去的惯例来到了云罗山，冒寒风踏冰雪，克服很多困难勘察了云罗山，谁知道云罗山的矿床很不理想，没有工业价值。这是我们无能吗？这是山里没有啊！"

鲁云超离开小窗前，用两手掩紧大衣，慢慢地踱着步子，嘴里喷的青烟在他后面飘散开来。他心里很烦躁。

外边响了两声清脆的响鞭，佟飞燕知道是孙大立回来了，急忙跑了出去。她出门一看，孙大立已拉着马走向马棚，但不见葛锋和女医生。她向孙大立喊了一声，老孙转回头，用鞭子往沟膛子里一指说：

"葛队长在后边啦！"

佟飞燕手打凉棚往沟膛子望望，看见在暮色茫茫的沟膛子里有个人。那人高高的个子，穿着灰大衣，头戴皮帽子，大踏步地走着，背上背的大草帽被风刮得一扇一扇的。她情不自禁地向前迎去。

葛锋随孙大立爬下南山后，看女医士白冬梅在马上冻得发抖，就让孙大立催马快走，因此落在后边。他远远地望见了帐篷，心情就很愉快，又看见有人迎来，更加快了脚步。稍近，他看见是个女的，知道迎来的人一定是佟飞燕，便高兴地扬起手臂喊：

"佟飞燕同志，你好！"

"你好！"佟飞燕喊着跑上前去，到近前向葛锋伸出手说："你走了这么远的路，累坏了吧？"

"路上搭了很长一段大车，没怎么累着。"葛锋热情地跟佟飞燕握握手，提醒她说："佟飞燕同志，你怎么不戴上皮帽子，天气很冷，小心别感冒了。"

佟飞燕对于葛锋的关怀感到很高兴，笑着说："没关系，我的身体很结实。我们女孩子不喜欢戴皮帽子，一捂上毛茸茸的皮帽子就光想睡觉。"她掠了一下头发，欢喜地瞧着葛锋。葛锋黑黝黝的脸膛，高高的鼻梁，两道浓眉下闪动着一双机敏的亮眼睛。过去她看到过葛锋的照片，今天虽然是初次见面，却觉得对他熟得很。

葛锋很喜欢佟飞燕的爽朗性格。他在军队里见到不少这样的姑娘，热情泼辣，刚毅要强，在战场上不怯阵，在任何艰苦情况下都是那么爽朗乐观。他觉得一个女孩子有这种性格是可贵的。他从佟飞燕红润的脸上，光芒四射的亮眼睛里，和她那爽快的语言里看出她有那些特征。他问：

"最近你父亲有信来吗？"

"没有。"佟飞燕笑嘻嘻地说，"他在边疆，我在深山里，通信很不方便。连我们在一个分局里，通封信还得一二十天。"她忽然想起来，说："嗳呀，看我，光顾跟你说话，快到帐篷里暖和暖和吧！"

葛锋愉快地笑了。

这时，鲁云超、陈子义和一群勘探员都迎出来。葛锋跟人们打过招呼后，随鲁云超等人走进帐篷。

葛锋走进门就放下东西，敞开大衣在草铺边坐下。他好奇地打量着帐篷，打量着同志们，对新的住所，对新的同志都有种亲切的感情。他由口袋里掏出一封信，站起来交给鲁云超，说：

"老鲁，这是介绍信。"

鲁云超接过信，见写：调葛锋同志任普查队党支部书记，鲁云超同志专职任行政队长。他看完把信往桌子上一放，说：

"好啊，我早就盼望有个人来，队虽小，可是麻雀虽小肝胆俱全，事情很繁杂，你来了，我就可以松口气了。"

葛锋说："你可别松气，你情况熟，业务也熟，一切还要依靠你！"葛锋敏锐地察觉到老鲁情绪不对。他考虑到以后的相处，既要建立起同志式的友谊，又要坚持原则，出色地完成组织上交给的任务。看来争论还在后面哩！

佟飞燕点上了灯，有人抱来一些木柴，把火燃的很旺，烤得帐篷里热乎乎的。大家都坐下来，想听听葛锋从分局里带来了什么新消息。

鲁云超想了想又问："老葛，分局对普查队的工作有没有新的指示？"

"任务按原先的没变，分局只向我们提出任务要求，具体计划让咱们根据情况制定。队上报给分局的勘探计划分局没表示意见，让我们自己研究确定。"葛锋脱下大衣，从挂包里掏出计划稿，交给鲁云超。

鲁云超接过来，翻了翻就放在桌子上。他对分局很不满意，心想："计划是经队里研究后制定的，还研究什么呢！现在只有这么干了。"他没有多考虑，就向葛锋说：

"老葛，这份计划你看过了，你又明了分局领导的指示精神，你有什么意见？"

幸亏葛锋有所准备，不然这一军就给将住了。他由孙大立的嘴里了解到，勘探云罗山落空后，队里从领导到勘探员都有种灰溜溜的失望情绪，觉得要把勘探工作更好地开展起来，首先要克服这种情绪。他扫了在座的人们一眼，说：

"我认为，全队人员经过跟风雪搏斗，克服了种种困难，勘探清了云罗山，虽然没有工业价值，对这一段工作也要作充分的估价。通过勘探清云罗山，使我们对这一带山区的地质情况有了进一步了解，也给我们下一步的勘察提供了经验。这一点应向队员们讲清楚，要打消那种失望情绪，不能灰溜溜地，要鼓舞斗志，高昂的士气是战胜困难的重要条件。"

佟飞燕同意地点点头。她瞅瞅陈子义，老工程师显然是对葛锋的话很感兴趣，静悄悄地望着葛锋。

鲁云超点起一支烟，眯缝着眼睛吸了几口，又接着问："你对下一步勘探计划有什么意见？"

葛锋看人们都瞅着自己，沉思了片刻，说："我刚来到这里，不了解情况，对勘探计划提不出什么恰当的意见。不过我想，我们的勘探计划，一切要从找到矿出发，不要只是从普查地质填图着眼，不要降低质量去追求进度。"

鲁云超皱起了眉头，对葛锋对勘探计划提出异议很不高兴。他扫视了人们一眼，转脸向葛锋说："你一定有很好的意见啰！"

"我吗？"葛锋微笑着说，"我也没啥好意见，我们面前确是摆着许多困难，技术人员较少，仪器也不足。因此，除了按计划展开填图勘察以外，我们还要很好地联系当地群众，发动羊倌、樵夫、猎人和山区农民报矿，这样就会改变目前孤军作战的形势。"

鲁云超提醒地说："我们已经在乡下贴出广告了，从来也没有人报矿。"他说完扫了人们一眼，微微一笑。

葛锋明白鲁云超微笑的意思，只是没有理会，仍从容不迫地说："我想，只贴几张广告不行，得抽出部分力量去联系、去发动，对于有些老山林通，要登门访问，去动员他、指导他。比如说，今天路上有个车老板告诉我说，这附近山里有个老猎人，名叫刘老槐，有七十来岁，是这一带山区的活地图。这样的人，就很可能给我们提供找矿线索。"

"对啦！"佟飞燕高兴地向葛锋说，"你说的刘老槐，可能就是我遇见的老猎人，那个老头有一把花白的胡子，我刚看见就一楞，咦，哪儿出来个老山神爷。"

葛锋感兴趣地问："他住在哪儿？"

"我没有问。"佟飞燕后悔自己没留心，脸色有些发红。

这时，炊事员老刘喊开饭。鲁云超把烟头扔进火堆里，站起来向葛锋说："这份计划我跟陈工程师等人都研究过了，大家的意见都一致，你看还需要再研究吗？"

葛锋看出鲁云超是在坚持己见，心里很不痛快，暗想：象勘探计划这样重大问题怎么能不经过支委会研究呢？他在分局时就听说老鲁的情绪不对头，果然不假。他不动声色地瞅了鲁云超一眼，坚定地但是用商量的口吻说：

"我看还是进一步研究一下好，大家多研究研究，会使勘探计划订得更妥当些，使工作开展的更好些，你说呢？"

鲁云超紧锁着眉头，老半天才说："好吧！"他慢腾腾地坐下来，重新点起一支烟。他反感地想："看来葛锋是要来扭转落后面貌来了，新官上任三把火，不提出点新问题，不搞出点名堂怎么能行。可是谁能吃几碗干饭都是众所周知的，我倒要瞧瞧你会搞出什么新的名堂！"

帐篷里静了，大家都默默不语，各人有各人的思想活动，但都为如何能尽快找到矿而着急。矿，真是踏破铁鞋无处寻。山野里的风很大，卷得森林呜呜呼啸，帐篷也被吹得呼呼啦啦响。

第二章

　　散了后，佟飞燕赶紧往厨房里跑，跑进厨房一看，女医士不在，一打听知道女医士已经吃完饭到自己住的帐篷里去了。她没顾得吃饭就往回跑。她跑到自己住的帐篷跟前，见帐篷里已点上灯，女医士站在地上，盯盯地在看篷布上的画，她高兴地掀开帐篷的门闯进去。

　　女医士白冬梅一转身，使佟飞燕暗吃一惊。白冬梅生得娇小清秀，穿着雪白色的毛皮大衣，肩上披着白毛绳围巾，辫梢拴着白绫子。浑圆形的白脸蛋，秀气的小鼻子，毛茸茸的浓眉下，衬着一双深沉的大眼睛，文静地微笑着，两腮上的小酒窝实在动人。她看着情不自禁地上前拉住小白的双手，爱悦地说：

　　"你太漂亮啦，白雪公主！"

　　白冬梅文静地笑了，颇为赞赏地打量着全副装备的佟飞燕，说："不用问，你定是佟飞燕同志了。你跟我想象的完全不一样，我听人说，你攀登悬崖高峰象一只雄鹰，深山老岳、荒野森林任你走，夜里也敢在深山里活动，大喊一声就会把野兽吓跑，我以为你是个顶天立地的人，又高又大，威武壮实，原来是这样一个红脸蛋姑娘。"

佟飞燕爽朗地咯咯笑起来，一边卸身上的装备一边说："谁替我这样吹嘘，我哪来的那么大的能耐，还很缺乏锻炼呢。"她从心里欢迎白冬梅，过去队里就自己一个女的，总觉得孤单些，这回可有伴了。她卸完东西，在白冬梅身旁坐下，亲切地说：

"咱队光我一个女的，我听说你要来，就天天盼，到底把你盼来啦！"

白冬梅很喜欢小佟，觉得小佟热情爽快，跟她在一起一定不会寂寞。她说："我是初次进山，一点也没有经过锻炼，你要多帮助我哟。"

佟飞燕摘下帽子，坐在草铺边，一边梳头发一边说："这没有什么关系，你在开头可能会碰到一些困难，什么事都是开头难，只要你下定决心，经受得住开头的考验，以后就好办了。"她扫视了白冬梅一眼，又接着说："我开始进山勘探时也是一样，感到困难重重，想家，想我的妈妈，想我的弟弟，甚至还经常做回家的梦，偷偷地捧着打满血泡的两脚哭过。可是经过这四年来的锻炼，我算深深地爱上了这个工作。我们脚上的泡不能白打，在我们的脚印走过的地方，宝藏被开发出来。我前年参加勘探的一座矿山，现在已经大规模开采了，听说有五千多人在哪儿工作，山沟里盖起楼房，修起了铁路，一想到这些，我们干起工作来就浑身是劲了。"

白冬梅感兴趣地听着，受到了很大的鼓舞和启发，暗自在心里下定决心说：我会经受得住一切考验的。她拿起小梳子，帮助佟飞燕梳头发。问：

"你看见了葛锋队长了吗？"

佟飞燕说："看见了，他现在不是队长了，是我们普查队的党支部书记。"

"是啊。我们有这么个党支书很好。这人，平易近人，路上给我讲了好多勘探故事，那些故事动人极了。"白冬梅忽然想起来，说："他在路上还讲起了你。他说他跟你父亲在一个部队里呆了十来年，转战在祖国各地，还一同去朝鲜打过美国鬼子。现在转业来地质部门又跟你在一起工作，他说他很高兴。"

佟飞燕听着小白在夸葛锋，心里非常高兴。她早就从爸爸的来信里了解葛锋的为人，葛锋转业来分局时她正在深山里勘探，后来葛锋又被派到五二一勘探队去当副队长，到别的山区去了。她很想和葛锋相处，只是没有机会，这次调葛锋来，正如她的心愿。她乐得介绍说：

"葛锋跟我爸爸可好了。他是个孤儿，十几岁就参军，他是在军队里长大的，到现在也是没家没业，听说前年从军队里转业时，别人都回家探亲，他没个地方去，在假期里只去打了两天猎，马上就到分局上班来了。"

白冬梅见佟飞燕对葛锋的情况知道的这样细，又那样兴奋，感兴趣地盯着佟飞燕。佟飞燕看小白的眼光很重，发觉这丫头有种鬼想法，脸色一阵发红，避开小白的眼光。

外边的风很大，刮得篷布摆动，钉在篷布上的画噗啦噗啦响。白冬梅禁不住又注意起那张风景画。画上画的是：在险峻的高峰下，立着几所白色帐篷，还有一片苍茫的森林做衬景。标题是"勘探员之家"，冷眼看还看得上眼。署名是罗伟。罗伟是她的未婚夫，这一点谁也不知道，她来以前连罗伟也没有告诉。静默了一阵，她腼腆地向佟飞燕说：

"佟姐，罗伟住在哪个帐篷里，你领我去看看他好吗？"

"罗伟？"佟飞燕抬起头来瞧着白冬梅，从小白的腼腆神情中明白是怎么一回事。说："你怎么不早说，我去把他找来算了！"她笑着打了小白一掌，掀开门帘跑出去。

帐篷里留下白冬梅一人，她理了理头发，整了一下衣服，怀着急切的心情等着罗伟。她是她妈妈在丈夫死后生的梦生，虽然她还有两个哥哥，妈妈对老女儿很偏爱，娇惯得使她性格脆弱乖娇。在小白初中毕业时，妈妈主张让小白去学医，说这个职业对她最适合，她也很同意妈妈的主张，就入了医务学校。那时候她打算等毕业后留在城市某个医院里，守家在地不离开妈妈。这个脆弱的姑娘，在学校党团组织的教育下，逐渐变得坚强起来。自从跟罗伟恋爱后，对地质勘探生活发生了兴趣，觉得在人烟稀少的深山里工作是豪迈的事情。临毕业时，她响应党组织的号召，要求到艰苦的地方去工作，特别是听说地质勘探部门需要医务人员，她要求的更加坚决。她的行动使学校领导和同学们都感到意外。后来知道她的爱人是地质勘探员，就批准了她的请求。她这个行动也使妈妈大吃一惊，可是怎么办呢？儿大不由娘，也只好让她来了。

稍时，罗伟匆匆跑来。他一进门就站在那里，惊异地瞧着白冬梅。

风把油灯吹得东倒西歪，白冬梅忙护住了灯，扭转半个身子看去。罗伟没有什么变化，身材端正而匀称，穿着黑皮面大衣，戴着皮帽子，清秀的脸膛上衬着一双雪亮的眼睛，嘴巴上有着青虚虚的小胡楂子，虽然满身风尘，还是那么漂亮潇洒。她欢喜地嚷：

"瞧你，象个大傻瓜，还不赶快进来，风把灯都要吹灭了。"

罗伟亲热地上前握住小白的手，注视着她说："你为什么不跟我商量一下就这么突然的来了？"

白冬梅文静地微笑着说："我干嘛要跟你商量呢，我是想使你出其不意，突然到来让你吃一惊！"她得意地向罗伟呶呶嘴。

罗伟说："方才小佟说女医士就是你，我以为她是骗我，说什么也不敢相信。我得说：你这是胡闹，太欠考虑啦！"他说着皱起眉头。

白冬梅见罗伟的神色不佳，生气地挣出双手，后退了一步说："照这么说你是不同意我来到这里工作呗？"

"你该跟我商量一下才对！"罗伟感情深重地说，"冬梅，你应该考虑一下你的条件，你是个医士，不是个地质勘探员，到这里无论从你的技术进步和前途着想都不上算，特别是你的身体单薄，在这样的环境里奔波，真叫人担心。"

白冬梅的脸色冷落下来，原来想：自己突然出现在他的面前，他会欢喜若狂，不料他却表示了不同的意见，这使她很不高兴。她闪动着一双深沉的眼睛，静静地凝望着他。灯苗被风吹得摇摇摆摆，映得她的脸色忽明忽暗。

罗伟看小白的神色都变了，只得温存地安慰她说："冬梅，你不要不高兴，我不过是替你着想说这么几句，实际上你来了我非常喜欢。你来了，就好象黑夜里升起一轮明月，照得我的心里非常亮堂。这说明爱情的力量是无穷的，我从内心里感动。"

白冬梅对他这一套浮华而虚伪的话很反感，在草铺边坐下，脸扭向灯光，赌气地撅着嘴巴。

罗伟站在白冬梅的身边，颇为欣赏地打量着她，才两个月的时间没见面，她似乎瘦了点，更加美丽了。尽管她不高兴，还是那么文静。他情不自禁地拉住小白的手说："你呀！你呀！"讨好地笑了。

白冬梅推开了他，站了起来，拨一下灯花，说："你进山这么些日子，向我介绍一下这里的情况，讲个什么勘探故事也是好的，嬉皮笑脸的。"她向罗伟呶呶嘴，神情还不高兴。

"你不是都看见了嘛，白天要去爬那些高山峻岭，晚上就睡在这样冰冷的帐篷里。"罗伟在草铺边坐下来，叹了一口气说："深山可不象咱们在家时想的一样。那时候翻开一张画着雄伟的山峰和苍苍林海的风景画，觉得美丽壮观，旅行时登上一座象样的山就欢喜若狂。那是欣赏好玩，这要成年累月地跟它打交道，要生活在这里，这生活又艰苦又单调，有什么好讲的。"

白冬梅听着罗伟这样灰溜溜的声调，心里很不高兴。她来到队里，看到每个人都是生气勃勃的，以为罗伟也会那样，会给自己以鼓舞，谁知他竟给自己泄气。

沉默了一会儿，罗伟指指篷布上的画问："冬梅，你看这幅画怎样？"

白冬梅看了画一眼，说："这幅画比你早先画的那些画好多了。"

"是吗？"罗伟听了很高兴。"这是我入山不久画的，小佟也说画的不坏。说实在的，我的理想是搞美术，悔不该听信陈子义老头的话搞上了地质勘探。搞美术该有多么好，手拿画笔，画不尽的青山绿水林海奇峰和美丽的少女。"他突然发现了老工程师陈子义，立刻变颜失色，慌忙地站起来。

陈子义的脸色冷若冰霜，推了推眼镜，注视了罗伟有好几分钟，说："搞美术也不是那么轻松，要想搞出成就也需要付出艰苦的努力，呕尽心血。好逸恶劳，只能是一事无成。"他慢腾腾地走进来，跟白冬梅打个招呼，两眼还注视着罗伟，感情深重地说："让你搞地质勘探是你父亲的意思，你才刚刚开始工作，怎么能谈到后悔呢？你现在还不到后悔的时候，现在不努力，等到象我这样秃了顶，那时候后悔可来不及了！方才我听小佟说起白冬梅姑娘，知道了你们的关系，我高兴极了，难得她不怕艰苦到这里来。咳，你呀，你呀！"老头难过地摇摇头，不说了。

罗伟受不住老头的锐利眼光，低低垂下头。他暗暗在心里骂道："见鬼，这个倒霉的老头子，让我当着小白的面难堪！"

白冬梅不知道该怎么样称呼陈子义，直给罗伟使眼色，罗伟也没注意，气得她满肚子都是火。她控制着自己的情绪，向陈子义说：

"您请坐！"

陈子义打量一眼白冬梅，说："我不坐啦。姑娘，你来的很好，队里正缺少个医生，在这个人烟稀少的地方活动，没个医生怎么能行。希望你们能够互相鼓励，互相帮助。"老头说着向白冬梅点了点头便走出帐篷。

天气阴沉，没有月亮，没有星光，山野里黑压压一片。风很大，吹着森林喧闹不休。陈子义出得门来，被一阵风吹得倒退了几步，片片雪花迎面扑来，老头禁不住地"呀"了一声，真见鬼，清明都过了，天还下雪。他掩紧大衣，瞅瞅各个帐篷，各个帐篷里都点着灯，帐篷被风吹得呼啦啦摇摆，在黑茫茫的山野里，帐篷显得孤伶伶的，给人以冷清的感觉。

陈子义这时的心情很不好，很生罗伟的气。他跟罗伟的关系不同寻常，老头跟罗伟的父亲罗伯瑞是亲密的朋友，二十几年前他跟罗伯瑞在深山里勘探，罗伯瑞不幸被匪徒打伤。罗伯瑞在临死之前，拉住他的手托咐他照顾寡妻孤儿，他满口答应了。当时他准备全部负担罗家母子的生活，可是罗伟的妈妈王淑华不同意，领着两岁的罗伟归到她哥哥那里去。王淑华的哥哥是个办洋务的商人，她去了后就成了哥哥的助手，后来跟英国老板艾姆唐拉同居了。解放前夕她从英国人手里搞些金银珠宝，跟哥哥合伙搞了个很大的百货店，至今还拿着定息。罗家母子的生活没用他操心，对罗伟他可一直放在心上。当罗伟高中毕业时，老头建议他去学地质，王淑华知道这是亡夫的意见，同意了陈子义的主张，罗伟也就入了地质学院。在罗伟毕业时，老头几次向组织要求，组织上把罗伟调到跟他一起。老头满心要培养罗伟，要把自己多年来积累的丰富知识传给罗伟，可是罗伟却埋怨起自己来，这使他很伤心。

陈子义紧走几步走回帐篷，帐篷里的人已睡去，只有葛锋还坐在桌边，借着微弱的灯光看资料，他对葛锋这样勤奋很尊重。多年来他看到很多党的干部都是那么如饥似渴地钻研技术业务，这些人很快由外行变成内行，领导得很有力。他赶紧掩上门，轻手轻脚地走到草铺边，压低声音说：

"葛书记，你还没有睡呀！"

葛锋抬起头来，看陈子义的脸色不佳，感到有些意外，头回佟飞燕跟老头讲起白冬梅和罗伟的关系时，老头很高兴，现在脸上的高兴神情全部溜光了。他放下资料，说：

"陈工程师，你去看白冬梅去啦！"

"是啊！"陈子义拍打一下身上的雪花，坐下来说："她是个好姑娘。葛书记，你在看什么？"

葛锋说："我看些有关资料，熟悉一下情况。陈工程师，你对这一带山区怎么看法，能有矿吗？"

陈子义说："根据勘察的资料，根据这一带山区的地质构造的各种迹象来看，这一带山区很可能有铁矿，值得下力量勘察。"

葛锋很相信老头的看法，分局就是根据老头的意见决定普查队在这一带山区勘察。老头的意见是根据科学和凭多少年的经验作出的，这就是说要树立在这一带山区找到大矿的信心。他很想跟陈子义谈谈，看夜已很深了，又怕影响人家睡觉，便放弃了这个打算，把东西收拾起来，向陈子义说：

"陈工程师，睡觉吧，夜已深了。"

葛锋在临睡前，把地上的火搞好，披上大衣走出帐篷，准备到各帐篷去看看。这是他在军队里养成的习惯，临睡前一定要去看看战士们睡没睡好，转业来到地质勘探部门这一年多，继续保持这一生活习惯，睡前不去检查一下勘探员睡的好不好，自己的觉是睡不好的。

宿营地的全部帐篷里都熄了灯，有的帐篷还闪着微弱的火光，那是勘探员们留下的火，大家都钻进睡袋里睡了。葛锋对勘探员们的生活条件很不满意，老鲁对生活抓的不够，队员们吃的不够好，连新鲜蔬菜都吃不上，住的虽然只有住帐篷，但要搞得暖和些。比方说，晚上用一个人负责给各帐篷看住火堆也会使队员们睡得舒适些。葛锋听孙大立说，有的队员抱怨，老鲁就说："行啦！我的好同志，这里是深山老岳，让我上哪儿给你搞那么好呢？"队员们看队长跟自己吃的一样，也是睡那样冰冷的帐篷，意见也就不大了。虽然如此，葛锋觉得还是应该尽量把生活搞得好一些。

葛锋轻手轻脚地走进一所帐篷，看地上的火已经要熄了，队员们沉沉地睡去。他往火堆上加了一些柴禾，拿起一个草帽扇了扇，火着了起来。他借着火光看看睡着的队员们，孙大立合衣仰卧着，两只靴子露在被子外，胡子上挂着唾沫，睡得很香，身边放着猎枪，象是有什么动静随时就可以跳起来。挨孙大立身旁的小伙子弯曲着身子，蒙头盖脸的象个龙虾。有个小伙子很平静地躺着，脸上还流露着文静的微笑。睡在最边上的一个小伙子可不老实，又是打呼又是咬牙，支着两腿，伸张双臂，把盖在身上的大衣推掉了。葛锋亲切地看着队员们的各种睡相，觉得怪有意思。他给几个人盖盖大衣拉拉被子，便轻手轻脚地走出去。

葛锋出得门来，往各帐篷望望，见厨房里闪着一线灯光，就往那儿走去。掀开门一看，帐篷里很暗，一盏油灯用纸挡上了半面，管理员石海伏在草铺边在搞什么。他诧异地想：天这么晚了，管理员还在搞什么呢？

石海看见了他，显得有些慌张，忙用大账本压起一堆条子，站起来说："葛书记，你还没睡呀！"

"还没睡。"葛锋走进来，往草铺上扫了一眼，然后把眼光落在石海的脸上。石海瘦削的脸颊黄焦焦的，嘴巴上蓄着很重的胡髭，眼睛一眨一眨地瞅着他，神情很不自然。他不加理会地说："天这么晚了，你怎么还忙呢？"

石海强作镇静地说："我整理一下账目，白天总是倒不出工夫。"他说完眨了眨眼睛，又补充说："家里外头都是我一个人，交通不方便，到农村买也不好买，运也不好运，困难很多，就得紧跑啊！"

葛锋对石海这一大套解释很反感，说："睡吧，别太辛苦啦！"

"我就睡！"石海瞅了葛锋一眼，一边收拾账本和条子，一边说，"普查工作就是辛苦，那些勘探员们，每天起早贪晚，不顾风不顾雪，爬山越岭去勘察，叫人看了深为感动。我能为这些人服务感到无上光荣，忙点累点也高兴。"

葛锋不喜欢管理员这样做作，但还是鼓励了石海几句。他扫视了帐篷一眼，光线很暗，看不清整个帐篷，炊事员们另搭草铺，管理员自己在这一边，边上堆放着粮食、材料等物，还挂着一个布帘，隔成了一个单间。看来这里是钱粮重地，别人是不准随便到这里的。

石海收拾好东西，让葛锋坐。葛锋向他说："我不打搅你了，睡吧！"转身走出帐篷。

管理员的一言一行，给葛锋留下形迹可疑的印象。他暗暗地提醒自己说："葛锋啊，你要保持清醒的头脑！"

　　雪下大了，冰凉的雪片落到葛锋的脸上。他用手电照照，鹅毛似的雪片直往下堆，地上已铺上厚厚的一层。他不安地想：这一场雪又要给勘探工作带来不少困难。

第三章

　　清晨，葛锋起来后，披上大衣，走出帐篷。

　　夜里下了一夜的雪，雪过天晴，今天的天气非常好。早霞布满了东方的天空，映衬在霞光之下，隐约勾勒出披着白雪的重山迭岭，整个山野银光闪闪，一片洁白，连那莽苍苍的森林梢头也披戴着雪花。无风无浪，不时传来刚出巢的鸟儿鸣叫声，山野里分外显得寂静幽清。

　　葛锋望着银光闪闪的峰峦，倾听着树林里越来越多的喧噪声，心情很爽快。他喜欢那雄伟的山峰，喜欢那无边无沿的大森林，也喜欢那白茫茫的雪海。他想：祖国幅员这么大，在那些起伏的峰峦和辽阔的原野中，埋藏着多少丰富的矿产资源，可是在旧社会没有人勘探。在蒋匪统治的时代，全国总算有那么百八十名地质勘探人员，然而在那个时代，就是有几个人也发挥不了作用，祖国到处都是找矿的空白点，沉睡千万年的宝藏正等着人去勘探和开发，他为自己能来勘探部门工作而高兴。

　　红光向天空扩展着，形态优美的峰峦更清晰地显现出来。孙大立吹着哨子唤队员们起床，陈子义老头走出帐篷，手打凉棚望望四周，在门前的雪地上，笨拙地打太极拳。佟飞燕手里提个小桶，蹲在小溪边敲冰取水，几个小伙子脖子上搭着毛巾，干脆就用刚敲开冰洞的水洗起脸来。整个宿营地活跃起来，新的一天开始了。

葛锋怀着亲切的心情，望着整个宿营地的勘探员们，慢慢沿着林边走着。他觉得在这样的早晨里，头脑清醒而冷静，正是想问题的好时候，准备思索一下勘探计划问题。虽然自己曾多方进行调查研究，怕有不妥当的地方：是呀，普查队出来的时间不算短了，云罗山落了空，下一步勘探缺乏线索，天气环境和人员力量都存在着困难，如何能加快速度找到矿呢？他反复地想了一阵，觉得队里的原计划有些地方可取，可是这个计划里边似乎是藏了个心眼的。他清楚地理解自己的任务，普查队离地质分局很远，不可能给予具体领导，许多问题都要队上根据实际情况决定，在这"山高皇帝远"，独立处理问题的情况下，要保证在一切工作中贯彻党的政策，按照党的要求，很好地完成任务。他觉得在当前最迫切的问题就是把勘探计划定下来，克服队里存在的灰溜溜情绪，使队员们振作起来，英勇地同大自然展开斗争，努力找到矿。

突然"嗵"地响了一枪，打断了葛锋的思路，他向枪响的地方望去，看见鲁云超在林里打鸟。他跑了过去，问：

"老鲁，你打什么？"

"打乌鸡。"鲁云超提着枪，聚精会神地继续搜索。

葛锋和鲁云超搜索了一阵，发现了几只乌鸡落在白桦树上。鲁云超弯腰走到附近，隐在树后蹲下来，瞄了一阵开枪了。枪声响处，乌鸡都惊叫着飞走，一块白桦树皮飘落下来。他站起来摇摇头，又装上弹药。

两个人继续搜索了一阵，乌鸡再也不见了。鲁云超有些懒气，夹起枪准备往回走。刚走几步，忽听空中有"哎噜，哎噜"的叫声，两人抬头一看，见一群雪白的天鹅飞过来。葛锋由鲁云超手里要过枪，举枪对空打了一枪，立刻有一只天鹅应声翻滚着跌落下来。

鲁云超惊喜地叫了一声，忙奔过去拣起那只沉甸甸的肥天鹅，向走来的葛锋说：

"你的枪法太好啦！"

葛锋笑着说："这是十多年锻炼的结果。"他走过去，看了看雪白的天鹅，重新把枪弹推上膛。

这时候，孙大立跑来，老远就嚷："这天真是打猎的好时候，若是有条猎狗就美了！"他走到近前看看死天鹅，说："枪法不赖，不过这天不是打鸟的时候，这是打山羊和狍子的机会。等哪天放假，我领你们去打一趟猎，保险全队的人能会上餐！"一提起打猎，他的劲头分外足。

葛锋说："我们哪天有空一定要去打一趟！"

"好，这算说定了。"孙大立兴奋地笑了。他身材魁伟，高高的个子，生着队里无人可比的宽肩膀阔胸膛，古铜色的脸膛，留着山羊胡子，两眼闪闪发光。他头戴一顶粗糙的皮帽子，穿着短大衣，腰间系着一条青布带，在带子上掖着火药包、烟包和一把装在鞘里的短刀。虽然他在解放前五年就干了地质勘探这一行，至今谁要看到他，仍然会认为他是个深山里的猎人。

三个人在林中又打了几只松鸡，太阳已在东山顶升起，于是，带着野味往回走。

路上，葛锋跟鲁云超谈起昨天晚上在厨房遇到的情况，问他道：

"老鲁，你觉得石海这个人怎么样？"

鲁云超不加思索地说："石海跟我在一起好几年了，我了解他。这个人虽然思想不够进步，倒很可靠。他有一套办事能力，积极肯干，别人办不妥的事，他能办妥，别人搞不到的东西，他能搞到，普查队很需要有这么个人搞行政福利，不然有时候你饭也吃不上。"

葛锋听鲁云超这样赞美石海，感到有些好笑，暗想：若是没有这样的好管理员，勘探员们就要饿肚子，可是这位管理员并不高明，勘探员们的生活够苦的啦！他瞅瞅孙大立，老孙的嘴角上现出一丝冷笑。他提醒鲁云超说：

"我们在野外工作，流动分散，管理员单独活动，制度又不健全，也不好检查，可要警惕啊！"

鲁云超觉得葛锋太啰嗦，来到队上后就唠叨，这也表示有不同看法，那也有不同意见，到处发现新大陆，好象谁也不如他了解情况似的。他说：

"我们要警惕，也要相信人。石海来到山里后，工作特别积极，起早贪黑的干。老葛，咱们还是谈谈勘探计划的事吧！我左思右想，根据当前的实际情况，只有按那个计划进行。"

葛锋跟孙大立交换了一下眼光，说："你制定的勘探计划，在某些方面我赞成。昨天我跟陈工程师和佟飞燕交谈过，觉得有些地方应该调整，要加强一些提高质量的措施，各组也要作些调整，尽量发挥技术人员的作用。另外，我还是主张抽出几名队员下乡去联系群众，虽然会影响些地质填图进度，但是这样会使专业人员跟群众结合，肯定会对找矿有利。老鲁，你怎么光算地质填图进度的账呢？"

"我已经说过，我们早已贴下广告。"鲁云超觉得葛锋太能磨，心里有些不耐烦地说，"老葛呀，我们得根据我们的力量来安排计划。我们的力量很单薄，勘探人员只有三十来个人，学门出身的技术员就是那么六七个。陈工程师是个秃了顶的老头子，虽然技术高明，精力有限。罗伟刚从地质学院毕业不久，佟飞燕虽然很能干，可是无论如何她是个女孩子，剩下的那几个都是中等专业学校的毕业生。这么一点力量一定要集中使用。"

葛锋暗想：怪不得老鲁总是焦虑，原来他是这样来估计力量的，不要说对这些技术人员不能那么贬低，那些地质工里不少人也是很有本领的。就拿孙大立来说，这个老地质工的山林经验很丰富，那套山林本领令人赞叹。老孙走进任何深山老岳和大森林里也不会转向，黑夜里抬头看看星斗，就会象白天一样可以随便到任何地方，就是在漆黑的雨夜里，他听听风声，察看一下树干也不会迷失方向。经过十几年的锻炼，对地质勘探也有一定的本领。他说：

"正因为力量弱，才需要联系当地群众呢！"

鲁云超皱起眉头沉思了一下，好象下了很大决心，说："好吧，要下乡去也行，但不要牵涉过多的力量，抽出练习生贺林去吧。假若你愿意的话，你亲自下乡去试试看！"他转过脸来瞅着葛锋，对葛锋坚持意见很反感。

葛锋看鲁云超在将自己的军，注视着鲁云超没有说话。

鲁云超把眼光由葛锋的脸上移开，说："我们要从实际情况出发，现在对找矿没有把握，不能再象勘察云罗山时那样搞，搞的连表报都报不出。现在，要努力摘掉完不成勘察计划的落后帽子！"

孙大立忍不住地插言说："鲁队长，我是个杠房里的铜号直筒子，有话憋不住。不能怕找矿落空，给自己留个后路，不能为追求进度而忽视质量，这样做似乎不符合党对我们提出的要求！"

鲁云超被刺痛了，站下来，睁大两眼盯着孙大立，眉毛索索抖动。

孙大立不肯示弱，脾气很倔地说："领导上有不顾质量的思想，会影响队员们，大家都不顾质量，还能搞出什么象样的东西。再说抽出几个人下乡，对找矿有利，就是影响点进度又能怎么样，地质勘探的目的就是为了找矿，找不到矿，普查地质填图的进度再快也不顶用！"

鲁云超盯了一阵孙大立，把眼光由孙大立的身上移到葛锋的身上，暗暗在心里说："好啊，真会做工作，让这杆大炮向我开火了！"

这时候，迎面走来一个小伙子。长得很敦实，黑黑的脸，重眉毛下有一双圆亮的眼睛，浑身短打扮，连件大衣都没穿，他的长象和穿戴都是那么精干俐落。

小伙子走到鲁云超面前说："鲁队长，我要请二十五天假！"

鲁云超皱着眉头，问："你为什么要请假？"

"为……"小伙子眨巴一下眼睛，把要说的话吞回去，说："我要回趟家。"

鲁云超正在火头上，听小伙子的话，恨不得给他一巴掌。他往小伙子跟前走了两步，逼视着他说："你回去向你们组长谈谈，让他召集个小组会讨论讨论，你这是什么思想？这是什么工作态度？工作正忙，你要请假回家！快回去吧，捣乱鬼！"他严峻地向小伙子挥一下手。

　　小伙子瞪着眼睛，不服气地瞧着鲁云超，那样子象要跟鲁云超顶撞，他看葛锋要跟他说话，把头一摆，把手一挥，转身跑开了。

　　鲁云超看那个小伙子跑远了，转脸向葛锋说："好吧，我们不必再争论了，明天我进城用长途电话请示分局，让分局决定吧！"他瞅了孙大立一眼，又转向葛锋说，"争论问题不该扣大帽子，不要以为自己的意见就是正确，就是真理，这一阶段的工作是没有干好，但不能因此得出结论说我一切都是错的。"他说完转身走了。

　　葛锋望着走得很快的鲁云超，心里很难过，看来老鲁对自己抱着成见，对分局领导的意见都转移到自己的身上，照这样下去，很难把问题谈通。他转脸瞅瞅孙大立，老孙的脸色很不好看，为了搞好团结，他劝慰地说：

　　"老孙，不要发火，火气大了会把事情办坏的。"

　　孙大立叹了一口气，说："我这个讨厌的脾气，下一千次决心想改也没有改掉，遇见什么事就沉不住气。不过鲁队长的作风我实在看不惯，你没来的时候，全队有六名党员，也没有成立支委会，他是队长又兼书记。那时候他完全是家长式的领导，主观专断，除了有时候征求一下陈工程师的意见外，谁的意见也不想听。"

　　葛锋对这一点已经了解些，没来之前就跟分局党委组织部商量成立党支部委员会，提名由鲁云超、孙大立和自己组成。他说：

　　"鲁队长的情绪是有些不对头，如果我们找不到使他容易接受的语言，谈不到一块去，这就是我们的失败，着急发火是不行的。讨论问题要多听听人家的意见，哪怕是错误意见也是好的，这样可以启发你去想问题，会使你看问题更全面些。不然我们就会同样犯自以为是、主观主义的错误。"

孙大立打量着葛锋，觉得这个年轻的书记很老练，暗想：分局派他来是派对了。

葛锋又叮咛地说："老孙，你是党员。今天选举支委会准备提名你为支委，今后要注意维护鲁队长的威信。队长在群众中的威信高，有利于开展工作。"

孙大立同意地点点头说："好，我一定很好的注意。"

葛锋想起方才那个请假的小伙子，问："方才请假的那个小伙子叫什么名字？"

孙大立说："他就是贺林，小伙子倒很聪明，当了三年多的练习生，很能爬山，人称他爬山虎，就是调皮些。"

葛锋感到怪有意思，鲁队长下了很大的决心才抽出个贺林，不用说贺林在鲁队长的眼里印象不会好。通过这一早晨的交谈，觉得老鲁不仅自以为是，而且固执，但不管怎么样，自己还是要冷静沉着，尽量团结他把工作搞好。

两个人沉默地走了几步，葛锋站下来问孙大立：

"你看石海这个人怎么样？"

孙大立说："他是个滑头滑脑的家伙！"接着告诉葛锋，石海是鲁云超的老部下，鲁云超当地质科长时，石海是地质科的职员，鲁云超到普查队，把石海带到普查队。

葛锋轻轻点一下头，表示理解。他思索了一阵，说："石海这个人需要注意。我跟鲁队长说说，支委分工让你抓工会工作和抓生活，一方面要把生活搞好些，另方面注意石海的活动，要提高警惕。"

孙大立郑重地点点头。

葛锋同孙大立来到厨房前，抬头手打凉棚眯眼望望远方。太阳光在雪峰上闪耀，风吹树木上的雪花飞飘，到处闪着耀眼的光芒，群峰更显得壮丽多姿，那片绿生生的松林，生气勃勃地给冷森森的山野添上了无限生机，迎面送来寒气，使他感到很清爽。

白冬梅由厨房走出来，看见了葛锋，走上前说："葛书记，你还不去吃饭，饭菜要凉啦！"

"我这就去。"葛锋说，"小白，不久，大家都要出发入山了，你要给队员们准备一些防病的药品。"

白冬梅容光焕发地仰脸望着葛锋，说："佟飞燕已经向我说了，我打算跟大家一道上山去，你看好吗？"

"好啊！"葛锋鼓励地说，"你要跟大家一道锻炼锻炼很好，不过，你要照顾到全面，不要离集中的宿营地太远。就是上山也要时刻注意你自己的业务，到山上体验体验，研究研究，怎样防止不发生病，多向队员们宣传防病知识。这儿离医院很远，全队人员的健康都担在你的身上，你的任务很光荣，可又很艰巨哪！"

白冬梅郑重地说："我一定努力去做。"她的白净的脸上充满自信，两眼放光。她呆了一下说："葛书记，你为什么不到我们的帐篷里去？"

葛锋说："我有空的时候一定去。"

"你要去哟。"白冬梅笑嘻嘻地告诉他说："佟飞燕跟你见面她可高兴极啦，昨天晚上给她爸爸写信了，我虽然没看见她写的什么，我敢断定，她一定会向她爸爸提到你。"

葛锋看白冬梅调皮的眼光，微笑着说："饭菜都凉了，我得赶紧去吃饭去。"他机灵地躲开白冬梅的试探，迈步走进厨房。

白冬梅瞅着葛锋的背影笑了。她围好白毛绳围巾，向对面的帐篷走去，想去找罗伟，可是走几步又止住脚步，不想去见他了。昨天晚上那个不愉快地见面她没有想到，也不可能想到，她怀着火焰般地热情扑向罗伟，怎么会想到这个呢。她站了一会儿，转身往自己住的帐篷走去，方才脸上的笑容完全消失了。

第四章

经过鲁云超到县城用长途电话请示，按原计划稍加调整算定了下来。然后用了两天的时间进行准备和思想动员，第四天早晨，天刚蒙蒙亮，勘探员们就出发了。

天空渐渐泛白，东方射出了红色光芒，繁星隐没在天空的深处，月亮象一枚银钩似的悬在空中。群山的轮廓很模糊，山谷里浮动着雾气。孙大立扛着猎枪在头前引路，队员们背着物理探矿仪、磁力仪和各种勘探器具，一字排开，结队在浮动雾气的山谷里前进。

勘探员们都那么欢欢喜喜的，出发入山总是满怀着希望，总觉得前面的山里埋藏着无限宝贝，总觉得自己是大自然的主人，高峰峻岭在自己掌握之下。他们的心情是豪迈的，高兴自己踏破深山万里雪，在荒芜人烟的深山里踏开一条路，用手锤敲醒千年沉睡的石峰，用智慧揭开大自然的秘密。队伍前进着，不知是谁唱起了《勘探员之歌》，接着大家都跟着合起来，歌声震荡着山谷，回音显得分外嘹亮而雄壮。

葛锋跟在队伍的后边走着，望着生气勃勃的队员们，受了很大鼓舞，暗想："队员们都是强悍的雄鹰，有这么些好队员，会战胜一切困难，为国家找到矿。"他也和队员们一样，对勘探员们进山勘探抱着希望。不过，他很遗憾，自己本来是应该跟队员们上山跑跑，多了解一些人，多做一些思想工作，可是队长不肯抽人下乡，为了扩大找矿线索，为了跟当地党组织取得联系，为了了解一下石海在农村的活动情况，不得不离开队里亲自下乡。另外，他对勘探计划这样定下来也不满意，显然，鲁云超进城是没有把支委会的意见全面反映给分局，回来后便作了片面决定，他的意见只好暂时保留。他看陈子义走在前边，便走向前去想跟老工程师谈谈。

陈子义掀起大衣襟掖在腰间的皮带上，挂着手杖，浑身是劲地走着。他不愿意跟葛锋谈计划的事，原计划自己已签了字，虽然看来有些地方不够妥当，但由于队长极力坚持，自己也不便反悔。现在，他打算不卷入他们的争论中去，设法躲开。他看葛锋走到自己的身边，怕谈那些有关争论的问题。这时，一只猛禽从山峰后飞过来，扇着巨大的翅膀，侧斜着身子抗拒着寒风，矫健地在苍空中飞翔。这救了老头的驾。他举起手杖指着猛禽说：

"这是鹫，俗称叫老雕，它是这一带山区的特产。除它以外，还有一种猛禽叫嚎呼鸟，嚎呼鸟白天隐在林中，到晚上便飞出来捕食小禽小兽，常常蹲在石崖上'嚎呼，嚎呼'的叫唤，声音很吓人。山区的妇女常用它吓唬孩子，孩子哭闹时就说：'你再哭让老嚎呼把你叼去！'小孩就不敢哭了。"

葛锋听着很感兴趣，仰脸望望头上的老雕，老雕展着双翅在苍空中盘旋。

陈子义的兴致很好，讲起他几十年奔赴祖国各地山区的经历。他去过昆仑山，爬过秦岭和大巴山，勘探过大冶铁矿，还去过天山。他由各地山区的风景特色，讲到当地居民的风俗人情，接着又讲起大巴山的黄羊，昆仑山上的野马，天山上的羚羊。他很健谈，谈得有声有色。他正讲得起劲，脚下一滑，"噗哧"一声摔倒在雪地上。

葛锋赶紧扶起他，笑着说："你的腿脚到底是笨啦！"他光顾给陈子义拍打雪，一不注意，也摔了一跤。

陈子义咯咯笑起来，拉他一把说："摔跤是不分年老年轻的，瞧啊，年轻人也会摔跤啊！"

葛锋拍打着身上的雪说："这雪太滑了！"

"这是北方山区雪的特点。"陈子义擦擦眼镜戴上，说，"第一场雪落到地上要化，但化不净，第二场雪也化，白天化晚上就冻，结果结成了冰，因此才能积住雪。"他用手杖掘掘积雪，露出了冰层。"瞧，就是这样的，你要是不注意，踏上去就会滑倒。"

葛锋用脚探了探雪，说："这里的气候太冷了，清明都过了，山阴面还能存住雪。"

陈子义说："到底是到季节了，雪不会存多久。现在还能存住雪，这是因为积雪打下了根基，不过深山的雪要化也来得快，到时候，地下阳气上升，上面经过日晒，说化一下子就成了河。地质勘探的黄金季节已经快到了。"

葛锋看老工程师很有风趣，很喜欢他。

陈子义把掉下来的大衣襟拉起，重新掖在腰间，说："我老是老了，不过还能跑一阵子。可怕呀！一个地质人员不能爬山，就是说失去了作用，那样就象个过了时的文件一样存档了。"

葛锋称赞地说："你这种坚强的事业心真令人尊敬！不能爬山还可以培养下一代嘛。"

陈子义叹了一口气说："在旧社会没有人爱念地质科的，那时候我抱着工业救国的理想，想为国家勘探资源，在工业化上贡献力量。可是在辽阔的祖国土地上，没有我们用武之地。遗憾的是，当国家给我们的事业开辟了广阔的天地的时候，自己的腿脚不灵活了。"

葛锋同情地点点头说："这确是件憾事，不过，现在也不算晚，党和国家对你们这些老工程技术人员抱有殷切的期望。"

"是啊，就是这样才使我不安，趁我腿脚还能动的时候，尽量多跑些山，多为国家勘探些资源，多充实一些感性知识，到腿脚实在不灵的时候，再搞一些学术论文，多为国家做一些工作，好补偿我一生的志愿。"

葛锋瞅瞅苍白胡子的陈子义，暗对老头肃然起敬。他觉得老头的爱国主义和坚强的事业心很可贵，中国需要大量这样的工程技术人员。他还想跟老工程师谈谈，已到了分路的地方，便跟陈子义道了别，领贺林顺沟膛子奔向山出口。

葛锋同贺林爬上山梁，太阳已经很高了。深山里的积雪在融化，雾气比清晨还浓些。队员们已经分头登山勘察了，不知是谁轰起什么野兽，响了一枪，枪声在寂静的山野里分外响亮。

贺林喊："瞧，佟飞燕攀登上石峰啦！"

葛锋转回头望望，见佟飞燕爬到对面的石峰上，人显得很小，她头上包着的红毛绳围巾，在阳光照耀下红艳艳的，象火焰一般的显眼。他只看了一眼，就同贺林继续赶路。他无可否认，心里着实很喜欢这姑娘，喜爱她的爽朗性格，喜爱她泼辣能干，也是由于跟小佟的父亲的关系，暗暗关怀着她。他对佟飞燕的关注不是见了面后才开始的，而是在临转业到地质部门时就开始了。那天他去跟老首长佟海川告别的时候，佟海川就兴奋地告诉他说："我的女儿是个地质勘探员，说不定你们还能在一起工作呢！"从那天以后他就希望见到她，特别是来到地质分局，互相通了几封信后，就逐渐密切了感情，经过见面后的几天接触，这种感情更加深了。但是他对她只当个妹妹看待，没有象白冬梅想象的那样，说他和佟飞燕相爱了。

葛锋在爱情上是有过波折的，说起来话很长。

那是在解放战争末期，解放军打到两广地区，葛锋所在的骑兵团，奉命迂回到敌后截击敌人。有一天，拦住了蒋匪两个军。骑兵团为了更深入敌后截击更多的敌人，只留下葛锋这个连担任阻击。

葛锋带领全连，在一个小土岗上奋勇阻击数十倍于自己的蒋匪军，战斗打的很激烈，敌人的三次冲锋都给打退了。当葛锋得知已完成一定时间的阻击任务时，便命令连队撤出阵地。他领一个班掩护同志们上了马，然后自己才上马，可是他骑马刚跑出不到半里之遥，突然身中两弹滚下马。三个战士回过马来打算抢救他，但敌人追了上来，不得不去迎击敌人。这时，飞也似的跑来一骑，下马抱起他飞身上马，打马飞跑起来，葛锋已昏迷过去。

葛锋重新清醒过来的时候，睁眼一看，自己躺在树林子里的草地上，离身边不远的树上拴着一匹汗水淋淋的战马，有一个秀气的姑娘，单腿跪在他的身边，气喘吁吁地给他包扎伤口。

姑娘看他清醒过来，脸上堆满笑容，兴奋地说："你清醒过来了，这就好啦！"

葛锋瞅了姑娘一眼，认出是营部的卫生员。他向四周望望，四周全是树木，再没有另外一个人，他禁不住有些疑惑：难道抢救自己的就是她？

姑娘给他包扎完，把药布塞到挂包里，站起来拢一下短发，擦擦脸上的汗说："同志，你要坚持些，咱们还得骑马去追赶部队去。"

葛锋知道抢救自己的原来就是她，他真有点不相信，这个秀气的姑娘有那么大的力气？骑术那么好？他楞了一下，问：

"同志，你叫什么名字，骑术怎么这样好？"

姑娘笑着说："我叫邵芳，营部的卫生员，骑术有什么稀罕的，一个蒙古姑娘谁不会骑马。"

邵芳告诉葛锋，那几个战士在掩护他，她跑了很远没有看见有人跟上来，想必是情况不妙。她本来是想追上部队，但看他流血过多，怕有个好歹，才跑进林子里给他包扎。她背起挂包，说：

"你忍着点，我扶你上马，咱们得赶紧去追赶部队。"

邵芳扶葛锋上马，刚走到林子边，看见有几十辆摩托车。葛锋吃了一惊，赶紧下马抓起大镜面匣枪，邵芳也从腰里抽出波朗宁手枪，两人伏在小土坡后监视着敌人。摩托车过后，就是疲弊不堪的步兵，整整过了半天，等匪军完全过去之后，邵芳和葛锋同骑一匹马走出树林。

太阳西坠了，苍茫的暮色笼罩着大地，原野里寂无人影。两个人打马顺着丘陵起伏的路径，颠簸地前进。不久，天黑了下来，没有星星，没有月亮，天阴沉沉的使原野很黑暗。黑夜里走虽然觉得孤单些，可得便走了。

正走着，前边出现一座黑压压的村庄。邵芳跟葛锋商量，她打算进村子里搞点吃的，喂喂马，再打听一下部队的消息然后再走。葛锋同意了这个意见。于是邵芳打马到村外的林子里，扶葛锋下马，自己一个人离开葛锋进村。

夜很静，林子和田野里寂静无声，一片死气沉沉的。葛锋感到这种寂静潜伏着危险，后悔不该放邵芳进村。他卧在大树下，观察着村里的动静，看着，听着，觉得时间很长，以为邵芳平安地进村了。猛然听见有人喊，接着叭叭打了几枪，葛锋大吃一惊，想冲上去又不可能，顿时急得浑身冒了汗。稍时，邵芳跑回来说："村子里住着敌人，岗哨被我打倒了，我们得快走！"

邵芳扶葛锋上马，自己也上了马，打马跑开了。

村子里炸了，枪声象暴风雨似的响起，他们打马跑出有数里之遥，夜空还闪着红红的流弹火光。

两个人跑了一夜，第二天早晨才找到队伍。从此，葛锋和邵芳在不断接触中建立了忠贞的爱情，结了婚。两个人结婚不到一年，美帝国主义就发动了侵朝战争。他们是第一批志愿军，雄赳赳地跨过鸭绿江去抗美援朝，到朝鲜后两个人就分开了。

葛锋过江后就投入了战斗，行动不定，跟邵芳失去了联系。过了七个月后，葛锋在战斗中受了伤，被送到后方医院，这时他开始打听邵芳的消息。这时候才得知，邵芳在两个月前，因为掩护伤员转移，跟一名炊事员顶住了数百的敌人，伤员安全地撤走了，她和炊事员一同英勇牺牲。

邵芳牺牲了，可是邵芳一直活在葛锋的心里，长时间怀念着她。几年来有不少姑娘追求过他，由于他对邵芳的怀念，再也激不起他的爱情，都被他拒绝了。现在，他对佟飞燕确实抱有好感，但他把它深深埋在心里。

阴坡上，雪还很深，到处白花花一片。他们走到山半坡，看见一只老鹰低低地紧紧追着一只野兔，野兔旋山坡拼命地奔跑，努力摆脱眼看要扑下来的老鹰。贺林挥动双臂大喊一声，惊得老鹰凌空飞起，野兔急急地向一旁逃去，消失在一片林丛里。

葛锋被贺林这一喊打断了思路，向贺林说："你这一声真是惊天动地，把我都吓了一跳。"

贺林嘎嘎笑起来，得意地说："这只兔子遇见我这么个贵人才得了命，不然就完蛋了。"

葛锋觉得这个敦实的小伙子怪有意思，那天被鲁云超斥责后，闹了好几天的情绪，现在似乎是把那回事忘了。他情绪很高，一路上挥舞着手中的桦树条，吹着口哨，跳跳跶跶地在头里走着。他说：

"贺林，你那天为什么要请假？"

贺林的脸色突然冷落下来，扔掉手中的桦树条，摇摇头说："算了吧，我不请假就得了。"

"怎么能算了呢？"葛锋跟贺林并排走着，亲切地说："说说嘛，要是理由充分，工作忙也得为你考虑考虑，就是你不想请假，你也要说说，自从你请假那天我就想知道。"

贺林瞅了葛锋一眼，下决心地挥了一下手说："好，你让我说我就说，我在春节时好不容易认识个女朋友，现在吹了。"

葛锋关心地问："你们怎么吹啦？"

"怎么能不吹，连个面也见不着。"贺林有些来火，说："我们成天在深山里转，净跟树木和石头打交道，上哪儿去搞对象。今年春节回家，人家给我介绍个女朋友，是个中学毕业生，模样长的也不坏，我们在一起看了好几场电影，互相之间还交换了纪念品，可是她在前几天来信说：'有女不嫁勘探郎，一年四季守空房'算了吧！"

葛锋听着暗自好笑，这小伙子倒很坦率。说："这事倒是个不愉快的事，不过这个姑娘恋爱观有问题，不要太伤心。你多大啦？"

"我虚岁已经是二十四岁了。"

葛锋忍不住地笑了。说："我明白了，你是在接到那封信后就着急了，想赶紧回去挽救。我想，她既向你表示算了吧，你回去也挽救不了。小伙子，你不要着急，才刚刚到二十四岁，先不要忙着搞对象，姑娘们也不全象那位中学毕业生，有许多姑娘是爱勘探员的，不信你数数看，咱队的老勘探员都有老婆，哪有一个是打光棍的。"他拍了贺林一掌，笑了。

贺林也笑了。说："后来我也想通了。可是我对鲁队长不满意，不给假也就罢了，对我那样态度，要辩论我，还骂我是捣乱鬼！葛书记你新来，还不了解我，不是我吹，在地质技术上不能说是高明，在地质练习生中也数得着，爬起山来除了孙大立以外，哪个人我也敢跟他比，他们叫我爬山虎。"他得意地瞅着葛锋。

葛锋说："我听说你爬山有一套，好啊，这回咱们下乡全仗你啦，你要好好发挥你的才学，这任务不轻哩。"

贺林拍打一下装满矿石标本的挂包，说："我的才学不多，背的矿石标本不少，没有什么问题。"

葛锋很喜欢这个毛头小伙子，别看他很幼稚，但很能干。不过他觉得只抽贺林是不足的，老鲁对下乡联系群众太吝惜力量了。

两个人下了山，看见顺桦树林边走来一个人。这人满嘴巴连鬓胡子，手里提着一枝步枪，胳膊上戴着红色袖标，边走边唱小调。那人看见了他们，止住脚步，问：

"你们是干什么的？"

"我们是地质普查队的。"葛锋看他的袖标上写的是"护林员"，便拿出证明给他看。

护林员看了看还给葛锋，问："你们知道护林防火的规章吗？"

葛锋说："我们入山时对全体队员专门进行过护林防火教育，你放心吧！"他说着掏出一本《防火护林手册》，递给护林员说："你瞧，我们的队员每个人一本。"

护林员看了手册，满意地连说两个"好"字。于是，三个人在一棵大桦树下坐下来，吃着护林员拿出来的果松子，无拘无束地唠扯开了。当葛锋谈到找矿的事时，护林员想了想，说：

"这个你们要找刘老槐，他家几辈住在山里。刘老槐春天种药，夏天进山采蘑菇，秋天进深山老岳里去采参，冬天在山野里打猎，一年四季都在深山里转，他是我们这一带数一数二的老山林通，他可能知道哪儿有矿。"

葛锋听他又讲起刘老槐，感兴趣地问："这位刘大爷住在哪儿？"

"离这儿不远。"护林员站起来，用手指点着说，"由这儿穿过那片桦树林，拐进沟，再由山谷爬上山梁，到山梁上就能看见他家。他家坐落在小石山下，门前有棵大榆树，那棵大榆树又高又粗，在山里很显眼。"

葛锋决定先去拜访这位老人，向护林员道了谢，领小贺顺护林员所指的路径走去。

两个人穿过桦树林，拐进沟，爬上山梁的时候，天已过午了。他们登在高处一望，果然看见有棵大榆树，树后有座草房，便高高兴兴地走去。

两人来到近前，看草房虽矮小，但收拾得却很俐落，四周围着篱笆，篱笆上挂着许多草绳子，绳子上拴着几个小铃铛，风吹过来，摇动铃铛叮咚响。正瞧着，由屋里走出一个十六七岁的小姑娘，小姑娘长得很秀气，虽然脸蛋黑黝黝的，但端正秀丽，两只亮亮的眼睛透着天真的稚气。她看见了他们，忙闪到门后掩住身子，探出头来惊奇地瞅着他们。

葛锋走近篱笆，说："小同志，这是刘老槐的家吗？"

"是呀，你们是从哪里来的？"女孩子越发惊奇。

葛锋说："我们是找矿队的，特为来拜望刘大爷来了。"

贺林说："我们就是在云罗山下那伙找矿队的，我们来了后就通知了村里，你们不知道吗？"

"我知道了。"女孩子走了出来，满脸堆笑地说，"我听我爸爸说过，云罗山来了找矿队，你们找矿队里还有个姑娘，是吗？"

"正对！"贺林快活地说，"我们队有两个姑娘呢，一个叫佟飞燕，一个叫白冬梅，那天你爸爸遇见的叫佟飞燕，她是我们队干将，在深山里活动很有能耐。"

女孩子活跃起来，说："我真想看看她，我长这么大，头一次听说有姑娘来到我们这里。"

"好啊，你有空可以到我们队作客去。"葛锋走近些问："你爸爸在家吗？"

"我爸爸今早进城去了，得两三天才能回来。"女孩子眉开眼笑地重新打量两人一眼，转身向屋里喊："妈，来人啦！"

屋里有人应了一声，稍时走出一位老太婆。她的圆敦敦的脸上堆着笑容，用手拢了拢额上的头发，向两个人说：

"请到屋里坐吧，真不凑巧，我们那个死老头子偏偏进城去了，让你们白来一趟。小花，快让客人进屋坐呀？"

葛锋和小贺听了很扫兴，互相交换了一下眼光，随母女俩走进屋。

屋檐下有一只花膀子鹰，见着生人扇起巨大的翅膀，两眼一直送着生人走进屋。屋里很窄小，墙上张贴着几张兽皮，角落里立着一杆老洋炮和两杆扎枪，挨棚顶挂着两排装药材的葫芦，葫芦大小不一，古香古色的，排列得很整齐美观。靠北墙放着的柜子上供着观世音菩萨象，香炉里还有香灰，说明主人不久前还叩拜过的。

老太婆很好客，进屋来一边收拾炕让他们坐，一边叫小花端一瓢榛子，热情地让他们吃。葛锋也不客气，脱下了大衣，无拘无束地坐在炕上，一边吃榛子一边跟老太婆交谈。老太婆告诉他说，他们在深山里住两辈子了，现在他家只有三口人，老两口子跟女儿小花，本来是有个儿子，在九年前不幸死了。老头今天进城卖皮子和药材去了，早了得三天能回来，晚了就得十来天。当葛锋向老太婆说明来意时，老太婆咂咂嘴唇说：

"嗌，这不是拿狸猫当老虎吗，象他那样的粗人，哪里知道什么是矿。"

葛锋说："这不要紧，他不认识我们教给他，我们带来了不少矿石标本，有样子，照样找就行。"他向贺林使个眼色，示意让他给老太婆和小花讲讲。

贺林打开背包，从里边拿出几块矿石，指给老太婆说："这是磁铁矿，这是赤铁矿、铜矿、铅矿……"他看小花感兴趣地凑过来看，心里很得意，讲完矿石标本名称，又讲起矿石的特征和用途，越讲越起劲，连葛锋直向他使眼色，让他讲简单点，他都没在意。

小花确实很感兴趣，认真地听着，用心地观察着矿石。她被贺林鼓舞起来，当贺林讲完，便自报奋勇地说：

"你们把各样的矿石都砸下来一块留下，等爸爸回来，我跟他一起照样去找。"

小花的提议得到了葛锋的同意，让小贺砸下一些矿样给她留下。小花快活地瞅妈妈一眼，见妈妈没有反对的意思，拿起斧头，高高兴兴地同贺林一起到外边去砸矿石。

葛锋跟老太婆继续谈了一阵，知道了刘老槐自小就在深山里跑，现在已快到七十岁的人了，几十年来把这一带山区跑得很熟，有一些大树都是他眼看着长大的。经过这一谈，他更加觉得找到老头很有必要，准备到各地访问完毕后再来找老头。他听见外边砸矿石"砰叭"响，怕贺林砸得太大，站起来走出屋。

小花向葛锋嚷："葛书记，贺林太小气了，每块矿石才给留下手指盖那么大点。"

葛锋说："我们带来的很少，不能多留啊。"他看小花这么热心，相信她能够说服她爸爸去找矿的。

屋檐下，花膀鹰扑拉着膀子，冲葛锋啼叫，葛锋往旁一闪，好奇地瞅着那只扑拉膀子的鹰。这时，小花把手指头伸进嘴里，吱吱叫了几声，鹰驯顺地望着女主人，不再扑拉翅膀了。

第五章

　　勘探员们分散了后，隐没在群山林丛中，很难看到人了。

　　鲁云超随一个组勘察一阵，又奔向另一个组，队员们对队长这一点反映很好，队长不仅有时能同大家一起爬山，而且能随时给与技术指导，还可以顶一个人勘察。

　　鲁云超这两天来心情很愉快，手拿着铁锤，随队员们一起奔波在群山上。现在，经过他到县城用长途电话向分局请示，原计划只作了一小部分调整，觉得自己是正确的，也维护了自己的尊严。他看勘探员们劲头很足，知道勘察的进度一定低不了，把进度赶上去就是找不到矿也好说了。他不想否认，自己确实藏了个心眼，留点后手，怕到时候完不成任务要吃亏。他想起自己在分局的时候，常跟勘探队的干部为勘探指标和定额争来争去，那时候觉得队上有些干部太那个，现在经过自己的体验，看来对那些人不能过多的责备，他们有他们的苦衷啊！

　　他爬下山梁，准备上另一个山，这时看见石海拉马顺沟膛子走来。他站下来等石海来到近前，问：

　　"你拉马到哪儿去？"

"我到青龙镇去运粮食去。"石海走到鲁云超跟前，气喘吁吁地问："鲁队长，葛书记下乡了吗？"

"是呀，他跟小贺一起下的乡。"

"他们都到哪些地方去？"石海关切地瞅着鲁云超。

鲁云超摇摇头说："我不清楚，大概附近的乡村都要去吧。"

石海眨了眨眼睛，拉拉狗皮帽，不安地往远处望望，无论如何他也没有料到葛书记能亲自下乡。

鲁云超两眼瞧着石海，郑重地说："我告诉你，勘探工作重新展开了，队员们很苦很累，你可要把生活搞好点。我特意把你带到普查队，是想依靠你做个膀臂，你可不要使我失望，不要给我丢脸！若是搞不好，小心我剋你，嗯！"他的语气很严厉，但神色很亲切。

"我一定努力干！"石海受宠若惊地瞅着鲁云超，马上放低声音求情地说："不过，你要体谅我的困难，在这样深山老岳里，到农村人地生疏，事不大好办，连个道路都没有，搞好可不容易。说句实在话，跟着你干，再苦再累也高兴，若不然我会不安心在这里干的。"他说着脸上露出一丝苦笑。

鲁云超听石海又是那套话，皱了皱眉头。不过，他对石海很满意：别看石海是个滑头，若是扣得紧，真会干出点名堂。

石海留意察看鲁云超的神色，知道队长今天的心情很好，他眨着眼睛思索了一会儿说：

"我听说葛书记在五二一队搞的很好，人家是红旗队，分局领导对他很重视，这回派到我们普查队来，队的领导力量大大加强了，一开始就有了起色，今后的工作一定能搞好。"

鲁云超听这话很刺耳，心里很不高兴，冷冷地盯了石海一眼。

石海看鲁云超不高兴，眨了眨眼睛，说："葛书记来了后，大家都很高兴，孙大立和佟飞燕高兴透了。有的人说：葛书记一来，队里马上就变了样，勘探工作马上就展开了。可是……"他冲鲁云超微微一笑。

鲁云超心里发烦，禁不住又暗暗埋怨起分局，分局在这时候派葛锋来，群众自然会发生错觉。

石海讨好地望着鲁云超说："这些反映太过火了，勘探计划是你制定的，一切是你打的基础。葛书记从分局新来，就把这些都归在他的身上不妥当。葛书记亲自下乡，令人觉得奇怪，好象……"他眨眨眼睛，没有说下去。

鲁云超烦躁地向他挥一下手说："你别光顾唠叨，快赶路吧！"

石海狡黠地瞅瞅鲁云超，拉一下狗皮帽，抡起马鞭子打一下马，催马走开了。

鲁云超瞧了石海一眼，转身向另一个山上爬去。现在，他那种愉快的心情消失了。他想：葛锋亲自下乡，是坚持跟自己唱对台戏。他坚信葛锋下乡将一无所获，事实会证明他是正确的。可是他原来打算，葛锋在队里把一切琐事都承担起来，他好集中力量管勘察工作，加快勘察进度，现在葛锋这一搞，这个打算算落空了。

太阳高高升起，雪在融化，鲁云超的鞋子全湿了，他折一根柳条磕了磕，继续往山上走。他走着，远远地望见了佟飞燕在石峰上勘察，想起前天在支委扩大会上，佟飞燕完全站在葛锋一边，跟自己针锋相对地争论，就在昨天跟她交谈，这个执拗的姑娘还不通。他有些想不通，为什么葛锋那么受欢迎，象孙大立和佟飞燕这些骨干马上跟他跑，可能是因为看到葛锋是分局为扭转队里的落后面貌而派来的，出于对分局领导的信任吧？

鲁云超仰脸往山上望望，眼前的山峰很高，顶峰披着白雪，石壁上垂挂着巨大的冰凌柱，望着有种冷森森的感觉。

爬上这个高山上的是孙大立和罗伟。孙大立大背着猎枪，扛着一架探矿仪器，踏着深雪走得很快，把罗伟拉得很远。

鲁云超扬手向上边喊了一声，上边的人也没有听着，他拎起大衣襟，加劲追去。

罗伟慢腾腾地走着，累得吁吁气喘，雪虽然很深，但表面上化得浮上一层黄盖，一踏上去就化成水，走了一阵，鞋和裤腿全湿透了，凉冰冰的冻脚，他每走一步都觉得这是在受苦刑。他对勘探生活实在是厌弃了，临出校到地质勘探部门时的那种感情全部消失。那时候他曾经自豪地向同学们和白冬梅炫耀过，说自己要到深山去勘探，充实实际知识，将来要成为一个出色的地质学家。刚来到深山时，爬起山来也曾高兴过，也曾受过其他队员们的感染，爬山勘探有种豪迈的感情。可是现实并不象他想象的那样简单，这生活太艰苦了，白天要跟风雪搏斗，晚上睡在冰冷的帐篷里，有时睡着睡着会被冻醒，睁眼一看冷风阵阵吹来，满被子是雪花，听不到音乐，看不到戏剧，享受不到城市里的一切文化物质生活，按他的话说，这是过着原始生活。他因此感到做一个勘探员没有意思，要名没名，要利没利，陈子义老工程师的胡子都苍白了，还得在深山里跑。他认为一生消磨在深山老林里太不合算，于是觉得搞地质勘探是个错误，是在生活道路上走了个弯路。在二十天前，他给妈妈写了一封诉苦的长信，说自己再也受不了这种生活，要改行去学美术。他妈妈来信说同意他改行，不过希望他要掌握一种技能，不能一生光靠定息生活。他接到这封信后便下定了决心改行，正在找机会设法离开普查队时，白冬梅突然到来，打乱了他的计划。

罗伟几天来一直是在苦苦思量，自己到底要怎么办？看来白冬梅的态度很坚决，一时说不通，如果把自己的打算跟她提出来，可能会引起一场风波。说心里话，他很爱白冬梅，爱白冬梅漂亮，爱白冬梅温柔文静，很怕把关系闹坏。同时，白冬梅的到来，使他感动，又受到了鼓舞，现在又有些动摇，他觉得为了爱情可以做些牺牲，再说将来当个地质学家也不坏，年轻时在深山里跑上几年，充实一下实际经验，然后设法转到研究部门去搞出点名堂。可怜的罗伟，盘算来盘算去也没个准主意。他正思量着，忽听后边有人说：

"罗伟，你怎么落后啦？"

罗伟回头一看，原来是鲁云超追上来，便站下来说："那是有名的老山羊，谁能跟上他。"

"你可被人家拉得太远啦。"鲁云超赶到罗伟跟前，同他并排走着说，"罗伟，加油呀！慢腾腾地可不行，佟飞燕向各组挑了战，你要应她的战，努力赶上她。"

罗伟摇摇头说："谁能比得上佟飞燕，人家是大名鼎鼎的先进生产者。"

鲁云超说："怎么不可以比，你的学历跟她一样，她就是比你多跑了几年，挺大的小伙子可不该说这种泄气话。"

罗伟觉得搞什么竞赛、挑应战是那些工人的把戏，不屑理会。他没有吱声，继续慢腾腾地走着。

鲁云超看罗伟满脸是愁容，感到有些奇怪，他想：罗伟做一个勘探队员，是一条肠子的事，每天完成自己的工作就万事大吉，在技术上有陈子义关怀，爱人也来了，那是个多么好的爱人，这个小伙子还有什么不高兴的呢？他想着有一种愁闷的思绪涌上心头：瞧，一切都不是象自己想象的那么简单，各人有各人的心思呢。

沉默了一会儿，罗伟说：

"鲁队长，你知道葛书记和佟飞燕的关系吗？"

"不知道。"鲁云超瞅着罗伟，出奇地问，"他们有什么关系，葛锋刚刚来。"

"你的消息太不灵通了。"罗伟说，"葛锋跟佟飞燕的父亲是多年的老战友，他们的关系可密切啦！葛书记转业来分局的时候，就跟佟飞燕通信，这一年来书信不断，人家现在正在闹恋爱呢！"

"噢！"鲁云超恍然大悟，怪不得佟飞燕听说葛锋要来那么高兴，原来是如此呀！这真是千里有缘来相会，万里姻缘一丝牵。他说："我的消息确实不灵通，老葛跟我守口如瓶，我怎么会知道。"

罗伟微笑着说："我这还是从内线来的呢。"

鲁云超想起几天来佟飞燕那么积极发言，那么热烈赞成葛锋的主张，自己对她追随葛锋不大理解，现在明白了，她跟葛锋的关系那么亲密，哪能不维护葛锋呢。沉默了一会儿，他问：

"罗伟，你对勘探计划有些什么意见？"

罗伟淡淡地说："我没啥意见，怎么干都行。我不明白，葛书记为什么非要抽人下乡，这可能是搞政治的人的特点。我看用不着争论，这是他不懂得地质勘探是怎么一回事的结果，等到将来他懂得了些后，就会感到自己的想法近乎是天真了。"

鲁云超向他摆了一下手说："你不要挖苦人，葛锋钻研了一年多，已经懂得了不少，现在他每天都钻研呢。"他嘴说着，心里却暗想：这话要是让老葛听听倒是有好处的。

罗伟不服气地冷笑一声，说："我不是挖苦人，地质勘探工作可跟别的工作不同，这是个理论很深的科学工作，没经过专门学习，靠自己钻研是不容易掌握的。"

鲁云超听这话有些不高兴，觉得他也是在轻视自己，忍不住地反驳他说：

"你不要小看人，学问都是学来的，不论怎么学，只要你学就可以学到手。就拿我自己的体会来说吧，我虽然没进过地质学院，但干地质勘探这一行有六七年，在这六七年里也学到了不少，虽然在理论上钻的不够深，可也有些实际经验。"

罗伟微笑了一下，没有说话。

鲁云超看罗伟很傲慢，有些生气，暗想：你是一个刚出校门的学生，有多大本领在我的面前摆架子！他想着顺手砸下一块岩石，递给罗伟说：

"你说这是什么岩石？"

罗伟接过石头看了一眼，不加思索地说："这是玄武岩嘛。"

"玄武岩？"鲁云超指指那块石头，说："你再看看。"

罗伟又看了一眼，坚持说："它就是玄武岩嘛。"

鲁云超摇摇头说："不对，这是辉长岩。你瞧，它以辉石和斜长石为主，粒晶粗大，它是属于玄武岩范畴的，可不是玄武岩。"

罗伟重又看了那块岩石一眼，果然是自己认错了，窘得脸色泛红，赶紧把那块石头扔进雪窝里。

鲁云超得意地笑了。他寻视了一阵，又砸下一块岩石交给罗伟说："你再看看这块是什么岩石？"

罗伟看了一眼，认不出来，这回他在队长面前不敢再乱说了。

鲁云超看罗伟认不出，暗自高兴把他考住了。说："这是块正长岩。小伙子，要想拿起一块岩石就能准确地认出来，得锻炼三五年才成。"他把手里的石头扔到地上，又一次笑了。

罗伟没料到自己被队长考住，暗自不高兴。

鲁云超同罗伟一起走着，向他摆起老资格，说："你现在来到分局，看到各方面都走上了正轨，地质技术管理有一套规章，勘探工作有一套技术规程，原先建立时可不容易。分局刚成立的时候，什么也没有，没有个规章制度，没有经验，技术人员也很少，真是困难重重。我那时在地质科，憋的够受，肖局长向我说：'老鲁呀，咱们过去熟悉的那一套现在用不上啦，一切都要从头学起，想要搞好地质勘探工作，就要努力使自己很快成为地质勘探工作的内行。'那时候我白天忙了一整天，晚上就钻研地质勘探知识，一点点地啃，一滴滴地学，经过几年来的努力，总算掌握了一定的地质勘探知识，渐渐地把地质技术管理建立健全起来。咳，罗伟呀，搞起了这些不知费了我的多少心血啊！"

鲁云超说着心里有些感慨，禁不住回忆起往事。他原籍住在沈阳，父亲是个小贩，他初中毕业后跟着父亲摆货摊。在一九四七年冬的一天傍晚，突然有一大群蒋匪骑着摩托车到市场来抓人，市场里炸了。人们乱跑，他的货摊被撞翻，他慌了，父亲又不在，他不知道是跑还是收拾货。这时走来一个人，一声不响地蹲下来帮他收拾货，他一看是他在高小时的教师，心里有些明白，就跟他一起收拾，然后推着货车跟他一起回到家。从此他跟地下党组织建立了联系，在沈阳解放前夕，曾散发过传单，解放后他就参加了工作。照他自己的话说，他做过地下工作，是个建国前参加工作的干部。在一九五〇年夏天，他被调到地质分局，那时候分局刚成立，干部很少，各方面条件都很差，特别是干部们对技术业务不熟悉，技术人员又少，党委号召所有党员干部要努力钻研技术业务。他响应党的号召，努力钻研地质勘探知识，由于他有一定的文化程度，学习进步较快，曾得到分局党委通报表扬，被提拔当了地质科长。那时候可说是一帆风顺，越干越起劲，可是，近几年来他停滞了。为什么要停滞，他自己也说不清，反正眼见别人都在进步，一个个都被提拔起来，而自己不仅没被提拔，反而下放到普查队，来当这么三十多人的普查队长。

越往上爬空气越稀薄，风卷雪花直往人身上扑打，呛得人透不过气。鲁云超站下来往周围望望，群山起伏伸延到天边，山峦的上空集结着白云。队员们都消失在深山里，他找了半天一个也没看见，在群山对比之下，勘探力量显得太少了。

三个人爬上了山顶，勘测了一阵，沿岗梁向北勘测。山顶上的雪更深，一踏上就淹没了膝盖。正走着，罗伟脚下一软，"噗"地一声掉进雪坑里，吓得他一边挣扎一边喊叫，越挣扎陷得越深，当鲁云超跑到他跟前的时候，雪已经把罗伟埋上了。

这一突然遭遇，使鲁云超大吃一惊，慌得他不知所措地喊："老孙，快来呀！罗伟掉进雪窝里去了！"

孙大立跑过来，一看这是个积满雪的石缝子，镇静地说："不要着慌，我有办法！"他由矿石袋里拿出绳索，一头拴在腰间，把另一头拴到岩石上，然后钻进雪坑里。

鲁云超惊讶地站在边上望着，眼看老孙钻进雪里去，绳子不断往里边进，说明雪坑很深。他看不见人影，也听不见动静，心里很不安。稍时，见孙大立由雪里钻出来，一只胳膊夹着罗伟，一只手扯着绳子，登着岩壁往上爬。

孙大立用洪钟般的声音喊："鲁队长，拉一把呀！"

鲁云超这才想起来，赶紧去拉绳索，不大的工夫，孙大立夹着罗伟爬上来。老孙全身白花花的，胡子和眉毛都被霜染得雪白。他顾不得拍打身上的雪，把罗伟放在地上，给他做人工呼吸，刚做了两下罗伟就睁开了眼睛，呼吸逐渐恢复正常。他这才松了一口气，站了起来。

鲁云超看罗伟好了，高兴地称赞说："老孙，你真行啊！"

"这没有什么，我不过是经的多些。经一堑长一智，再遇见这种情况，你就有办法了。"孙大立用双手抹了一把脸，胡子和眉毛上的霜花纷纷飘落下来。说："这道山缝很深，雪很松软，好险哪。"

罗伟坐起来，拍打两下胸口，大口地吸着新鲜空气。这一阵把他吓坏了，到现在胸膛还跳个不停，脸色苍白，失神地望着雪坑。

孙大立说："罗伟，你站起来活动活动，让血液在全身活跃一下。"他说着由腰里掏出个小酒瓶，晃了晃递给罗伟说："来，喝两口赶赶寒气，压压惊。"

罗伟接过酒瓶，疑问地打量了一眼，打开盖子喝了两口，辣得他咧了咧嘴，还给了孙大立。

孙大立看着哈哈笑起来，说："辣点好，这样你就暖和了。"他接酒瓶仰脖喝了一大口，用手抹了一把嘴巴，痛快地吁了一口气，递给鲁云超说："鲁队长，你也来一口！"

鲁云超摆摆手说："我不喝，留给你自己喝吧。酒对你来说是宝贵的，我可不喜爱。"

"好啊！"孙大立把酒瓶掖在腰间，向罗伟说，"罗伟，在这样的雪峰上活动，要时刻注意，不能乱走。你瞧，这边上是石崖，那一道雪线很明显的是一道沟，见着这样情形就得绕开，或者是试探着走。另外，刚掉下去时不要挣扎，不要心慌，心慌就会无智，越挣扎陷的越深，应该把两只胳膊伸开，防止陷进去，然后设法摸到沟边，登着岩壁往上爬。"

罗伟喝下酒后，脸上有了血色，他望着雪窝，半天也没说一句话。他听孙大立这番话，深深叹了一口气，说是不要心慌，突然遭遇这样险情是没法不心慌的，直到现在他的心还没有平静下来，他长这么大从来没有遇到今天这样的危险。

孙大立重新背起猎枪，向两个人说："咱们走吧。"他捡起一块石头拴在绳子上，用了个"取石问路"的方法，探出了对面的边沿，选择了一段窄的地方，领两个人走过去。

雪很深，勘测也很困难。鲁云超望着铺着积雪的山峰，心里很沉闷，气候也跟自己作对，清明都过了好几天，山峰上的雪还这么深。他向孙大立说：

"这鬼地方简直是在折腾人，现在南方已经是花红柳绿了，这儿的雪还有这么深。"

孙大立说："雪不会存多久了，阳坡上的雪早已化净，就剩下高峰和阴坡上的雪，你瞧，雪色都发黄发灰了，冰凌柱也往下滴水，说明都是在融化。还有这个。"他走过去在石缝里掐了一朵小花，递给鲁云超说："它叫报春早，这里已经是春天啦。"

鲁云超往石缝子望望，那儿开着一片小黄花，这使他很惊奇，原来在不知不觉中，植物已经苏生了。他走过去掐了几朵，欣赏地看了看，然后插到挂包上，随孙大立继续向前勘察。

第六章

到底是到季节了。寒潮一过，天气就很暖和。下了一场蒙蒙细雨，整个山野都沸腾起来，雪峰倒塌了，冰帘脱落了，雪水由各个山上奔腾下来，汇合到山谷成了河。这时候，鹧鸪成群地飞来，天空中出现了三三两两的山燕，它们象侦察着什么，总是在高高的苍空中盘旋着，不肯低飞下来。

这是勘探工作的黄金季节，折磨人的严寒已经过去，难受的酷夏还没有来临。山野里的空气又柔和又温暖，虽然春风大一些，但不是每天都刮。勘探员们很喜欢这温和的季节，工作更加紧了。他们为了少就误些走路时间，常常是白天在山上勘察，晚上就宿在山上。

这天晚上，部分勘探员又在山上露宿。他们靠石崖边搭起两个小帐篷，燃起一堆篝火，大家团团围坐在火堆周围，香甜地吃着烤焦皮的干粮，喝着开水，高高兴兴地交谈着。队员们一个个脸膛被火烤得发红，个个都是那么风尘仆仆，有的人敞开衣襟裸露着胸膛，有的人伸着双脚烤着湿鞋和湿裤脚，象是在家里一样，一堆篝火就使大家满足了。

火堆上吊着一口小锅，锅里的水咕嘟嘟地翻滚，冒着腾腾的热气。白冬梅象个主妇一样，挽着衣袖守在小锅旁。她这些日子有种说不出的愉快，对山峰、森林、飞禽和走兽都那么感兴趣，很喜欢跟队员们爬山，跟队员们在山上露宿，也觉得很有意思。她把现在的生活跟在家的生活相比，觉得完全变了样，环境是新的，人似乎也是新的，她感到这生活充满革命生活气息，多么象活跃在深山里的游击队，虽然累得浑身酸痛，心情是爽快的，身体回荡着一股力量。

锅里的水滚出来，浇在火上噗地一声响。白冬梅赶紧把锅挑下来，分别倒在队员们的水壶里，然后端锅到山泉去盛满水，重新吊在火堆上，静悄悄地听人们交谈。她对这些豪爽的勘探员们都很尊敬，特别是尊敬佟飞燕，处处以小佟为榜样，佟飞燕毫无顾及地坐在队员们中间，愉快地谈着，不时发出银铃般的笑声。可惜，她还不能跟队员们完全打成一片，对大家的谈话插不上言。她看陈子义戴着眼镜迎着火光津津有味地看信，连连打嚏喷，便凑上前说：

"陈工程师，你着凉了。"

"没有关系。"陈子义瞅白冬梅一眼，微笑着说，"打嚏喷是好事，打嚏喷的人证明没有大病。"他看白冬梅注意自己手里的信，把信递给她说："你看看，这信多着人笑。"

白冬梅接过信，见是小孩子的手笔，歪歪扭扭地写了四大张。上写："亲爱的爷爷，问你好，问勘探伯伯、叔叔、哥哥们好！"她看着禁不住地笑起来，说：

"这小家伙礼真多，把谁都问到了，就是没有问勘探姑姑好。"

陈子义说："可能在他的想象中做勘探工作的没有姑娘。"

白冬梅接着看下去："……你怎么不常写信给家，我奶奶常叨念你，连小明和小珍都很想你。你爬的山高不高？遇没遇见大黑熊？那儿的矿多不多？你们可别把矿都找尽了，我和小明商量过，我们长大了也当勘探员，小珍也吵吵要当勘探员，我们说姑娘不能当，她气得哭了一场……"她看完笑着把信还给陈子义说：

"这几个小家伙太天真了。"

"一帮淘气鬼！"陈子义把信折迭起来揣进衣袋里，掏出烟斗装上一锅烟。关怀地打量着白冬梅，小白的神情文静而温柔，也是那么风尘仆仆，但还很美丽。老头对她能跟大家一样爬山很满意，觉得她比罗伟坚强。他问："小白，经过这些日子在深山里奔波，你觉得怎么样？"

白冬梅说："一切都很好，我很高兴。"

陈子义点了点头，说："很好，这是个锻炼人的地方。普查队里多么需要一个医生。这个主意是谁出的，是罗伟让你来的吗？"

"不是。"白冬梅轻轻地摇了一下头，脸上立刻浮起一层阴影，说，"正相反，他不赞成我来这里。"

"他不赞成？"陈子义耸耸眉毛，这事出于他的意外。沉默了一会儿，说："他会赞成的，他怎么会不赞成呢？姑娘，他会因此而终生难忘，你放心好了。"老头又想起那天罗伟对自己的埋怨，心里隐隐作痛。

白冬梅看老头的神色不佳，猜到老头是对罗伟不满。她由佟飞燕那里知道了老头跟罗伟的关系。对老头那一片心思很感动，自己跟老头的关系很自然地密切了。

陈子义重复地说："你放心好了，他越来越会赞成你。小白，你干的很好，全队的人都称赞你，他哪能不称赞你。"老头磕磕烟斗，说，"那天罗伟也曾埋怨过我，出于他的内心也好，还是一时乱说的也好，都使我很伤心。不过我相信他自己会觉得难过的，就是现在不这样，等他到我这样年纪的时候，也会想起我这个老头，我没有把他往错路上引，你说是吧。"

白冬梅看陈子义有些激动，为了安慰老头，撒了个谎说："他那天是说走了嘴，过后他很后悔，觉得很对不起你。"

陈子义看白冬梅说得很认真，心里宽敞了些。他觉得自己过于多心了，后悔自己对罗伟的体贴关怀不够，要求的过高过急，总是严厉地对待他，会使罗伟对自己的感情疏远。他叹了一口气说：

"我对他关心不够，他长的虽然比我都高一头，可是他到底是个孩子。"

白冬梅听陈子义的话，心里又感动又很难过，没有再说什么，借个机会离开了老头。

月亮还没有出来，苍苍的夜空布满繁星。周围的山峰黑巍巍的，轮廓不够显明。白冬梅不敢走远，在离篝火不远的一棵松树下站下来。她环顾着夜色，暗暗思量着罗伟，心里有一种不信任的激动和痛苦的混杂感情，刚见面那天就深深伤了她的心，觉得罗伟不理解自己。她似乎是突然发现罗伟的身上存在着严重的毛病，这些过去在恋爱中一点都没有察觉，为了罗伟，她有时在人们面前感到很尴尬。

白冬梅跟罗伟的爱情说起来很突然。那是一年前的一个星期天，白冬梅来到公园，坐在湖边的垂柳下看书。她正看得起劲，忽然注意到有一只小船停在对面，船上有个漂亮的青年，拿着画板写生。她抬头望去，正跟那个青年的温存眼光相遇，看得她的脸色发红，忙垂下头继续看书。她看了几页再悄悄望他一眼，那青年还坐在那里，对着自己画着，她心里有些恼火，夹起书本走开。过了两周，她又到公园去，刚走到湖边，迎面有位满脸堆笑的青年向她走来，她楞了一下，马上想起是那个画画的人。那青年走到她的跟前，从夹子里拿出一张彩画，交给她说："同志，对不起，没征得你的同意，就画了你，这张画给你吧。"白冬梅腼腆地接过画，看画的人根本不象自己，不过画的还算好。那青年自我介绍说："我是地质学院的学生，名叫罗伟，你可以把名字告诉我吗？"罗伟伸出手来，白冬梅红着脸迟疑地伸出手来说："我叫白冬梅。"自从那天以后，她就接受罗伟的邀请，看过电影和戏剧，游逛过马路。在接触中她觉得罗伟漂亮潇洒，多才多艺，温柔体贴，便深深地爱上了他，爱得把整个心都交给他了。

白冬梅站在松树下，静静地思索着。她感到自己有些轻率，相爱了一年来并不完全了解他，一直是对他无限的敬慕，温顺地依恋着他。现在，她觉得跟罗伟互相不能贴心，话说不到一起去，感情交流不起来，感到罗伟似乎对自己隐瞒了什么。毫无疑问，她深爱着罗伟，正是出于这种热烈的爱情，才对罗伟那么关注，她害怕这样发展下去，会使感情疏远，然而想制止也制止不住，现在跟几个月以前正好相反，那时候每接触一次都发现他一些新的可爱之处，而现在每接触一次都发现一些毛病，为什么会这样呢？她自己没法说清。

夜里的气候有些凉，白冬梅打了个冷战，围着树踱着步子。她由罗伟的身上想到跟罗伟的争论，自己来到普查队是否对呢？现在，她更深信自己是对的，经过这一段勘探生活之后，感到心满意足。她回想起这些日子的经历，觉得自己不比别人差，自己在这些勇敢的勘探员之间被认为是同志。她意识到个全新豪迈的生活已经开始了。

佟飞燕看白冬梅独自离火堆很久，知道白冬梅在想什么心事，等了一阵小白还没有回来，便走了过去。她来到白冬梅的跟前时，白冬梅才发现，停下脚步望着小佟。

佟飞燕说："小白，你自己在这里想什么心事？"

白冬梅微微摇着头，表示什么也没有想。

佟飞燕微笑地说："你不告诉我也知道，你又在想罗伟了。"

白冬梅低垂下头，没表示同意也没有否认。

佟飞燕拉住白冬梅的手说："小白，你不要总跟他闹别扭，这样会影响你们之间的关系，对他的情绪也有影响，你要多关怀他，体贴他，帮助他。他身上是有些毛病，但不要因为这个就跟他疏远。你是他的爱人，帮助他会比任何人都有力。"

白冬梅听小佟的话，受到了启发，是呀？我不该总跟他闹别扭，这会使他难过，会使他对自己疏远，对他没有好处。她抬起头向佟飞燕说：

"你说的很对，我对他总是恨铁不成钢，爱生气，我以后要注意多帮助他。"

佟飞燕拍了她一掌说："这就对了。"她替小白拢拢头发，爱抚地打量着小白。暗想：这姑娘的心肠多么好啊。

两个姑娘正在交谈，忽听篝火边"噗"地一声响，锅里的水泄了出来。白冬梅急忙跑回去。

佟飞燕瞅着跑向火堆的白冬梅，暗暗对她同情：白冬梅找了个罗伟那样的爱人怎么能不伤心呢。她觉得罗伟不配她，象小白这样美丽可爱的姑娘，应该找个更好的爱人。她由白冬梅跟罗伟的身上想起了葛锋，一想起葛锋心里就很愉快，有一种爱慕的感情。她想：葛锋这人怎么样呢？是不是可以把爱情交给他呢？她正思量，远远地看见有两个黑影，便站下来瞧。稍近，她看出走在前头的人是孙大立，后边那人是罗伟，忙迎上前说：

"老孙，你们怎么跑来啦？"

孙大立说："我们正准备燃火露宿，看见这边篝火很旺，想来凑个热闹。"老孙向佟飞燕伸出手说："来，握一下！"

佟飞燕一闪，躲开孙大立，她吃过老孙的亏，那只大手使劲一握，手会疼好几天。她等罗伟走来，向他伸出手来说：

"你好，你这几天勘探有新的发现吗？"

罗伟握了握佟飞燕的手，说："没有什么新发现，到处都是玄武岩，石英岩，花岗岩，我看这一带山区不一定有理想的铁矿。"

佟飞燕说："一个地质人员不能随便下结论，我们对大自然抱着研究态度，肯定与否定要占有充足的资料。"她听罗伟累得吁吁气喘，微笑着说："你不辞劳苦地跑来，是想念白冬梅了吧？我告诉你，小白是个好样的，她跟队员们一样爬山越岭，谁有点病及时就防治了，大家都很喜欢她。"

罗伟说："冬梅是个热心肠的人，对人们很关心，可是她很不会照顾自己。"

"是吗？"佟飞燕知道罗伟不赞成白冬梅到普查队，很替她抱不平，但她温和地说，"白冬梅有这种品质是难得的。一个革命青年应该这样，只要革命事业需要，就不怕艰苦，迎着困难冲上去。我想，在小白来说，她来到普查队不仅对社会主义建设有好处，对她自己也有好处。她刚走向生活，过去缺乏锻炼，在这里会锻炼她的艰苦斗争的毅力，会使她克服脆弱的感情而坚强起来，有了这个开端对她的一生进步都会有莫大的好处。"

罗伟冷笑一声说："若叫你这么说，越到艰苦的地方工作越好，将来没有了这种地方，那时候的青年可就糟了。"

佟飞燕爽快地说："你要知道，我们不是为了受苦而来到这里的。咱们站在工业建设的最前线，是工业建设的侦察兵，哪里荒凉就到哪里去。冷眼看，这儿只有高山峻岭，荒野森林，蚊虫和野兽，再就是暴风急雨而使你不得安生，但是这里有我们还没有发现的矿藏。我们用双手来开发改变这地方来了，这是生活的开始呀！世界文明是人们用劳动创造的，就是美丽的北京，在没有开发以前，不也是一片荒凉吗？那是经过人们的双手修建成现在这个样子的。"她看罗伟皱着眉头，继续说，"这不是抽象的议论，实际就是这样的，咱们的生活是艰苦些，可是咱们吃点苦是值得的。将来回过头来，望望我们足迹走过的地方，那就会发现我们的劳动的诗意，你不是很爱作诗嘛，这是真正的诗啊！"

佟飞燕说到这里，满脸是兴奋的光辉。她希望她的话能唤起罗伟的联想，引起罗伟的共鸣。在她看来，每个地质勘探人员都会体会到自己的劳动的诗意。

罗伟听佟飞燕说了一大套，不耐烦地说："我不想跟你争论，你是有名的哲学家，能说会道，我只是想说，不要滔滔不绝地讲大道理，要讲究实际，说心里话。"他一摆头仰脸去看黑巍巍的山峰。

"这倒怪有意思。"佟飞燕不放松地说，"我不知道怎么样谈才算实际，我觉得我说的够实际的了。我们是地质勘探员，谈谈对我们职业的看法就是实际问题，大道理还是要讲的，谈问题离开了大道理就难以谈通。因为我们是革命青年，要在大道理指导下生活，你说是这样吧？"

罗伟找不出适当的话答复她，只是默默地走着。

佟飞燕爽朗泼辣，心直口快，和谁争论起来就不放松。她见罗伟不响，有些激动，把围巾搭在肩上，边走边说：

"我不知道你对咱们的职业抱着什么看法，一个有集体主义精神，有国家观念的人就应该想到：如果每个人只追求个人舒适，荒凉的地方没有人去开发，地下宝藏开发不出来，工业发展没有资源，我国的一穷二白的面貌多咱也不会改变。我想，你不至于是那种只顾自己、眼光短浅的人吧？"佟飞燕瞅瞅罗伟，见罗伟仍然一声不响，微笑着说："罗伟同志，你怎么一声不响呀？也许是你认为这也是不实际的大道理，不，这对我们地质勘探员来说可是个实际问题，看不到这个，就会感到这样爬山越岭，披荆斩棘没有意义。"

罗伟讥诮地说："这我知道，哲学家女士。可惜这些话并不是你自己的，我好象在某些报刊上已经看过了。"

佟飞燕听罗伟讥诮自己，不但不恼火，反而笑了。说："你说的对，我说的话是在重复上级领导和党的报刊上的话，这有什么奇怪的呢？因为我相信它是真理，努力按照党的教导去生活，去看问题，去发表意见。我现在怕的不是重复得多了，而是害怕没有记取这些教导，害怕离开党指出的正确道路。说实在的，我觉得你很需要加强学习呢。"

佟飞燕看白冬梅迎来，便离开了罗伟。

罗伟紧走几步，抓住白冬梅的冰凉小手，上下打量一眼说："冬梅，我真惦念你，很怕你会出岔子！"他们自那次出发后，虽然回过宿营地，但因晚上回去得很晚，早晨走得很早，一晃有半个多月没在一起交谈了。

白冬梅不高兴地抽出手，说："看你，总是这样顾虑多端，我会出什么岔子！"

罗伟说："这鬼地方，随时随地都存在着危险。我差一点没被山缝子吞没了！"

白冬梅不相信地瞪了罗伟一眼，说："你又是那么玄天玄地的，哪有那么大的危险？"

"这是真的，我差一点死掉了！"罗伟把那天掉进雪坑里的情形说了一遍，当然要渲染夸大一些。

白冬梅听着也吃了一惊，关怀地打量着罗伟，问："你受没受伤？"

"伤倒没有，当时差不点被雪闷死！"罗伟看白冬梅吃惊和关怀自己的神色，心里很喜欢。他说："冬梅呀，在这鬼地方活动可大意不得，随时都要加小心哪！"

白冬梅听罗伟的声调很不舒服，暗想："这是个偶然的事故，用不着大惊小怪。人家孙大立在深山里跑一辈子也没有伤一根汗毛，佟飞燕是个女孩子，照样在深山里跑了这么多年，你不要吓唬我！"她不想见面就争论，心里话没有说出来。来到了篝火边，给罗伟倒上一碗水，退到一边。

篝火烧得很旺，火光照得周围亮堂堂的。队员们围在孙大立的身边，听他讲打老熊的故事。老孙坐在石头上，踞高临下地瞅着听故事的人，讲得有声有色，把佟飞燕和白冬梅都给吸引去了。罗伟坐在一边，怀着惆怅的心情，望望昏暗的星空和黑巍巍的山峰，天空月淡星稀，周围的一切都是静悄悄的，只有山谷溪水响着单调的哗哗声。他心里很发愁，多咱才能熬过这一夜呀！

突然，响起了一种奇异的音乐声。罗伟转过脸一看，见孙大立侧斜着身子，嘴放在双筒猎枪上，鼓着腮邦子吹奏小放牛的曲子，乐声洪亮而动听。

罗伟对此很惊奇，那种惆怅的心情被这奇异的音乐赶走了。这时，他注意到佟飞燕和白冬梅，这两个女孩子，在红通通的火光映照下分外美丽。他情不自禁地以欣赏的眼光注视着她们。佟飞燕的身姿饱满而庄重，红红的脸颊，浓眉毛底下的黑眼睛，有一种严峻而又柔和的表情。小白的身材娇弱苗条，美丽的脸蛋上浮着红晕，一双深沉的大眼睛，透着温顺宁静的神情。两个姑娘比较起来，他觉得白冬梅是理想的妻子，妻子还是娇弱温顺为佳。他越看越加赞赏，情不自禁地由矿石袋里拿出画板，悄悄地描绘两个姑娘的形象。

火噼噼啪啪地燃着，大家都出神地瞧着老孙，老孙吹了一曲又一曲，那洪亮的音乐声在山谷里回荡。

第七章

　　天阴沉沉的，雾气很浓，帐篷里很暗，鲁云超把门敞开，迎着亮光，用红笔在图纸上标着普查填图进度。这一阶段的勘探进度很快，每天都超额完成计划，已把过去拉下的亏空补上些。他盼望天气继续好下去，好赶赶任务，尽快扭转完不成计划的局面。现在看来天气要变，他心头好象压上一块石头。

　　鲁云超听见陈子义叹气，转回头来，见陈子义嘴里衔着烟斗，紧锁着眉头盯着桌上的材料出神。他走过去看看，见资料上画了二道红杠杠，纸端上用红笔写着返工两字。他抬头瞅了陈子义一眼，说：

　　"陈工程师，用得着返工吗？"

　　陈子义慢吞吞地说："这样的资料不返工是不行的，连个岩层都分不清。"

　　鲁云超把资料拿起来看看，然后把它放在桌子上，在老头的侧面草铺上坐下，暗在心里骂那个队员："孬种，搞得这样糟！"沉默了一会儿，他跟老头商量说：

　　"陈工程师，这份材料是否根据他所掌握的材料修改一下，最好是不要让他去爬山重搞，重新搞起来起码得五六天。"

陈子义瞅了鲁云超一眼，取下烟斗说："我想，对这样的队员不能太迁就。他太不负责任，把一些根本要求都省略了。我们不能放松要求，不能让人家看我们交出的资料说我们无能，笑话我们。至于返不返工由你决定好了，不管怎么样搞，只要达到要求就行。"

鲁云超看老头的脸色很阴沉，知道老头很生气，这使他很担心；地质普查填图的精细程度伸缩性很大，稍微粗一些也可以交代下去，若是老头扣的过严，一点也不放松，将来会大大影响进度。他知道陈子义的脾气，经过他的手拿出的东西一定要象样，想要让他让步是不容易的，便不再跟他谈了。

宿营地里很寂静，虽然部分队员没有上山，但都在埋头填绘图纸和整理资料，只有拴在帐篷前的白马在吐吐打着响鼻。鲁云超坐了一会站起来，到门边往外望望，云在空中飘流，雾在山峡里浮动，远处的山峰和森林都被云雾淹没了。他望着心里很着急，天气再要一变坏就更成问题啦！他转回头向陈子义问：

"陈工程师，你看天能不能变？"

陈子义推了推眼镜，望了外边一眼说："这很难说，深山里的气候变化无常，说变就变，现在很阴沉，也许是一阵风刮过，就会云消雾散，也许是响晴的天突然一阵风雨来，特别是入夏以后，变化就更大了。"他说着想起一件事情，说："鲁队长，防水资料箱什么时候解决？"

"噢！"鲁云超拍了两下前额，说，"琐事太多，我把这事给忘了。"

陈子义看鲁云超没把这事放在心上，心里很不高兴，这事已向他提过，只是哼哈答应没认真解决。他郑重地说：

"鲁队长，这事要抓紧解决，我有过痛心的教训，有一年我在大巴山区勘察，三十多人勘察了两个来月，就是因为图纸资料放在帆布包里，突然遭到一场暴风雨袭击，资料大部分被湿毁了，这事可疏忽不得。"

"好，我一定尽快解决。"

鲁云超想起了葛锋，葛锋下乡有二十来天，到现在还没有回来，若是他在家照顾些琐事，自己集中力量抓勘察多么好。他心里很烦闷，觉得谁也不理解自己的苦衷，自己负责全面勘探工作，什么都要照顾到，既要赶进度又要照顾到质量，还要处理队里的一切琐事，老工程师为质量不肯放松，葛锋拉着队员下乡，队里的几个领导干部不能拧成一股绳，这工作可怎么干法呀！他正在思索，看见白冬梅高高兴兴地走来。

白冬梅离老远就喊："鲁队长，刘大爷来报矿啦！"

鲁云超抬头望去，见在白冬梅的身边有一位苍白胡子的老头。老头带着一条黑毛猎狗，扛着一条沉甸甸的麻袋，累得满头大汗。他赶紧把老头让进帐篷。

老头走进帐篷，把麻袋"砰"地放在地上，撩起衣襟擦了擦脸上的汗，向鲁云超说：

"真是远道无轻载，人老无用了，好沉哪！姑娘，有水吗？"

"有！"白冬梅给他倒了一碗水，老头一饮而尽，她又给他倒了一碗，打量着老头问："你老多大岁数啦？"

"你们猜吧！"老猎人捻着花白的胡子，风趣地眯着眼睛瞅瞅白冬梅，又瞅瞅鲁云超和陈子义，见三个人直打量自己也猜不出来，微笑地说，"我今年整整是七十岁，再有三个月就过生日啦。"

白冬梅惊讶地注视着老头，心里有些不大相信，照老头身体那样健壮，那样精神抖擞的样子，顶多也不过五十多岁，但看他的花白胡子，知道老头说的是真话。她对老头的健壮体格很羡慕。她指着鲁云超说：

"这是我们队的鲁队长，你把找矿的情况跟他谈谈吧！"

老猎人端起碗，一仰脸咕嘟咕嘟把水饮干，擦一把胡子上的水说："那天我由城里回来，小花就告诉我说，你们队的葛书记亲自到我家去找我，因为我没在家，就给留下好多块矿样子。葛书记这样看得起我，我哪能不尽心呢。可我是个跟獐狍打交道的粗人，斗大的字不认识半升，矿在脚底下也不认识。"

鲁云超知道他就是刘老槐，想起那天佟飞燕说他象个老山神爷，情不自禁地微微一笑，说：

"你对这一带山区很熟，有了矿样子就可以找啦。"

"要说我对这一带山区熟我是真熟，我从小就在山里跑，把胡子都跑白啦！"他说着捻了捻胡子，说，"说实在的，这一带山里哪座山头我都上去过，每片树林我都钻过，眼看着有些古树空了心，眼瞅着树木长起来，山里的老熊我都认识，你们若是打猎找我当向导，那太行啦！可是叫找矿我就傻眼了。"

刘老槐很兴奋，滔滔讲起他打猎的事。鲁云超怕老头谈起来没个头，拦住他的话说：

"老大爷，你谈谈麻袋里的矿石是怎么样找的吧？"

"好啊！"刘老槐说，"那天小花当我一说，我想，既然葛书记这样看得起我，无论如何也不能辜负他的好心，想办法去找吧。我领着小花，照样子上山去找，可是就是有样子也不好办，山上的石头千奇百样，有些石头又差不多，我们看着差不多的就砸下一块，看出特殊的石头也砸下一块。我们跑了不少山头，砸了不老少，今个选出了一麻袋扛来。"

鲁云超暗想：若是老头真的找到矿，那才叫有意思呢。他转脸瞅陈子义一眼，向刘老槐说：

"你把矿石拿出来给我们看看。"

"好！"刘老槐弯腰打开麻袋，拿出了一块石头交给鲁云超说："你看，这块黑石头，又黑又沉，是不是铁矿？"

鲁云超接过石头看看，原来是一块玄武岩，皱了皱眉头，把石头递给凑过来的陈子义。他看刘老槐还等着回答，说：

"这是一块普通石头，不是矿，你再多拿出几块给我看看。"

刘老槐瞅一眼陈子义，又瞅瞅白冬梅，弯腰继续往外拿。

鲁云超接着看下去，原来是正长岩，花岗岩，石英岩，玄武岩等一些普通岩石。他越看越没有意思，转脸瞅瞅陈子义，眼光里在说："你瞧，这就是葛锋看重的老头报的矿！"

刘老槐见鲁云超不看石头，疑问地瞧着他问："那些石头里边有矿吗？"

"全是石头，你对这些石头是在哪个山上砸的能分清吗？"

刘老槐摇摇头说："分不太清楚，若是慢慢想还可以想出来在哪儿砸的。"

鲁云超放下手里的石头，往椅子上一仰说："看来你所熟悉的是山林，是飞禽走兽，对矿可不知道，白白劳你费了很大的劲，实在是对不起。"他暗暗埋怨葛锋，这简直是胡闹，让老头费这么大的力气，连一点用处都没有。

刘老槐有些失望，撩起衣襟又擦了一下脸上的汗，说："这里边还有不少，我都拿出来给你们看看，说不定会有矿呢。"

鲁云超摆摆手说："不必啦，你把它全倒了吧！"

刘老槐看鲁云超很冷淡，脸色唰地冷落下来。他很寒心，自己白白辛苦了好几天，大老远的送来，人家连看都不愿意看。这时，他暗暗埋怨起小花；都是那个鬼丫头鼓动的，不然自己哪能这样自讨无趣呢。

鲁云超向站在门口的白冬梅说："小白，你领老大爷去休息一下，搞点饭吃吃，老大爷若是没有事就请回去吧！"

白冬梅没有动，瞅着鲁云超似乎有话要说，看刘老槐站在那里，没有说出来。

刘老槐扫了三个人一眼，没有吱声，双手抹了一把脸，背起麻袋就往外走。

白冬梅看刘老槐的神色更觉得不过意，等老头走出帐篷时，向鲁云超说："鲁队长，这样是否不好，就是不是矿也该都看看，这叫他多么不高兴。"

鲁云超不耐烦地摆摆手说："我哪有时间跟他纠缠，你快去招待他去吧！"

白冬梅的脸色涨红，两眼转动着瞅着鲁云超，见鲁云超继续去标图，委委屈屈地转身走出帐篷。

白冬梅出门一看，刘老槐已离帐篷很远，"哗啦"一声把石头全倒在地上，抖了抖麻袋，往肩上一搭，领着猎狗大步地向山里走去。她喊了一声，刘老槐回头向她说："姑娘，你回去吧，我走啦！"老头说完转身加快脚步走去。她再喊老头连头也不回了。

白冬梅望着刘老槐走进林子里后，深深地叹了一口气，迈步慢慢走到那堆石头边，蹲下来翻看那些石头，感到又可惜又不安。她正看着，忽听背后有脚步声，回头一看是罗伟。

罗伟今天很得意，穿着一套西服，结着领带，胸前挂着照象机，胳肢窝下夹着画夹子。他走到白冬梅的跟前，拿出一幅画交给白冬梅说：

"你瞧，这幅画多么好，它可以说是我最成功的一幅画，真能拿去展览呢！"

白冬梅接过画，看画的是：深夜里，在一座雄伟险峻的山上，燃起一堆篝火，火堆上吊着个小锅，两个姑娘坐在火堆边，对着火光出神。远景是一片莽苍苍的森林，深蓝色的天空上布着稀疏的星星。姑娘画的还可以看上眼，姿态有些做作，整个画面给人一种孤零零的感觉。她看完还给罗伟说：

"你为啥只画我们俩，孤零零的，画面的景物画的也不好，我不喜欢。"

罗伟有些扫兴，把画放进夹子里，说："那天是你们俩人引起我的创作冲动，如果顾得多了，你们俩人可能就不会这么传神了。你不懂得画画的艺术规律，画画和写诗一样，得有艺术灵感，灵感上来了才能画好画，选景时要抓最突出的景物，集中去表现它，不能鸡毛蒜皮一把抓。"

白冬梅听着心里很不痛快，这些话她过去听到过了，那时候听了感到他多才多艺，知识丰富，虽然也听出其中有些不合情理的话，也没有在意。现在听起来觉得做作虚伪，越听越发看不起他。但她不愿意拂罗伟的意，硬着头皮听下去。

罗伟看白冬梅满脸不高兴，得意的心情马上消失了。他弄不明白，这个温顺的姑娘为什么总跟自己闹别扭。沉默了一下，问：

"冬梅，你为什么不高兴呢？"

白冬梅指指石头说："你看，这是老猎人扛来的，他大老远的来报矿，可惜不是矿，让他白费劲。鲁队长又对他很冷淡，使老头很伤心。"

罗伟听了放了心，原来是为了这个呀。他用脚踢了一下石头，哑然一笑说："你真是个多愁善感的人，这有什么奇怪的，我早就料到会这样，若是什么人都能找到矿，就用不着开地质学院啦！"

"你！"白冬梅听着火不打一处来，猛地抬起头来，严峻地瞅着罗伟，提高声音说："你这是说的什么话，什么人都能找矿？你又是什么人，大学毕业生吗？你又找到了多少矿？有什么本钱轻视人，亏你说得出口。"她把方才跟鲁云超的气都发泄在罗伟的身上。

罗伟被白冬梅吓了一跳，弄不明白她为什么这样激动。他生气地说："你别这样跟我使性子，本来吗，地质勘探是科学工作，一个老猎人怎么能找到矿，让他白费劲能怨谁，这是葛书记的事，你管它干嘛！"

"什么都不与你相干，你就知道你自己，谁知道你的脑袋里装了些什么呀！"白冬梅一甩辫子转身向自己的帐篷走去，眼泪滴滴点点流出来。她走得那么快，象是怕罗伟去抓她似的。

罗伟呆立在那里，眼盯盯地望着飞快走着的白冬梅。他觉得白冬梅变了，清楚地看出她身上增加了佟飞燕的特色，这使他很担心；若是她竟跟佟飞燕学可就糟了。他看白冬梅走进帐篷里，飞脚猛地踢起石头，石头飞了很远，差一点没打在陈子义的身上。当他发现陈子义两眼盯着自己，感到很晦气，想躲开已经来不及了，只好站在那里。

第八章

陈子义走到罗伟的跟前，上下打量罗伟一眼，看罗伟的脸色很阴沉，紧锁着眉头，局促不安地瞅着自己，心里很不自在，他看不惯这种晦气的样子。他不清楚罗伟跟小白闹什么别扭，但总觉得责任是在罗伟的身上，同情心完全站在小白那一边。他抬头往白冬梅住的帐篷望望，望不见白冬梅的影子，转脸向罗伟说：

"你为什么又跟白冬梅闹别扭？"

罗伟有些没有好气地说："她诚心要跟我闹，我有什么办法！"

陈子义压不住心里的火，两眼注视着罗伟说："我听说你不赞成她来普查队，怎么能叫她不生气。她怀着满腔热情走向工作岗位，怀着火热的心情扑向你，你呢，给她泼冷水！全队的人都那么热烈欢迎，而你却不赞成她这个举动，叫她怎么不失望。你呀，太不争气啦！"老头因为激动，说话有些语无伦次，他看罗伟垂下头，就不再说了。

两个人沉默地站在草地上，既不说话也不离开。陈子义察觉到罗伟总是躲着自己，明白罗伟对自己很厌烦。他想：罗伟终究不是自己的子弟，不能一味教训，他早就提醒自己要注意态度，可是遇见不顺眼的事，总是控制不住自己的感情，现在后悔已来不及。他由口袋里掏出大烟斗，装上了一锅烟，吸着烟让自己的情绪平静下来。

沉默了一会儿，陈子义取下烟斗，温和地说：

"罗伟，这些日子你为什么总是躲着我，你生我的气吗？"

罗伟说："我深深知道你对我的一片心，别说你说我几句，就是打我几下我也不会生气。"

陈子义深深吁了一口气说："我对你关怀很不够，不生气就好啊！我对你有些恨铁不成钢，总是希望你快进步。我的腿脚到底是笨了，头秃了顶，胡子也变得苍白，眼见是不中用了。我盼望你们这些青年更快地成长起来，我们国家多么需要出色的地质勘探人材呀！"

罗伟表示理解地点点头。

陈子义挨近他些，苦口婆心地说："你要努力工作，努力学习，在你这种年龄的时候，正是增长知识的时候，青春不能虚度，到时候就追悔不及了。你要向佟飞燕学习，那个姑娘真是令人称赞，出校几年来已经钻研不少东西，前几天我看到她写的两篇论文，写的有一定的水平。现在你爬山勘察这是最实际的学习，要善于开动脑子，找参考书我那里有，有问题去找我，咱们来共同研究。"

罗伟说："好，我一定努力！"他看陈子义感情深重的样子有些感动，不过他不高兴老头见面就唠叨。

陈子义没有再说什么，罗伟离开了他后，他迈步向石头堆走去。

陈子义走到石头堆边，弯腰看看石头。石头的块头几乎是一般大，有好几种颜色，黄的、黑的、白的，与花岗岩共生的云母片发着亮光。他伸手拿起两块花岗岩，揭下一片片的云母，把它撒在地上。他象白冬梅一样，看鲁云超对老猎人不够热情，觉得有些不过意。老猎人扛来一麻袋石头他并不感到意外，原来对此就没有抱什么希望，不过一个白发苍苍的老者，费了九牛二虎之力扛来这么一麻袋石头的行动却使他感动。

陈子义对葛锋和鲁云超的争论，持着谨慎的态度，尽量避免卷进去。但是他却注意观察两个人，那个高个子葛锋，和他一见面就叫你喜欢，他总是那么容光焕发，身上隐藏着无限热情和力量，有种接近人的本领，谁都愿意跟他在一起交谈，他能鼓舞人们的斗志，他觉得普查队需要这么个领导人。当然，老头也觉得他有些弱点，对地质勘探技术掌握的不多，看问题也许不准确，这次下乡他就不赞同。鲁云超在老头的心目中有极不准确的印象，他跟鲁云超相处七年多了，鲁云超刚当地质科长的时候，精力很充沛，工作和学习的劲头很高，可是近几年来停滞下来，滋长了自以为是的专断的作风，特别是到普查队后，这种作风更加发展了。他对葛锋和鲁云超的争论有他自己的看法，但是他宁愿保持沉默。

云母片纷纷由老头的手里落在地上，亮晶晶的碎片成了堆。他用脚尖踩了两下那些亮晶晶的石片，离开石头堆，信步向山根走去。

阴云越集越厚，许多山峰都戴上雾沉沉的帽子，山燕忽然象箭一样地钻进云层里，忽而又从云彩里钻出来，三五成群地嘎嘎叫着，飞得那么轻巧灵敏。陈子义看云低雾重，山燕在嬉戏，还不是要下雨的苗头，放了心。

陈子义望着周围的山峦，对附近这些山峦已初步了解了。经过这一阶段的勘察，从种种迹象中表明这一带山区能有铁矿，他的找矿信心更增强了。但是他对勘探质量很不满意，几天来，直向队员们发脾气也制止不住。他想：佟飞燕说的对，队长有忽视质量的思想会影响队员们，现在看来这种影响已经产生了不良的后果。他原来同意那个勘探计划，是因为相信鲁云超，鲁云超当地质科长的时候，对基层队的图纸资料的质量要求很严格，为了这个跟队上闹过不少矛盾，不料轮到他在基层工作时又这样忽视质量。他现在后悔自己对原计划没表明态度，现在若是提出异议，会使鲁队长很难堪，显得自己反复无常，他觉得很难心。

陈子义正思索着，忽听有人喊他，抬头望去，原来是葛锋和贺林，便一边跟两个打招呼一边迎上前。

葛锋走到陈子义的跟前，热情地跟老头握握手，关怀地打量着老头。他看老头的心情不好，问：

"陈工程师，你怎么啦？"

陈子义说："没有什么，身子有点不大舒服。"

葛锋重新打量老头一眼，关心地说："你可得注意，你是我们队上的主心骨，揭开这一带山区的谜，在很大程度上要靠你。"

陈子义谦逊地说："这得靠大家。"

葛锋说："靠大家是对的，地质勘探工作是个科学性很强的工作，决不能否定主任工程师的作用，那些青年要靠你的指导呢。"

陈子义叹了一口气，说："我的指导很不力，很惭愧，我在某些方面还不及他们。"他捻着苍白的胡子，轻轻摇了一下头。

葛锋察觉到老头今天有什么感触，想借这个机会跟他谈一谈。说："不管在哪一方面你都不要低估了自己，就凭你这把苍白的胡子，同青年人一样地爬山越岭，积极地为国家勘探资源，就足以表明你对社会主义的热爱。你那种坚强的事业心，你的渊博的知识，你那种不怕艰难的精神，和你在地质勘探事业方面的贡献，都称得起是青年的榜样！当然，我觉得你也有不足之处，你处事有些世故，把自己局限在技术圈子里，在政治上缺乏进取心。陈工程师，这是为什么呢？"

陈子义避开了葛锋的眼光说："葛书记，我已经老啦。"

"这就奇怪了。"葛锋跟陈子义争论起来。"你在勘探工作方面不服老，为什么在这方面服老呢？是的，你会说，哎，葛锋呀，你不要跟我谈这个了，我的大半辈子都在旧社会消磨掉了，思想迟钝了，关掉了对新鲜事物的敏感。胡子已经苍白，头已秃了顶，我现在还有什么可追求的呢？只有把我的技术知识贡献出来就算啦！"

这几句话说到陈子义的心眼里去，他抬起头来瞧着葛锋说："正是这样，完全对！象我这样的老年人，只有把我晚年的力量贡献出来，以表达我对社会主义的热爱吧！"

葛锋看老头跟自己推心置腹地交谈，心里很高兴，觉得老工程师很直爽。接着说：

"你的经历我很了解，你在年轻的时候就是个爱国的知识分子，在深山里奔波了半辈子，几十年来饱受痛苦生活的磨难。解放后，你在地质勘探事业上做出了很大的贡献。"

陈子义耸耸眉毛，心里感到满意。

葛锋看老头注视自己，知道老头对自己的话很注意，又挨近他些，说："你有旧社会的辛酸经历，受了很多痛苦，但在某种意义上来说是件好事，现在的一些小青年恰恰是不了解这个，因此身在福中不知福。陈工程师，在政治方面也要相信自己，相信组织，要振作起来。"

陈子义看葛锋的神色很诚恳，受了很大感动，想说什么，但没有说出来，对于表示态度他很不习惯。

葛锋同陈子义来到石头堆前，注意到那堆石头，问："陈工程师，这些石头是从哪儿弄来的？"

"老猎人刘老槐扛来的。"

"为什么倒在这里了？"葛锋疑问地瞅着陈子义。

陈子义把老猎人来报矿的情形说了一遍。

葛锋听着心里很不高兴，看来老猎人是伤心了。他对老猎人很重视，今天临回来时又到了刘老槐的家，听小花说刘老槐背了半麻袋出奇的石头来了。便高兴地往回赶，想跟老猎人谈谈，多了解一些这一带山区的情况，谁知老头这么快就走了。他看了看岩石，迈步往帐篷走去。

鲁云超看见葛锋走进来，忙放下手中的红笔说："你可回来啦！日子好长，不然我要派石海找你去啦！"

葛锋听鲁云超提起石海，就向他说："老鲁，石海这个人应该注意，我这次下乡，发现石海这个人很不老实，违犯政策，甚至欺骗人。"

"他欺骗人？"鲁云超扬扬眉毛。

"对，他很不老实。"葛锋放下草帽和挂包，在鲁云超面前坐下说："他向农村干部说，我们不久就要运来钻探机，随着钻探机会来一批机修工人，答应将来可以帮助山村打井，也可以帮助修理农具，借此骗取人家支援。刘家店就曾经无偿地支援过我们一批菜和地瓜。你瞧，这象什么话。"

鲁云超皱起眉头，骂了一句："这个浑蛋！"

葛锋挨近他些，说："据某些迹象看，这人可能手头不干净。"

"你根据什么，有事实吗？"

"还没有。"葛锋郑重地瞅着他说，"我们应该注意！"

鲁云超沉思了一下，摇摇头说："没有事实可不能乱怀疑人。他的手段不对头，要加强教育。不过，我们也要体谅他的困难，人地生疏，不好办事，他不得不跟人家说好话。好吧，我剋剋他，不准他再这样干。"他从地上拣起两块石头，放在葛锋的面前说：

"老葛，这就是老猎人报的矿！"

葛锋没有动石头，两眼注视着鲁云超，老鲁的淡漠的神色使他很恼火，没想到老鲁会这样，但他能够控制自己的感情，默默地拿起一块石头，一边看着，一边慢腾腾地在草铺边坐下。

鲁云超拿起两块花岗岩，"砰砰"砸得冒火星，慢声慢语地说："老猎人费了九牛二虎的力气，大老远地扛了来，结果是一麻袋石头。他虽然是个老山林通，可不知道哪儿有矿，看来这条道行不通，算了吧！"

"下结论恐怕是太早了。"葛锋严肃地说，"我们这次下乡没有发现大矿点，可是跟许多人取得了联系，有护林员、牧放员、猎人、樵夫、山区农民和农村干部，群众很热情，向我们介绍了很多山区情况，答应要注意发现矿。有那么多人关心我们找矿，这不是个很大的力量吗？老猎人今天扛来一麻袋石头，不能说是失败，相反的证明有了效果，我们的冷落帐篷有人光顾了。对于老猎人这种热情只能鼓励，不能泼冷水，这不仅伤了老头的感情，也会给当地群众造成不良的影响。"他有些激动，一口气说了这么多。

鲁云超看葛锋不高兴，也来了气。说："他因为扛来一麻袋石头而伤心，你要我对他怎么样呢？"他放下石头，掏出烟盒，拿出一支烟在烟盒上磕了好几下，用打火机点着，眯缝着眼睛大口地喷烟。

葛锋看着脸色阴沉的鲁云超，心里非常难过。他感到浑身发热，索性把衣服扣子解开，用大草帽不停地扇着。

天气阴沉，虽然敞开了门，帐篷里还很昏暗，再加上烟气一薰，更显得有些气闷。

鲁云超一口接一口地喷着烟，眼望着外边，外边风吹云涌，更增加了他的烦恼。他觉得葛锋太固执，也太浅薄，把在军队里学到那么点东西，生硬地搬到地质勘探部门，还那么得意洋洋，硬要人接受。难道说我鲁云超就赶不上你，吃地质勘探这碗饭也比你多了好几倍。不用说别的，你认识几种矿石，懂得什么叫大地构造，知道矿物生成规律是什么？……现在他很不愿意跟葛锋争论，觉得跟葛锋争论不出个名堂。

沉默了一阵，鲁云超转过脸来，瞧着葛锋说：

"这儿没有别人，咱们说话用不着绕弯子，有话就爽直地摊开来说。勘探计划已经定下来，本来是不应当再去争论，可是你仍然鼓动人反对那个计划，自己亲自下乡跟我唱对台戏。老葛呀！这样对工作是没有好处的，我们要拧成一股绳，要全力以赴才成啊！"

葛锋对鲁云超这番话感到意外，自己下乡这么些天，怎么还能鼓动人呢？这简直是无中生有。对于不同意见看成是唱对台戏，这哪里有原则性呢！他停止了扇风，严肃但又温和地说：

"我很高兴你这样直爽，有话就直爽地谈出来，会更快地消除咱们的分歧，有利于我们统一思想。我下多是根据统一安排进行的，不能说这是跟你唱对台戏，这只是整个勘探工作的补助措施。说实在的，我很不愿意下乡，可是你只抽贺林一个人怎么能行呢？再说，我们来到这里，应该跟当地党组织取得联系，争取当地党组织领导和帮助我们，我是迫不得已才下乡的。群众路线是放之四海而皆准的真理，地质勘探工作也不能例外。"

鲁云超埋头吸烟，一声不响。

葛锋瞅着他说："老鲁，我们对工作有不同看法并不奇怪，争论一下是有好处的，它可以帮助我们消除成见。可是你有些疑神疑鬼，这样会把简单的问题搞得复杂化的。"

鲁云超喷了一口烟，说："疑神疑鬼也好，不疑神疑鬼也好，反正我这个队长很难干！你不是很相信群众吗？那么你去听听群众的反映，听听罗伟和其他技术人员的反映吧！老实说，你那套并不高明，不必要再牵扯力量了！"他说完站起来，在地上踱着步子。

"这个提醒很好，我应该好好听取群众的意见。"葛锋的脸色很严肃，注视着鲁云超说："我们都要注意听听群众的意见，充分发扬民主，让群众广泛地讨论一下，集思广益，会使我们的工作搞得更好些。"

鲁云超压不住火地盯着葛锋，郑重地说："行政方面的事留给我这个队长去办吧！我想我可以应付得了的！"他把半截烟扔在地上，用脚踹得粉碎，往桌边一坐，继续去标图表。

葛锋努力克制着自己的情绪，只觉得胸膛发闷，热血往上涌，心里翻腾着复杂的思潮。他站了一阵，默默地走到门边，让凉爽的风吹吹自己。

第九章

　　葛锋跟鲁云超正在争论的时候，石海站在隔壁帐篷里，手扯着篷布角伸长着脖子往那边望，可是他望也望不见，听也听不着，想去探探风声，又找不到适当的借口，越望越不安，黄焦焦的脸上布满了愁容。

　　石海正在焦急，一眼看见了贺林来打水，灵机一动，赶紧迎出帐篷，满脸堆笑地说："小贺，你辛苦啦。"

　　"不辛苦！"贺林紧走几步，向石海伸出手说，"好久没见，你好啊！"

　　"很好！很好！"石海热情地跟小贺握握手，推着贺林的背，说："请进帐篷里坐坐，你这次下乡一定是太显身手啰。"

　　"我一个练习生显什么身手，对付着搞呗。"贺林谦逊地说，心里可暗暗得意。

　　贺林跨进门，环视了一下帐篷，帐篷只掀个门缝，里边的光线很暗，锅灶已搬到外边去了，可是里边堆着粮食和蔬菜，勘探器材，甚至还备有引火用的干柴，帐篷虽大，却很拥挤。

　　石海把贺林领到一个角落里，倒了满满一杯水，放在贺林的面前说："你走的又饥又渴，先喝杯开水润润嗓子，然后再吃点东西！"

贺林对管理员这样热情劲很满意，不客气地端起杯子就喝。他实在是渴了，恨不得一口把满杯水都喝下去，可是水太热，烫得他直摇头。

"我的老天爷，这么热的水，可不能一口吞哪！"石海被逗笑了，不过笑得不开朗，一丝笑意掠过眼角就不见了。他问："小伙子，你们这次都到过哪些村子？"

贺林说："我们到的村子可多啦！一面坡、盘松庄、刘家店、码石沟……"他一连数了十几个村子。

"青龙镇呢？"

"我们也到啦！"贺林喝了一口水，抹一下嘴巴说："你就不用问，附近的村镇我们全到过啦！"他看石海对此很感兴趣，就向他介绍起各村的特点和趣闻。

石海对那些趣闻并不感兴趣，心里在忐忑不安。他原以为队里的领导干部不能下乡，在附近村子里购买东西时搞了些鬼，现在这些村子全被葛锋走遍了，他怕露了马脚，但他不露声色，还不时眨着眼睛瞅着贺林，装做感兴趣地笑笑。

两个人，一个有心，一个无意，很热闹地谈下去。

贺林向来就是这样，肚子里装不了三句话，有点事就要向人说，现在看管理员这样感兴趣，讲起来就没个头。

石海称赞地说："你们真是深入，把什么地方都跑到了。"

"当然是深入啰！"贺林喝了两碗热水，黝黑的脸上冒了汗。他把衣服敞开，兴奋地说："葛书记那人是老太太掌鞋不用锥子，真（针）就行，他爱接触人，人也愿意接触他，这次他访问了各式各样的人，有猎人、放山的……"

石海插言说："不用说，一定是接触了不少农村干部啦？"

"那是自然啦！"贺林说，"这回他和几个村的干部都认识了。经过这次访问，咱们这个找矿队在各村都挂上了号，农村干部都表示很愿意支持我们。他给你的工作也创造了有利条件，你再下乡办什么事保证就好办了。"

石海装作很感激地说："葛书记对什么都关心，有这么个好书记，一切工作都好干了！他打听过物价了吗？"

"打听过！"贺林说，"他什么都打听，对什么事都关心。"

…………

贺林走了。石海象个泥菩萨似的坐在那里，用手支着下巴回味着贺林每一句话，从这些话里作出种种猜测、判断。

石海过去自觉神通广大，眼下，他感到自己软弱、渺小、可怜。他的父亲是个马贩子，往来内蒙、热河等地贩马，曾经显赫一时，资本达到一次可买二百多匹马。照他父亲的话说是因为他们命运不济，有一次集中所有的资本到蒙古草原赶回来二百三十匹马，走到路上碰见日本军，把马全部给抢走了。这一下破产了，他的父亲也一病死去。那时候他才十几岁，虽然有恢复父业的雄心，但他到底年轻，不得不依靠种几亩田地维持生活，后来他长大些就到牛马市上去拉经济，从中捞取点"外快"。解放后，世道变了。他看当工人吃香，到工厂当了工人，一年后被提拔为办事员。他在地质科工作时，虽然在政治上很落后，手头还干净。自来到普查队后，见队长对自己放手，个人独揽队里的事务，就觉得捞"外快"的机会到了，开始贪污和偷盗。葛锋来了后，他就加了小心，不料当晚就露了马脚，后来又见葛锋亲自下乡，心里很不安。现在听到贺林谈的情况后，心情更加沉重了。

石海坐了一阵，又站起来踱着步子。他越想越是神魂不安，觉得不仅如意算盘打不成，怕是要身败名裂了。他踱了几个来回，忽然看见箱子上的酒瓶，抓起来打开盖子，仰脖咕噜咕噜喝了几口。

几口酒下肚，石海觉得脸上有些发烧，感到这样不妥当，又暗自提醒地想："要沉着！胆小不得将军坐，慌乱会坏事的。"他放下酒瓶，抹了一把嘴巴，还吃了两根大葱，好掩饰酒的气味。

石海想到外边走走，刚往外走了两步，见鲁云超出现在门口，脸色很难看，瞪着眼睛盯着他。他大惊失色，两眼打量着鲁云超，暗暗在心里叫苦："完了！完了！"

鲁云超逼视着石海，眼光很严峻，厉声地说："你在农村干了些什么勾当，向我坦白！"

"我？"石海惊得手没处放，脚没处站，连连退了两步，艰难地说出一句："我什么也没有干呀！"

鲁云超的眼光更凶，咆哮道："你还敢瞒我！"

石海更加慌乱了，萎缩了。队长这样咆哮他不是没经着过，过去不管队长怎么样发雷霆，他心里也有底，说上几句顺情话就行了。今天，他心里可一点底也没有，队长为什么忽然对自己大发雷霆，这一定是跟葛锋下乡有关。他瞅着鲁云超，频频地眨着眼睛，人慌无智，想不出道道。

鲁云超走到草铺边，坐了下来，眼睛一直逼视着石海。他的气很大，一方面是因为觉得石海不争气，给自己丢了脸，另一方面把对葛锋的气也发泄在石海的身上。他看石海光眨眼睛不说话，嚷：

"你光眨巴眼睛干嘛，我让你说话！"

石海壮壮胆，哭丧着脸说："鲁队长，我确实没做什么额外的事，你让我说什么，我有什么不对处你就说吧！"

"谁叫你到农村胡搞，跟人家说假话，欺骗人！"鲁云超冲口说出来。接着又追问一句："你说你有没有？"

石海听这话轻松了些，胆子更壮了。他思索地说："我说过谎话？欺骗过人？"连连说了五六句，还没有谈什么。

鲁云超不耐烦了，就把葛锋向他介绍的情况谈出来。

石海听着觉得心里一块石头落了地，原来队长为了这个向自己发脾气呀！他浑身的肌肉松弛了，暗自庆幸。但他还是装着愁眉苦脸的，慢腾腾地在鲁云超旁边坐下，低垂着头，很诚恳地说：

"这些话我曾说过，确实有过此事！鲁队长，你批评我吧！我有自由主义，原则性不强，有资产阶级……嗯，对啦，小商人作风……"

鲁云超挥手打断他，说："你别跟我来这一套，谁叫你去胡搞，去说假话，去欺骗人！将来不兑现，会造成什么影响，唉？"

"我错啦！我……"石海抬起头想要辩解。

鲁云超的怒气很大，闪地站起来，两眼喷射着逼人的光。在地上走动着，对石海训斥起来，话说的很尖锐，有时还挖苦。

石海知道，当鲁队长来火的时候就不要吱声，要认真地听着，一会儿队长的火就过去了。他现在就采取这个办法，老老实实地坐在那里，两眼瞧着鲁云超，不住地点头，象是很虚心，很感动。

果然不出石海所料，鲁云超发了一阵雷霆后，就不响了。

沉默了一会儿，石海小心翼翼地说："你批评的很对，使我受了很大教育。不过，唉，鲁队长，这里边有些出入，并不是我主动向他们说的，是他们向我提出来，我一时原则性不强，就哼哈答应，等将来再说。"他开始反驳了，但是绕着弯的，反正鲁队长也没有亲自下乡，好胡弄，他把大事说小，小事说了，到后来把事推个干净。他进而哭丧着脸说："鲁队长，别人不了解，你还不了解，困难哪！我到乡下去办事，有时候不得不顺情说两句好话，应付几句，不然事就很难办通……"接着他讲了一大堆困难，在他的话里含蓄地表明，在这种困难条件下，换个别人就很难应付，普查队全凭他这样一个管理员。

鲁云超听着石海的巧辩，气消了，转而对石海很同情，暗暗埋怨葛锋；这老兄就是爱大惊小怪，听到风就是雨，这个是原则，那个是政策，疑神疑鬼，不要说是对石海，对自己也是那么不肯放松。他看石海哭丧着脸瞅着他，温和地向他说：

"你今后要注意，不要胡搞，我在葛书记面前替你夸了口，你可不能叫我难堪！”

"我一定注意！"石海装成是感激，又是委屈的样子，眼角上挤出了两颗泪珠。说："我充分了解你的心思。现在跟一个月前不同了，那时候一切都由你负责，现在……你也有你的难处，难呀，"他垂下头，不住地摇晃。

鲁云超皱起眉头。他不愿意看石海的晦气样子，但觉得他很体谅自己，现在的事确实难办，老葛动不动就拿支部和群众压人。

沉默了一会儿，石海抬起头，慢吞吞地说："你跟葛书记的争论，群众也有反映，本来嘛，葛书记那套是行不通。可是……鲁队长，我看你不要太坚持！"

"为什么？"鲁云超瞧着石海问。

石海眨了眨眼睛，含蓄不露地说："你跟葛书记关系不好，对工作不利，对你自己也不利！分局派葛书记来加强队里的领导，这样显得你不虚心，显得……"他把底下的话咽回去。

鲁云超烦躁地挥着手说："算啦！我用不着你来关照。"他感到伤了自尊心，闷闷不乐地在帐篷里转了一圈，走了出去。

石海看鲁云超走出去，拿起杯子咕嘟咕嘟喝了一杯水，舒畅地抹了一下嘴巴子。他想：看来问题不大，自己过于心虚了。他喝完水走出帐篷，抬头望望天空，风吹云涌，天阴沉沉的。他希望来一场暴风雨，给队里多增加一些麻烦，麻烦越多越好，这样自己可就轻松了。

石海信步走到林边，看见罗伟在林子里徘徊，看罗伟那种垂头丧气的样子，就知道他又跟白冬梅吵了嘴，便走上前说：

"罗伟同志，你又在琢磨些什么呀？"

罗伟瞅了石海一眼，没有吱声。他看不起管理员，觉得石海太俗气。

石海看罗伟对自己很冷淡，暗在心里骂道："蠢东西，你清高个啥，不过是刚离娘胎的猪崽，能有好多油水。"他狡黠地微笑着说：

"罗伟同志，你怎么打不起精神呢？你看队员们个个都生龙活虎，你总是这样心事重重，这种灰溜溜的情绪可不对头啊！"

罗伟厌烦地摆一下头，说："你去忙你的去吧，我的事用不着你管！"

"我当然是管不着，可是同志间的互相帮助你不能拒绝吧！"石海笑着说。然后脸色又变得很严肃，说："咱们都是老白丁，谈不到谁帮助谁，正是出于这个原因，我觉得我应该提醒你几句。"

罗伟反对任何人教训自己，不信任地瞅着石海说："你想提醒我什么呢？"

石海不慌不忙地说："我想，你要放聪明一些，应该赶上形势，不要固执己见。你跟我不同，我是个土埋半截的人了，没有什么大盼头了。你呢，年纪轻轻的，是个大学生，前途很远大。"

罗伟看他谈的没有什么新东西，对他失去了兴趣，把脸扭了过去。

石海继续挑逗地说："清高固然可贵，直爽也很可嘉，可是要克制自己的情绪，要学会赶形势，背上了个政治落后名声，对自己的前途可大有影响！"

罗伟转过脸，怒冲冲地说："我甘愿落后，用不着谁关心！"

"你呀！"石海装做无可奈何地摇摇头，说，"这样是吃不开的，别说是前途，就是在爱情上也会受很大影响。"他看罗伟气的脸色涨红，暗暗高兴。"如今的姑娘恋爱可跟过去不同，那怕你有漂亮的仪表，又多才多艺，但在政治上是个老白丁，特别是被人认为是落后分子，她就会对你变心！"

"你是说小白对我变了心？"

"白冬梅吗？"石海眨着眼睛，思索了一下说，"你们的爱情很深，不会发生什么问题。不过，你要注意才是！"他挨近些罗伟，放低声音说："佟飞燕在队里红得发紫，小白对佟飞燕很尊敬，处处以她为榜样，处处受她的影响。人家小佟搞对象是找书记，白冬梅呢？……不用说别的，你是在书记面前挂了号的落后分子，唉，当心哪！"

罗伟气得脸色红里套紫，两眼注视着石海，闷得呼吸急促。

石海深深叹了口气，说："罗伟呀，你要努力赶上佟飞燕才是，不然可就难说了。可是我也替你想了，你在这队里是很难重整旗鼓追上去的，书记对你的印象不好，群众对你的印象也不佳，想翻身可真不容易！"

罗伟猛地挥了一下手，说："你不要说了，再说我的脑子就要爆炸啦！"说完就向林子里跑去。

石海望着罗伟的背影，暗自感到好笑，等到罗伟消失在林丛里时，嘿嘿冷笑几声。他想："自己这几句话不要紧，这蠢小子准会三天睡不好觉，可是又有什么办法呢，给葛锋多增加些麻烦，就会减少一些对自己的注意力！"他伸手伸胳膊，打了一个呵欠。

第十章

黄昏，云还很重，山野里弥漫着暮色。风停息了，森林不再呼啸，空气似乎也是静止的。鸟儿一对对、一群群的都躲藏在草丛森林之中，几只迟归的山燕悄悄地飞向青虚虚的石峰，一切都静静的准备睡去。

周围静下来，宿营地里就显得喧闹了。勘探员们都由山上归来，吃完饭后聚集在帐篷前，交谈着，说笑着。草地上有两个小伙子在摔跤，边上围拢了一群人，快乐地助威喊号，那两个小伙子摔得不可开交。

葛锋走上前，看摔跤的其中一个是小贺，微笑着说：

"小贺，休息了半天你就闲得发慌啦……"

"葛书记，你瞧着，我非得把他摔倒。"

贺林的话音刚落，"噗"的一声被人摔倒，惹得众人哄堂大笑。

葛锋禁不住也笑了。说："我瞧你还敢吹牛，叫人家把你摔倒了。"

贺林由地上爬起来，红着脸说："这回不能算，我跟葛书记说话，让他钻了空子。来，来，来，再摔一跤！"他往手里唾了两口吐沫，搓了搓手，重新开始进攻。

葛锋离开摔跤的人群，漫步向前走去。他走到一所帐篷前，无意中听见里边有人议论老猎人的事。有个人说："我早就料到会这样，纯粹是白扯！"有个人说："葛书记原来对那个老头抱的希望很大，这回该打消了。""葛书记是打游击的出身，习惯了那一套，把那一套搬到地质勘探工作中可不好使。"……他听着暗想：对下乡抱否定态度的真大有人在呢。他认为这是个群众观念问题，做一个地质勘探人员要有群众观念，要善于联系当地广大群众，不树立这种思想是不行的。

葛锋走近另一所帐篷，里边没有点灯，有人哼着低沉的歌子。他掀门走进去，帐篷里很昏暗，罗伟躺在铺上，两手托着头，支着一条腿，踏着一条腿，哼哼呀呀地唱。他说：

"帐篷里这么黑，你怎么不点灯啊？"

罗伟坐起来说："为了省点灯油，反正也没有事。"

葛锋点起了灯，瞅了罗伟一眼，说："外边玩的很热闹，你怎么不出去玩玩？"

"我有点不舒服！"罗伟对葛锋很冷淡。

葛锋上前摸了摸罗伟的前额，他的头并不热。什么也瞒不了葛锋的锐利的眼睛，他知道这小伙子思想有问题。就亲切地说：

"有病就请医生看看，在起居饮食上要注意些，做一个地质勘探员，要学会在生活上照顾自己。"

罗伟没有吱声，只是轻轻点一下头。

葛锋在罗伟的身边坐下来，问："小罗，你对勘探生活习惯了吗？"

"还好！"尽管书记很亲切，罗伟还是对葛锋很反感，石海那一番话在他心里起了作用。

葛锋瞅着罗伟，很自然地想起了陈子义和白冬梅，暗暗在心里默念："罗伟呀，你是否能够不辜负老头子对你的一片好心和姑娘的希望呢？"沉默了一会儿，他还是说：

"这一阶段的生活很艰苦，确实够你受的，你经受住了这个开头，慢慢就会习惯的。你看那些老队员，他们爬一天山还有精力玩，这是多年锻炼的结果。你要向小白学习，多联系同志，不要总是一个人在帐篷里躺着生闷气，跟大家多在一起玩玩是有好处的。"

罗伟应了一声。他不愿意多跟书记交谈，采取应付态度，实际上他跟谁也谈不来，这些人当中，他对谁也不喜欢。

葛锋看罗伟嗯啊答应，心里很不愉快，觉得罗伟这人很难谈，怪不得他在这么长的时间里没交上一个朋友。呆了一会，说：

"陈工程师那天跟我谈起你的父亲，你父亲很不简单，很有学问，很有骨气，可惜他没活到现在，万恶的旧社会不知埋没了多少有才能的人。你对你父亲的事了解的多不多？"

罗伟说："我父亲临死时我才两岁，连一点印象都没有。"

"陈工程师跟你讲过了吗？"

"讲过了，听着使人很伤心。"

这时候，外边的人散了，一群勘探员涌进来，打断了葛锋跟罗伟的谈话。临走时，他让贺林去叫白冬梅来给罗伟看看，关照了罗伟几句走出帐篷。

葛锋走出来，见孙大立迎面走来，便向他点一下头说："老孙，咱们散散步去。"

两个人沿着溪边，边走边交换了一下情况。经过互相查对，证明石海在农村所骗取的无偿支援，全报了账，有二百四十多斤猪肉，人家是按向国家调拨价算的，每斤算六角一分钱，他报了每斤一元一角，这一项就贪污了一百多元，除此以外还有些差头。

孙大立气得山羊胡子都竖了起来，愤慨地说："这个鬼东西太恶劣了，竟刮起队员们的油，喝队员们的血！干脆把他揭发出来，让队员们好好斗斗他。"

葛锋也很气愤，在没有跟孙大立对证之前，还不清楚，现在证实了，石海确实是个贪污分子。他思索了一阵，向孙大立说："我们不要去触动他，让他继续当他的管理员。据我估计，石海会察觉我们在注意他，也许会采取什么办法对付我们。我们要做的，继续进行调查，一是调查他的来钱道，二是查对他的去钱道。这里离他家很远，他回不去家，贪污的钱必然会从邮局寄走，要到县城和附近村镇的邮局去查对。"他说着两眼放射着锐敏的光芒，不料在这儿又用得着那种斗争艺术了。

孙大立称赞地望着葛锋，认为葛锋这样安排很对，暗暗钦佩这位年轻的书记有办法。他问：

"石海的事要不要跟鲁队长谈？"

葛锋想了一下说："暂时不要跟鲁队长说，到一定的时候再说吧！"他注视着孙大立，两眼炯炯发光，眼光里在说：你明白我的意思吗？

葛锋回到队部的帐篷，见里边没有人，划根火柴点上了灯，在桌子边上坐下。他拿起一本《毛泽东选集》看了几页又合上书，托着额角在思索。方才那几个队员的议论，至今还使他不安，觉得自己对队里的人不够了解。自来了后就陷入争论中，然后下了乡，这对找矿是必要的，可是想了解人们就一直没有工夫。他暗下决心地想："从今天起，我要踏踏实实想办法去了解人！"普查队的人数并不多，但要了解深透实在是不简单，每个人有每个人的特点，每个人有每个人的心事。孙大立是个直爽的人，永远把心向人敞开着，见面后就能对他大致上了解了。佟飞燕也是那个样子，就是贺林那个毛头小伙子也是那样，这些人是不难了解的。可是有些人就得下很大工夫。比如说：陈子义老头就给人以不准确的印象，从表面上看他清高孤僻，然而他倒很好接触，他有不同于别人的生活经历，有自己的习惯和爱好，性格很爽朗，然而又很世故。白冬梅也不能凭她的娇弱的外貌去了解她的内心，她在这一阶段的表现是令人感到意外的。那个外貌漂亮的罗伟，内心可不那么明朗，他的灵魂深处隐藏着什么，不易看清，还有那个石海，这个狡猾的家伙就更不易了解……

葛锋正思索着，白冬梅掀开门走进来。她背着药包子，手里拿着听诊器，脸上闷闷不乐。

葛锋打量了小白一眼，问："小白，你给罗伟看过了吗？"

"看过了。"白冬梅说话的声音很低，努力掩饰着自己的苦恼。她一边走一边说："他没啥重病，不要紧！"

葛锋知道小白对罗伟不高兴，没有再问下去，站起来说："小白，我给你点东西。"他从草铺上拿起挂包，一边往外拿药一边说："我在乡下遇见个九十多岁的老中医。这位老头很好，听我向他说起你，他就对你很称赞，很喜欢你，他说就是走不动，不然要来看看你。他托我给你带来几个药方和几种特效药，有治毒蛇咬的、防蚊虫的、因水土不服而生病的，还有一块鹿胎膏。你的工作到处受到人们的尊敬，我真替你高兴！"

白冬梅明白这是书记向老医生称赞自己，才使老医生喜欢自己的，暗暗感激他对自己工作的支持。她说："我太感激你和那位老医生啦！"她说完觉得这话不够劲，腼腆地笑了。

白冬梅看这么些药没办法拿，拿起葛锋的大草帽，把药装进草帽里。临走时，看见葛锋的一件衣服撕了两个口子，便拿起来说："葛书记，你的衣服坏了，让我们给你缝缝吧！"她不顾葛锋不同意就放进草帽里，单手端着草帽走出去。

白冬梅回到帐篷，见佟飞燕刚洗了头发，扎成一束垂在身后，脸上容光焕发，红艳艳的美丽动人。红色线衣紧绷在身上，勾勒出美丽的少女体姿，显得那么健壮丰满。她欢喜地说：

"佟姐，你今天特别漂亮起来了。"

"你这个小鬼头，怎么没个正经的。"佟飞燕放下梳子，站起来往大草帽里望望，问："草帽里装的啥？"

"一件衣服和几包药。"

"哪来的药？"

"葛书记下乡时遇见了个老中医，那位老中医给的。"白冬梅放下草帽，拿起葛锋的衣服，往佟飞燕的手里一塞说："葛书记求你给他缝一下！"

佟飞燕把衣服拿在手里，瞅瞅白冬梅，看白冬梅脸上一本正经，可是在眼角浮着一丝笑纹，知道小白是故意装的，忙把衣服还给她说：

"你瞎扯，一定是求你给缝，你耍赖推给我，我不干！"

白冬梅一本正经地说："信不信由你，反正我把他的委托告诉你了。你若是不给缝，我给缝缝也可以，不过我可不愿意担耍赖的名声，最好你去问问好了。"她将了佟飞燕一军，把衣服放在自己的行李上，坐在一边去整理药。

佟飞燕经小白这一说，觉得很合乎情理，确信是葛锋求自己缝的，现在她觉得不好意思了。她不声不响地过去拿起衣服，翻开看看，撕了两个口子。

白冬梅看了佟飞燕一眼，暗自高兴，精明的佟飞燕到底上了自己的圈套。她故意捉弄小佟说："你放着吧！我的手再笨，缝个口子还是可以对付的，等我整理完药品再缝吧！"

佟飞燕发窘地冲白冬梅笑笑，没有吱声，把油灯挑亮些，拿起针线，挨灯边坐下来替葛锋缝补。

宿营地逐渐静下来，帐篷里也很宁静，这种宁静不令人感到寂寞，而是沉浸在一种温柔幸福的气氛之中。佟飞燕垂着头，默默地缝着衣服。过去她经常替那些男勘探员缝衣服，今天经白冬梅这一闹腾，对手里的衣服有种特别亲切的感觉，心里有种温柔的感情，看来葛锋对自己是不见外的。白冬梅收拾好药品后，凑到油灯边来织毛衣。她看佟飞燕一声不响，自己也不做声，不时悄悄瞅佟飞燕一眼，观察着她的动静，暗暗在心里打主意，今天决定要试探她一下。

两个姑娘默默地穿针引线，很久谁也没有吱声。佟飞燕缝完一个口子，用牙齿"咯嘣"一声咬断线，一抬头看见小白直盯自己，觉得有些不自然，红着脸向白冬梅说：

"小白，你干嘛这样盯我？"

"我觉得你很好玩，我断定你在想什么！"白冬梅的两眼仍然盯着佟飞燕。

佟飞燕避开小白的眼光，说："我什么也没有想。"

白冬梅文静地笑笑，说："你没有想，我可想了。"

"你在想什么？"佟飞燕停下针，抬头瞅了白冬梅一眼，继续低头缝补，装作不理小白。

白冬梅说："我在想你和葛锋的事，你们之间的友情是父一辈子一辈的，过去他跟你父亲在一起南征北战，现在又同你在一起深山探宝，真是难得，用乡村老头的话说，这叫做有缘。千里有缘来相会，无缘对面不相逢。"她停了一下，看佟飞燕不吱声，头也不抬，一个劲地穿针引线，眨巴几下眼睛，往她跟前凑凑，放低声音问："小佟，你老实告诉我，你对他有没有心思？"

佟飞燕明白小白想要她回答什么，但她却落落大方，抬起头来问："你要我告诉你什么呀？"

白冬梅说："我要你告诉我，你爱不爱葛锋！"

"该死的丫头！"佟飞燕的脸色顿时绯红，举手打了小白一掌。

白冬梅嘻嘻笑着跳起来躲开，站在门边，调皮地瞄着佟飞燕说："你是个刁滑的姑娘，嘴闭得那么紧，什么心思也不肯告诉人。"

佟飞燕放下缝好了的衣服，板着绯红的脸说："我准备一辈子不结婚，退一步说，我得参加勘探十处以上的大矿后才恋爱，结婚会给自己增加麻烦，我才不要那个麻烦呢！"

白冬梅开心地笑了。说："你这是说傻话，结婚又怕什么，有些结婚的人还不是照样走遍天涯。"

佟飞燕转身避开白冬梅，不再跟她谈了。

帐篷里重新寂静下来，油灯结上了灯花。佟飞燕站在草铺边，心里很不平静，她很难说是否对葛锋有心思，反正很早就对他有很深的印象。前些年，父亲在来信中曾两次提到他，一次是以他为例鼓励自己学习，说他钻研文化的劲头很高，有一点时间就挤，一天书没念，靠自己钻研已达到初中以上文化程度。另一次父亲写了六大篇述说葛锋不顾生命危险，机智地救出他。那些词句掠过她的心灵的不是概念，而是活生生的形象，印象很深刻。现在经过这一阶段接触，使这种良好的印象更加发展了，她着实很喜欢他。但是，爱情的事还没有冷静地想过。现在经白冬梅一提，在她心里激起强烈的波涛，想平静也平静不下来，若是谁也没有，让她平静地想想多么好啊！

突然，外边传来嗷嗷的狼嗥声，听嗥声是一大群，一边嗥叫着一边跑近帐篷。两个姑娘吃了一惊，佟飞燕操起铁锤奔到门边，掀起门缝监视着狼群。白冬梅找不到应手家伙，拿起饭盒叮叮当当敲打脸盆。稍时，外边嗵嗵响了几枪，狼群跑了。佟飞燕掀门一看，有两个人端枪打狼，忙回头向白冬梅摆摆手，小白扔下饭盒跑出门。

狼群跑远了，两个人没有追赶，每人拖着一头死狼往回走。来到近前，佟飞燕看出是孙大立和葛锋，高兴地说：

"你们打死狼啦？"

孙大立把死狼往姑娘面前一扔，说："送上门的货哪能不留下几只，若不是它跑的快，还要多打上几只。可是它怎么能不吓跑呢，你们俩那顿敲打，叮叮当当地把它吓坏了。"他说着哈哈地笑起来。

"你这个老山羊，没有一句正经话。"佟飞燕快活地笑着瞅一眼白冬梅，小白光顾嘻嘻笑去了。她转向葛锋说："你还没有睡呀！"

"我刚想睡就被它吵醒了。"葛锋微笑着说："你们两个吓了一跳吧！"

佟飞燕微微一笑。白冬梅笑嘻嘻地说："这东西来得很突然，我找不到应手家伙才敲起脸盆。"她回身掀起帐篷的门，热情地向两个人说："请到帐篷里坐一会儿吧！"

葛锋同孙大立走进帐篷，看帐篷里收拾得很俐落，草铺上铺着花床单，看不见一根碎草，行李迭得方方正正的，药箱子上放着两瓶盛开的鲜花，篷布上挂着画，整个帐篷使人感到舒适。他心想："到底是姑娘家，真会美化自己的住所。"他看到角落里堆着一堆石头，走过去拿起一块问：

"这些石头是从哪儿弄来的？"

白冬梅说："这是老猎人报的矿，我捡来准备让小佟教给我认识岩石。"

佟飞燕惋惜地说："真使人遗憾，老头费了不少力，扛来的都是石头，白对他抱着很大的希望了。"

葛锋看佟飞燕也流露出失望的情绪，觉得小佟还不成熟，在草铺边坐下来说："小佟，看问题不要这么眼光短，不能因为老头扛来的是一麻袋石头，就认为老头没有用了。事实上是说明老头的积极性被调动起来，他扛来那么多的石头，说明他动了脑筋。他生在这里，长在这里，对这一带山区熟得很，他行动起来，对我们来说是增加一份力量。再说他经过这一搞就长了一智，再启发他，还是会给我们提供线索的，不要对他失望。"

佟飞燕意识到自己错了，脸色有些发红。

葛锋还是不放松地说："到最后可能老猎人提供不出线索，就是这样我们的群众观点也不应当动摇。群众路线是放之四海而皆准的真理，任何时候都不能忘记，我们地质勘探人员，一定要树立起群众观念，加强跟当地群众联系，这样会更好地发挥自己的科学知识的作用。我们跟老猎人多接触，就是发现不了矿石线索，也会多了解些深山的情况，这对我们的勘探工作也是有好处的。你说对吗？"

佟飞燕豁然开朗地拍打两下前额，说："看我这脑袋瓜，竟装了些什么呀！"

白冬梅在一边悄悄地瞧着两人，心里禁不住地又想起自己的那个念头，让他们两人结合多好啊！她悄悄地把孙大立拉了一把，退到一边跟老孙闲唠，好不打搅两人谈话，但还留意着两人。

葛锋看小佟这样，笑了。他转开话题说："你爸爸最近来信了吗？"

佟飞燕说："昨天接到了一封。他在信中还提到了你，说你好久没给他去信，把老首长都忘了。"

葛锋想起自己好久没给老首长佟海川去信，心里有些内疚，说："真的，我有好多日子没给他去信了。"

佟飞燕看葛锋认了真，心里很得意，实际上她最近没有接到父亲的信。她快活地瞧着庄重的葛锋，心想："这回你该去信啦。"她忽然发觉鬼精灵的白冬梅在看自己，忙把眼光移开，微笑着说：

"你太懒了，写封信还是有工夫的，他知道了我们到一起工作，一定会高兴。"

"这是一定的。"葛锋肯定地说，"我临转业到地质部门时，你父亲就高兴地说：我女儿也是个地质勘探员，说不定你们能在一起工作呢。果然我们在一起工作了。"他看了一下手表，站起来准备要走。

佟飞燕说："我父亲过去来信说你救过他，你是怎么救的，给我讲讲吧！"

"对呀！"白冬梅过来插言说，"葛书记，你给我们讲讲吧！"

"你讲讲吧！"孙大立也跟着要求。

葛锋瞅了三个人一眼，说："天很晚了，我简单地说说那件事的经过。"他在草铺上坐下，想了想开始讲：

"那是在解放战争的末期，我军打过长江后，我们骑兵团奉命迂回到敌后截击敌人。奔驰了两天一夜，第三天拦住了两个多军的蒋匪，接火时一个猛冲就把敌军的先头部队冲垮了。敌人急着要逃，来一个全军反扑。我们采取时分时合，敌住我搅的方法，死死咬住他不放，阻击住敌军前进不了。那一天早晨，一营跟敌人接火，我们连奉命打援，等到傍午援敌不到，奉命往一起靠拢。我带领全连人马刚登上一个小土岗，就望见前边丘陵地带尘土飞扬，人喊马嘶，我军跟敌人骑兵打开了肉搏战。我挥刀向战士一摆，全连的战士都抽出战刀，齐声呐喊着拍马冲上去。冲到近前，我看见佟团长被四五个匪兵围在当中，情势很危急。我不愿一切地飞马奔向前去，端起大镜面匣枪，'叭、叭、叭'三枪，三个蒋匪应声落马。可是这时佟团长的马也挨上黑大个匪兵一刀，马猛地一蹦把佟团长摔下地，黑大个回马举刀要劈，我一扣枪机没过火，急得我甩起匣枪照那家伙身上打去，'砰'地一声打在他的马身上，马惊得往旁一跳，黑大个一刀劈空，他一楞神的工夫，我冲到他的背后，挥刀把他劈死。佟团长是真有两下子，身上有三处刀伤，哼也没哼，跳起来拉住黑大个的马，翻身上马，挥着战刀带领我们冲垮了敌人的骑兵，跟三营二营会合，牢牢地牵制住敌人。战斗结束后我到卫生队去看他的时候，他跟我开玩笑说：'你这飞枪打马的一招，可算是骑兵的空前创举，该叫你飞枪将军了。'以后这个绰号就在团里叫开了。"

葛锋讲完看佟飞燕还站在那里出神，心里很高兴。他还想讲点什么，看夜已经很深了，怕影响小佟她们休息，便站起身来说：

"老孙，咱们走吧！"

"你等一下，小佟把你的衣服缝好了。"白冬梅把草帽和衣服交给葛锋。

葛锋接过来，同孙大立走出帐篷。

佟飞燕送到门口，眼盯着葛锋的背影，直到葛锋的身影消失后还不肯离开。她听见白冬梅嘻嘻笑，才掩上了帐篷的门，转身向白冬梅使威，这倒把她的心事暴露了。

第十一章

　　天明，阴云被风吹散了些，全体队员都背起挂包，拿起手锤上山去勘察。

　　白冬梅留在家里，她花了半天多的时间洗完所有的旧药布，彻底地把医务器械消了毒，临了还洗了头发。她头上裹着一条白毛巾，卷着袖子，脸上闪耀着喜悦的光辉，高兴今天把所有的埋汰东西都洗净了。她闲暇下来，就想起昨天葛锋和佟飞燕的谈话情形，她以女孩子特有的敏感，看出佟飞燕对葛锋动了心，虽然小佟还百般掩饰，可是怎么能瞒过她，姑娘家初恋的感情她已体验过了。她全心赞成这段姻缘，暗暗为小佟高兴，同时又暗暗为他们着急，希望他们快一些明朗化。

　　白冬梅休息了一会儿，走到帐篷门口往外望望，见满天乌云由南向北滚动，风吹森林发出呜呜地啸声。她暗想："天要变啦！"往周围的山上望望，看不见一个人影，扫了各帐篷一眼，队员们都不在，宿营地里空荡荡的，只是厨房那儿冒着很浓的炊烟。她准备到厨房去帮助做点什么，刚走出帐篷，看见分局通讯员小黄走来，欢喜地迎上前问：

　　"小黄，有没有我的信？"

　　小黄说："有！"拿出两封信交给她说："一封是你的，一封是佟飞燕的。"说罢就跑开了。

白冬梅拿着两封信退回帐篷。打开来信,是妈妈的,前边的内容还跟以前的一样,说很想念她。后边写:"前两天我看见了罗伟的妈妈,她主张在今年国庆节给你们完婚,我也同意这个安排,你们都老大不小了,该结婚了!"她看完后,把信重新装进信封里,坐下来沉思。这是在预料中的事,现在她却感到非常惊讶,心里忐忑不安。

白冬梅静坐了有五分钟,那种惊讶的感情才消失。她无法考虑妈妈提到的事情,拿不定主张。她预料到罗伟不久就会向自己提出来,那时候自己怎么回答他呢?她清楚地意识到两个人中间隔着一层东西,话说不到一起,心不能贴心,对于罗伟到底是怎么样的一个人,似乎变得很不了解,哪里能谈到结婚呢?可是她又不能否认,直到现在还是爱着罗伟,感到生活在一起是不可避免的,自己还徘徊什么呢?局外的人看来这事很简单,她想起来复杂得难以捉摸,想了半天也没有想出个头,她不知道该怎么办才好,愁的恨不得哭一场。

白冬梅想起不久前看见的一首诗,那里边有句话说:"爱情象一支美丽的歌,然而歌子不是容易编好的。"她觉得这句话很对,这支歌确实难编好,姑娘们都在为编好这支歌子而苦恼着。这时,她禁不住想起佟飞燕,觉得佟飞燕和葛锋的爱情决不会发生自己这样的苦恼。她想:"人家两个都那么坚强,性格都那么爽朗,生活的理想是一致的,思想感情是一样的,怎么能不贴心呢。"不知是由于自己的苦恼感情所促使,还是出于对两个人的尊敬,她希望葛锋和佟飞燕结合的愿望更加强烈,热心想促进他们的关系向前发展。她思索着,忽然看见草铺上放着佟飞燕父亲的来信,一个想法掠过她的心头:"若不给小佟的父亲写封信吧?葛锋对佟海川很尊敬,佟飞燕就更不用说了,若是佟海川给双方来一封信,表示支持他们的爱情,什么问题都好解决了。"她想着高兴地拍了一下手,站起来去取出信纸,伏在小箱子边就写起来。她写道:

佟海川伯伯：

　　您好，我是您女儿佟飞燕的好朋友，也是葛锋的同志。因为我跟佟姐住在一起，关系很亲密，看得出来他们俩人的感情很好，已经由深厚的友谊上升到爱恋。我听佟姐说，葛锋跟您在一起的时间很久，关系也很亲密，您一定很了解他。佟姐羞答答的不好意思问你，我替她征求您的意见：葛锋这人到底值不值得爱？佟姐要跟他结合在一起你是否同意？当然，如今婚姻问题是她自己的事，但不排斥父母给女儿拿拿主意，特别是您对葛锋很了解，这就更有必要了。假若您同意他们的婚事，望您给他们俩人写信。

　　热烈盼望您给他们双方写信。

　　　祝您

　　安康

　　　　　　　　　　　　　　　　　　　　　　　白冬梅
　　　　　　　　　　　　　　　　　　　　　　　六月二十日

　　白冬梅把信封好后，放进药箱子里，这时才注意到外边传来令她心惊的吼声，跑过去掀门一看，整个天空布满了黑乌乌的云彩，风卷尘沙飞扬，树叶碎草纷飞，山野里黑沉沉的连山峰都看不大清了。她赶紧跑向溪边小树丛那儿去取药布，跑到那儿一看，晒的药布都被大风刮得无影无踪。她发楞地望着黑乌乌的天空，望着被狂风刮得摇动的帐篷，着急地想："队员们要挨暴风雨了，别人还小可，陈老工程师正患气管炎，被暴风雨一淋这还了得！"

　　白冬梅正在发楞的工夫，猛听"轰隆隆"打个沉雷，惊得她打个冷战。风卷尘沙迎面扑来，打得她睁不开眼睛，惊得她手足无措。

　　炊事员老刘由帐篷里跑出来，一眼看见了白冬梅，向她招手喊："白医生，快来帮一把，帐篷要被风刮翻，大家就不用吃饭啦！"

白冬梅听着，忙奔过去帮老刘加固帐篷。

稍时，闪电连连撞击着天空，霹雷隆隆，狂风更猛了，卷动林海高声咆哮，山谷里发出回音，好象整个山峰都发出吼声。帐篷被狂风卷得摇摆着，挣扎着，忽啦啦嘶叫着直往天上飞，拉也拉不住。接着，响起令人胆战心惊的炸雷，大雨瓢泼而降。

雨雾把整个山野都吞没了，宿营地上一片漆黑，凭着闪电给照亮，白冬梅跟老刘拉绳子压木头。她头上的毛巾已被风刮飞了，头发散乱下来，顾不得理它，奋勇跟暴风雨搏斗。

闪电划破天空，白冬梅看见几所帐篷被狂风刮翻了，唿唿啦啦地挣扎着，有一所帐篷被风连根拔起，呜呜呼啸着飞上天空。她惊得失声地喊了一声，想奔过去拉住它，这时候，她看见罗伟由刮翻的帐篷里钻出来，双手抱着头，懵楞懵怔地团团转，嘴里直骂天。唰地一道闪电，罗伟借着电光发现这边有所没被刮翻的帐篷，象是得了命似的，抬腿猛跑过来。白冬梅向他喊了一声，他也没听见，闪地钻进帐篷。

白冬梅气得血往上涌，想跑进帐篷把他拉出来，一阵风刮得她站立不稳，踉踉跄跄地往前走几步。

老刘嚷："白医生，快拉住绳子！"

霹雷隆隆响个不停，大雨一阵紧似一阵，风卷帐篷直往天上飞。白冬梅同老刘加固了一所，又奔向另一所。啊，可好了，陆续由山上赶回来的勘探员，互相召唤着，都投入了抢救帐篷的战斗。

雷电闪耀，风还很猛，帐篷在猛烈挣扎，人拉也拉不住，不时摔开拉扯的人飞上天空。人越聚越多，力量越来越大，飞起来的帐篷被拉住了，帐篷的木桩钉牢了，狂风终于在勘探队员们的奋力抢救下失去了威力。帐篷虽然还在不停地唿啦啦嘶叫，但它飞不上天去了。

勘探员们跟暴风雨激战了三个多小时，风渐渐减弱，帐篷才逐渐驯服。

大家松了一口气，纷纷走进帐篷。

葛锋同众人走进队部的帐篷，用手电一照，帐篷里满地都是水，行李和衣服全泡在水里，几个草帽在水上漂流，装资料的帆布包也泡在水里。陈子义看见资料包，惊叫了一声，分开拦在前边的人，上前抱起帆布包，打开一看，有许多图纸资料被泡得色墨湿润一片。老头连连说："毁了！毁了！"

队员们都吃了一惊，目瞪口呆地站在地上，帐篷里一时鸦雀无声，只听外边大雨哗哗响。稍时，白冬梅点起防风灯，高高举起给大家照亮。

陈子义浑身湿淋淋的，顺衣服往下滴水，眉毛和胡子上都挂着水珠。他转过头，两眼喷射着逼人的光芒，注视了鲁云超有两分钟，一字一顿地说：

"鲁队长，我要求搞防水箱装资料的事，曾经向你提过两次！"

队员们的眼光唰地都集中在鲁云超的身上，眼光里充满埋怨和指责。鲁云超在众人的眼光逼视下，脸色红一阵白一阵，手没处放，脚没处站，现在他能说个什么，后悔得跺脚捶胸也来不及。

葛锋看鲁云超手足无措，明白老鲁的心情，这个事故太严重了。勘探员的劳动成果就是图纸资料，这一损失就等于白白浪费了许多人的辛勤劳动，白白让人们吃尽了苦头。他瞅着资料包，瞅着满身湿淋淋的陈子义，心情很沉重。但是，他抑制着感情的冲动，脸色依然很平静。他等了一阵看鲁云超不响，觉得在这个时候应该扶他一把。他扫视了队员们一眼，严肃地说：

"发生这个事故是个很沉重的事，责任由我跟鲁队长共同担负，这是我们的错误。不过现在不是批评的时候，更不应该在这个时候埋怨指责！同志们，不要站在那里瞪眼睛，快动手抢救。留下四个人晾图纸资料，其余的人按勘探小组，分头排除帐篷里的水，再检查加固一下帐篷。另外抽几个人到厨房里去帮助燃起火，为大家烤衣服，去两个人帮助老刘快做饭，饭菜要好一点，把昨天运来的鲜鱼做上，好让大家吃得饱饱的，赶赶寒气和晦气。老孙，你负责挨帐篷清点一下人数，看看人们是否都回来了。"他吩咐完向大家挥挥手，说："大家快动手干起来吧！"

葛锋的话对队员们鼓舞很大，立刻都活跃起来，互相招呼着分头去执行任务去了。

葛锋目送着队员们走出去，转回身瞅瞅鲁云超，老鲁的脸色苍白，软瘫瘫地偎依在湿淋淋的行李上。他走近老鲁的跟前说：

"这场风雨好猛啊！"

鲁云超瞅了葛锋一眼，没有动，也没有吱声，眼下他被资料损失给打垮了，浑身一点力量也没有，脑子里成了一片空白。

白冬梅手提着防风灯，睁大眼睛瞅着两个领导人，在这一刻的工夫里，两个人在她的心目中留下很深的印象。这几个小时跟暴风雨搏斗，使她头一次经历紧张的战斗。虽然仅仅是抢救帐篷，她觉得受了一次锻炼，觉得有种力量在身上生长。她看不惯鲁队长那种垂头丧气的样子，对葛锋的魄力很称赞，觉得在这样领导者面前用不着惊慌，什么艰险他都能够顶住。

孙大立急匆匆地走进来，说："鲁队长，佟飞燕没有回来！"

鲁云超吃了一惊，站了起来。

葛锋盯着老孙问："你都查遍了吗？"

孙大立说："我挨着帐篷反复查了两遍，别的人都回来了，就缺她！"

这意外的情况使葛锋很吃惊，站起来奔到门口。往山野里望望，风声还很大，雨不停地哗哗下着，山野里一片漆黑，什么也看不见。他越看越不安：今天跟佟飞燕临近的那个人病了，暴风雨来得很猛，小佟跟别人失去了联系，独自一个人跑回来不容易。但是，佟飞燕有一定的山林经验，不至于走不回来，可是到现在无论如何也该回来了，一定是发生了什么事。

孙大立提议说："我们去找她去吧！"

鲁云超点头同意，披上雨衣准备上山。葛锋转回头拦住他说："老鲁，家里的事情很多，你离不开，我去！"说着拿起手电向孙大立说："老孙，去集合十来个人，咱们上山！"

稍时，在队部的帐篷前集合了十来个人，个个拿着手电，有的拿着手锤，有的提着猎枪，白冬梅拿着根木棒站在队伍里。葛锋拦小白也没有拦住，就带领人们冒雨上山了。

雨下个不停，山野里黑得对面不见人。孙大立在头前引路，队员们跟随着他，一字排开，不声不响地冒雨向山上爬着。雨打得人睁不开眼，脚下又滑，不时有人摔倒，摔倒再爬起来，急急跟上，很怕掉了队。

葛锋领队员们爬上山头，望望周围，黑洞洞地看不清。大家都打开手电摇晃，企图给佟飞燕做个目标，摇晃了一阵也不见有什么反映。

葛锋喊："佟——飞——燕！"

山应回声："佟——飞——燕！"

白冬梅喊："佟——飞——燕！"

山应发出清脆的回音："佟——飞——燕！"

大家齐声喊："佟——飞——燕！"

山应发出洪亮的回音："佟——飞——燕！"

人们喊了一阵，停下来静耳细听，只有山应回答他们的呼唤，山应过后，只有雨打树叶声，山谷里的山水哗哗响。勘探员们望着黑洞洞的山野，暗暗着急，山又高林又深，看也看不见，叫也叫不应，上哪儿去找呢？大家一时没有了主意。

白冬梅急得哭了起来，直向孙大立要办法。

孙大立安慰了她几句，举枪对空"嗵嗵嗵"打了三枪，枪声震动着山野，响亮的声音延续了很长时间。枪声过后，等了一阵，还是没有任何反映。

经过一阵分析讨论，认为小佟可能是迷失了方向，最好是燃起一堆篝火给佟飞燕做目标，可是雨这么大也燃不着，只得继续向前寻去。他们翻过山梁，顺着山谷往前走，一边走一边呼喊和打枪。

雨继续下着，山谷里，洪水咆哮着滔滔奔流，队员们正沿着山坡走着，忽听上边山崩地裂的一声响。孙大立忙喊："不好，上边有塌方！"他的话音刚落，塌方的流石和泥土嗯隆隆地滚下来。队员们赶紧往边上跑，孙大立跑几步回头一看，见后边有个黑影跑也跑不动，上边的石头就要滚下来，惊得他大喊了一声，回身一把拉住那人的脖领子猛地往前一推，那人跟跟跄跄噗通摔倒，大石头嗯隆隆擦他的身边滚过去。

孙大立抹了一把额上的冷汗，奔到那个黑影跟前，弯腰用手电筒一照，见是白冬梅。小白被他猛推了一把，躲开了石头，但摔昏了。他吃惊地赶紧蹲下来，摇动着白冬梅喊：

"小白，白冬梅！"

大家听老孙喊，都围拢上来。葛锋伏下身子看看小白，见白冬梅的胳膊和手掌有几处擦伤，脸色苍白，昏昏迷迷地闭着眼睛，心里很不安。他摸了摸小白的脉搏，看小白的脉还好，安定了些，抬头向孙大立说：

"老孙，你把小白背回宿营地去！"

孙大立应了一声，把猎枪交给葛锋，背起白冬梅，摸黑往宿营地走去。

第十二章

宿营地里，各个帐篷都燃着火，点着灯，到处是火光闪闪的。孙大立背白冬梅来到宿营地，望了望各帐篷，就直接把白冬梅背到那所没被刮翻的厨房里。

孙大立一进门，帐篷里热气腾腾，什么也看不见。他站在门口喊了一声，炊事员老刘闻声走过来。老刘看见他背着一个人，以为是佟飞燕，仔细一看是白冬梅，大吃一惊，慌忙引他到草铺边。草铺上躺着一个人，那人蒙头盖脸地睡得很香。老孙一看心里就有气，不客气地推他一把，嚷："请往边上挪挪！"

罗伟从睡梦中惊醒，以为发生了什么紧急情况，忽地坐起来，瞪着眼睛懵里懵怔地往四周望着。当孙大立把小白放在草铺上，他这才有些清醒，才看出老孙背的人是白冬梅，吃惊地跳到地上，冲着老孙嚷：

"小白这是怎么啦？"

白冬梅睁开眼睛看他一眼，气得血往上涌，想大声斥责罗伟几句，但觉得天旋地转，两眼冒金花，昏迷地闭上眼睛。

孙大立愤怒地瞅罗伟一眼，吩咐道："老刘，去冲点糖姜水给她喝！

罗伟，小白交给你了，你要好好照看她。"他用双手抹了一把脸和胡子上的水珠，关怀地瞅小白一眼，离开了那里。

罗伟把油灯往小白身边挪挪，看小白脸色苍白，左腮上擦伤一块，浓黑的眉毛上挂着水珠，全身湿淋淋的，胳膊和手掌都被血染红了。他又心疼又怜惜，一时不知怎么好。他站了一会儿，拿起一条毛巾轻轻地给她擦脸上的水，又擦擦她的湿头发。他感情深重地看着小白，暗暗埋怨她不该去自找苦吃。他想："有那么些人上山去找，你跟去干什么！"他看白冬梅睁开眼睛，伏下身子问：

"冬梅，你觉得怎么样！"

白冬梅瞅瞅他，成串的眼泪涌出来，她的心很酸痛，从来也没有料到罗伟会这样。

罗伟看白冬梅哭，闹不清她为了什么，不知所措地瞅着她。这时，老刘端来一碗姜汤，夹着一套干衣服走来，他忙接过来，帮小白喝下汤，又给她吃了点药，见她的精神好了些，说：

"冬梅，你换上件干衣服，不然会着凉的。"

罗伟把衣服交给白冬梅，离开了那里。当他回来的时候，看白冬梅因为喝了姜汤，脸上有了血色，眼睛也有了精神。她穿起老刘的大衣服，肥大得惹人发笑，为了俐落些，腰间扎了一条带子，好象穿着和服的日本女人。他瞅着禁不住笑了。他拿起一卷药布，一边给小白包扎伤口，一边低声埋怨说：

"你真太那个了，何必跑去呢，看把你摔得这样！"

白冬梅没有吱声，默默地抬着胳膊让他给包扎。

罗伟感情深重地说："你这样子，叫人看了多么心疼，你妈妈若是知道了，不知怎么惦念呢，儿行千里母担忧，离得这么远，她哪能放心得下。我不知道你在来这里之前，是否跟你妈妈商量好了，你妈妈若是知道这里的情况，她一定不会同意。咳，你看你瘦的这样，两眼都塌进眼窝里，脸上没有一点血色，吊着个肿胳膊，真是惨得很！"

白冬梅静默不语。

罗伟踌躇一阵，往周围看看，见旁边没有人，伏下身子低声说："冬梅，我看你下决心回去吧，这样做两全齐美，你的体质确实不适合勘探生活，这个鬼地方不是人呆的，意想不到的危险多得很。你回去后，对你的身体和技术进步都有好处，也免得你妈妈为你操心。"

白冬梅仍然没有吱声，微微扬起头，脸色冷落而深沉，眼盯盯地瞧着他。

罗伟看小白的神色不善，局促不安地环顾一下周围，说："冬梅，你听我说呀，我知道你很要强，理解你的心情，更理解你对我的深情，但是我不愿意让你为我牺牲，我是在为你的前途着想。冬梅，你是个医生，光是在深山里跑一阵怎么样，没有本领是吃不开的，在大医院里你有学习的机会，在这儿你跟谁学呢？你的职务就是给人们看病，在哪都是为社会主义建设服务，在哪儿工作都是一样光荣，何必出这个风头呢。其实这里又有什么风头可出的呢？你不要跟佟飞燕相比，她是个地质勘探员，你是个医生。就是地质勘探员又怎么样呢？还不是默默无闻地在深山里奔波一辈子。"他一时感情冲动，顾不了许多，滔滔不绝地说下去。"冬梅，我是多么爱你，爱你爱的多么深呀！我希望你生活舒适，希望你愉快，希望你幸福！冬梅，为了你，我不准备在这儿干下去了，这工作对我很不适合，我要改行去学美术，我们一同离开这个鬼地方吧！"

白冬梅猛地推开罗伟，跳起来喊："滚开！"转身一头扑倒在草铺上，伤心地哭起来。她不愿意当人们面前嚎啕大哭，可是控制不住，还是哭出了声。咳，姑娘伤心透了，她过去想也没想过罗伟会是这样的一个人啊！

罗伟狼狈地回头看看，见一群人在瞅着他，跺了一脚，转身奔出帐篷。

罗伟跑回自己住的帐篷，见地上燃着一堆火，烤得四周冒着腾腾的热气。守在火堆边的队员看见罗伟，忙站起来说："我盼了半天也没个人，你可来了，别让火灭了，我去看看白冬梅去！"他说完就跑出去。罗伟走到火堆边，瞅了瞅帐篷，到处都是湿淋淋的，坐没处坐，躺也没地方躺，深深地叹了一口气，在火堆边蹲下来。

地潮，木柴也潮，火着的不旺，冒着浓辣的黑烟。罗伟用双手抱着头，呆呆地蹲着，胸膛闷得透不过气，脑子胀得要炸，浑身没有一点力量。方才一时感情冲动，把什么话都当小白说出来，闹得不少人都知道，现在他后悔极了。他恨白冬梅变得太高傲，恨白冬梅太无情。他听见脚步声，抬头一看是陈子义。老头站在门口，脸色灰苍苍的，两眼直盯盯地瞅着罗伟。罗伟一手撑着膝盖，两眼挑战似的迎着老头的眼光。

火没人管，燃得更弱了，烟气又辣又浓，帐篷里昏暗得连两个人的脸色都看不清。陈子义呆立着，有满肚子话，可是连一句也讲不出，多少年的往事都涌上心头，想起了罗伟的父亲罗伯瑞，想起了跟罗伯瑞在一起的那些辛酸经历，想起自己多年来对罗伟的一片心……

陈子义由学校毕业后就跟年轻的地质工程师罗伯瑞在一起，由于都有高度的爱国心，都抱着工业救国的理想从事地质勘探的，希望多勘探一些矿产资源，为祖国工业化贡献力量，因而交谊很密，这种友谊从那一天起更加向前发展了。

那一天早晨，北风刮得很紧，天空飘着雪花。罗伯瑞和陈子义等人走进办公室，就听说矿山被英国老板艾伦斯买去了，在矿山资方跟英国人商量矿山买卖合同时，商定罗伯瑞和陈子义等主要地质人员要终生在矿山工作，不然怕他们暴露地质资源。大家气愤极了，罗伯瑞愤怒地用拳头"砰"地捶一下桌子，说：

"我们是中国地质工程师，要为中国工业建设出力，决不给英国老板当奴隶！"

众人都跟着喧嚷起来："我们不给洋人当奴隶，滚他的英国老板吧！""我们集体辞职不干！""对，我们不干了！"大家的情绪很激昂，一致要求辞职。

于是在罗伯瑞的带头下，几名主要的地质技术人员写了集体辞职书。

辞职书交上去的第三天，英国老板艾伦斯召见了罗伯瑞和陈子义。这个胖胖的英国佬，高傲地坐在沙发上，悠然自得地吸着雪茄，胖脸上流露出很有把握的神情，他是个中国通，会说中国话。他说：

"我从原矿主那里知道，两位可敬的先生是很有学问的工程师，你们掌握这里的全部矿产资源，我很希望你们跟我合作。你们跟我很好合作，我决不会亏待你们。"

罗伯瑞斩钉截铁地说："我们决定辞职，没有别的话好说。"

艾伦斯表示惊异地瞅着两人，说："你们究竟为什么要辞职？"

罗伯瑞说："为了维护我们做人的尊严，不愿意终生出卖！"

陈子义说："对，我们不愿意终生出卖！"

艾伦斯哈哈笑起来，得意地打量着两个人，说："原来是这样。在我们英国做一个工程师就怕失业，有我在这里，你们就不用担心这个，不要固执，从今天起我给你们俩人的工薪加百分之三十，以后随着矿山利润增加，我会不断给你们加薪。可敬的先生，你们跟我合作，将会得到无限好处！"

罗伯瑞看艾伦斯的自得神情，觉得自己的人格受了侮辱，心里越发气愤，站起来说："我们决不出卖自己，没有什么好说的，准我们辞职好了！"他说完向陈子义使个眼色，两人迈步走出去。

英国老板见收买不成，勾结军阀威胁要惩治他们，他们一气之下，夜里离开了矿山。

罗伯瑞和陈子义等人离开矿山后，经过四处奔走，好不容易在蒋伪政府刚刚成立的资源委员会找到工作。那时，两个人很高兴，觉得这回可能为祖国工业建设贡献力量了。他们到职后就积极要求入山勘探。可是那个所谓资源委员会却什么也没有，罗伯瑞和陈子义积极张罗，拼凑了一个由二十来个人组成的地质普查队，深入西岳华山一带去勘察。人少势孤，缺乏设备仪器，经费也很少，他们遇到的困难多极了。严重的困难并没有使他们泄气，深入到云雾笼罩的深山里勘察，谁知出了个意外事件。

初春一个傍晚，天气阴沉，风刮的很凶。罗伯瑞和陈子义等七个人由山上下来，走进了山谷，两边是莽苍苍的森林，风卷树梢摆动，发出呼呼啸声，听来很吓人。他们加快了脚步，想快一些走出山谷赶到宿营地。正走着，突然听见一声呼哨，由林子里蹿出来十来名匪徒。匪徒们一个个横眉竖眼，不容分说把他们洗劫一空，然后把几个人绑在树上，单单把罗伯瑞和陈子义带走。他俩有些莫名其妙，走不远，从匪徒中发现有艾伦斯的狗腿子林非，明白了这是艾伦斯对自己下了毒手，气得他们破口大骂林非。匪徒们急于把他们拉到老林深处，想逼着他们交出矿区地质图后再杀害他们，用枪逼着硬拉他们走，他们坚决不动地方。

正在纠缠，听见一声枪响，为首的一名匪徒应声倒下，接着枪声大作，一条猎狗叫着扑过来，匪徒们慌了，忙向老林深处逃去。林非慌忙向罗伯瑞开了两枪，还没等打陈子义，胳膊上中了一枪，手枪掉在地上，吓得他扭头便跑。陈子义回头一看，原来是老向导领着几个卫兵追来。（他们是看天黑了，入山来迎罗伯瑞和陈子义等人，走到森林边看见了绑在树上的人，得知罗伯瑞和陈子义被架走，就急急地追来。）他在地上拣起枪想去追林非，只听老向导喊了一声："慢着！""嗵"地一枪把林非打倒了。

陈子义伏下身子去看看罗伯瑞，罗伯瑞流血过多，已经只剩下一口气了。他赶紧把罗伯瑞抱到怀里，呼喊了一阵，罗伯瑞微微睁开眼睛，断断续续地说：

"我不行啦，英国佬……杀……了我！要报仇……雪恨，老陈，咱们是生死之交，哥哥临死托咐你一件事，我……把我的儿子小伟交给你，你要教育他成人！"他静息了一下，继续费力地说："小伟长大了，你要叫他学地质勘探，继承……我的事业！我没给国家勘探出矿产资源，死也不……瞑目！中国要富强，就要有大工业，要……要开发大量矿产资源！那些混蛋大员们，只知道搜刮资财，花天酒地，那样要亡国！该死的……英国……佬！杀……了……我，要报仇……雪恨！"他本想挥一下拳头，但却没有力气地耷拉到地上。

陈子义见他不行了，着急地喊："老罗，我一定照顾好你的儿子，你放心！你还有什么话，说说呀！"不论他怎么叫喊，罗伯瑞再也没睁开眼睛。

罗伯瑞的惨死使陈子义很激愤，使他更气愤的是：英国佬在中国有特权，打官司毫无结果，罗伯瑞就白白的死了。

陈子义把朋友的托咐牢牢记在心里，官司打输了后到了罗家。那时候小伟刚满周岁，长得白胖胖的，小模样很可爱。这么大的孩子任事不懂，能向他说个什么呢？他准备负担母子的生活，或者收养小伟，但跟罗伟的母亲王淑华一商量，王淑华坚持要带领儿子到她哥哥那儿去，他不好坚持自己的主张，便同王家来接的人一起把他们母子送到上海。

几年后，陈子义完全看清那个资源委员会是怎么一回事，对中国的社会失望了，对勘探事业失望了，觉得罗伯瑞和自己过去那种爱国热情太天真，中国不需要什么地质勘探人员，又加上受人排挤，一赌气离开资源委员会，回到家乡的一所中学去教书。在他离开资源委员会的时候，专程到了上海去看罗家母子。他到那儿一看吃了一惊，王淑华跟一个英国老板同居了。他怕罗伟跟妈妈学坏，要求把罗伟接走，王淑华坚决不舍，后来讲好让王淑华专顾一个人照顾罗伟，他才离开王家。

陈子义离开王家后，心里一直惦念着罗伟。还好，没过几年全国就解放了，陈子义又回到了本行。经过两三年的观察，他真正看到了中国的社会前途，工业建设的前途，勘探事业的前途。当罗伟临高中毕业时，他记起了罗伯瑞的托咐，专程到了上海，他把罗伯瑞临死前的遗言向他们母子讲了，建议让罗伟进地质学院，王淑华同意老头的主张，便让罗伟考进了地质学院……

陈子义想着，泪水控制不住地唰唰流下来，灰白的胡子颤抖着，脸色在微弱的光亮映照下阴沉沉的，他象个雕象似的站了老半天，好不容易才使自己的情绪平静了些。他往前走了两步，感情深重地说：

"罗伟呀，你太使人伤心啦！为什么在你的身上看不出你父亲的气质呢？你的父亲多么有骨气，而你……"

罗伟正在气头上，受不了这个，猛地站起来拦住老头的话，说："算了，你不要翻腾那本陈账啦！我受够了！"说着擦老头的身边跑出去，差一点没把陈子义碰倒。

陈子义好象挨了重重一击，头"轰"地一声胀得好大，两眼冒金花，觉得天旋地转，他想扑倒在草铺上，往前一扑就"噗嗵"一声倒在地上，失去了知觉。

第十三章

　　守火的队员看完白冬梅回来，一进门看见地上倒着一个人，伏下身子一看是陈子义，大吃了一惊，往火堆那儿望望，不见罗伟的踪影，忙转身冲着厨房喊：

　　"孙大立，白冬梅，你们快来呀！可了不得啦！"

　　孙大立、白冬梅和一伙队员闻声赶来，跑进帐篷一看，陈子义倒在地上，都吃了一惊。白冬梅赶紧把老头扶起来，让人点起防风灯。

　　孙大立不知道陈子义为什么会倒在这里，冲着守火的队员问："小马，陈工程师怎么会倒在这里了？"

　　"我不知道。"小马说，"我听见白冬梅摔坏了，着急想去看她，但帐篷里只我一个人，有这么大一堆火，我不敢离开。我正在着急，罗伟跑了进来，我让他看着火，就去看白冬梅去，等我回来时就看见陈工程师倒在地上，罗伟的影都不见了！"

　　孙大立一听什么都明白了，气得他脸色变得铁青，山羊胡子抖动着，两眼喷着火，若是罗伟在面前，他真能扇他两巴掌。他看白冬梅脸色苍白，发呆地站在地上，尽了极大的力量控制着心头的怒火，提醒她说：

"小白，不要跟他生气，快给陈工程师检查吧！"

灯点着了，白冬梅看老头在休克状态，心里很惊慌，赶紧让老孙去取药箱子。这时，鲁云超走进来，分开众人走上前，见陈子义脸色灰苍苍的，紧闭着双眼，气喘不顺，暗吃了一惊。他摸摸老头的前额，热得烫手，知道老头的病不轻，有些不知所措地瞅着白冬梅。

孙大立把药箱子取来，白冬梅先给老头注射一针强心剂。她看老头的呼吸好转了些，开始给老头检查。老头的体温高烧三十九度四，血压也很高，她有些害怕，但她出于医务人员的责任感，克制着惊慌，请人把陈子义背到厨房里去后，向鲁云超说：

"陈工程师的病不轻，患的是急性肺炎，血压又高，危险性很大。"

鲁云超见小白惊慌，更加不安，问："你治得了吗？"

"这个！"白冬梅踌躇了。她感到没有把握，因为没有经验，原来带的好药就不多，这些日子又使用了些，剩的就更不多了，可是这里离医院很远，自己不能治又指望谁呢？

鲁云超看出小白的内心活动，说："那么是否要送到县病院去？"

白冬梅否定地摇摇头说："不行，县城离这里很远，还隔着好些大岭，天气又不好，他这个样子，架不住那样折腾。他的病确实不轻，我有点害怕，鲁队长，你看怎么办？"她无主见了，两眼瞅着鲁云超，希望他给拿拿主意，希望得到鼓舞，现在她能依靠谁呢，只有依靠队长给她拿主意了。

全帐篷里的人听小白这么一说，眼光都集中在鲁云超的身上，大家也不知道该怎么办好，看队长怎么决定。

鲁云超披着一件干棉袄，下身的裤子还是湿淋淋的，脸色又黄又黑，紧锁着眉头，不安地想：老头的病很重，搞不好会有生命危险，看来只有在当地治，可是小白缺乏经验，很没有把握，老头有个一差二错可不是件小事。他一时也拿不定准主意。但他克制着自己内心的不安，严肃地向白冬梅说：

"小白，你不要着慌，做医生的在患者面前要沉着，着慌会使患者紧张，对病情不利。你要鼓起勇气，设法医治，不要慌手慌脚的！"

白冬梅听鲁队长批评自己，感到很惭愧，但心里安定了些。

鲁云超问："你有什么困难，还需要一些什么？"

白冬梅说："我需要几种好药。"

鲁云超皱紧眉头，又问："那几种药什么时候要？"

"最好是现在就有！"白冬梅说着更加感到内疚，马上补充说，"明天中午以前搞到也行！"

鲁云超严峻地盯了白冬梅一眼，暗在心里核计说："困难啦！在这样风雨夜里叫我到哪儿去搞药啊！"他扫视了队员们一眼，大家都静悄悄地站在那里。

忽然，孙大立往白冬梅跟前跨了一步，洪亮地说："小白，你开药单吧！"

"你？"白冬梅扬起头来打量着孙大立。

孙大立对罗伟的气还没消，脸色铁青，两眼闪着光，说："我马上连夜进城去搞，明天上午就可以赶回来！"

白冬梅感动地瞅着老孙，说："这么黑的天，你怎么能走这段山路啊！"

"你放心好了，开药单吧！"孙大立转脸向鲁云超说，"鲁队长，我跑一趟吧！"

鲁云超同意地点点头，说："再找个人跟你一起去吧。"

孙大立摆一下头说："就让我自己去吧，我得骑马快跑，尽量赶些时间。"没等鲁云超说话，他就迈步走出帐篷去准备上路。

鲁云超目送着孙大立的背影，暗暗称赞，这老孙到紧要关头时真能解决问题。他目送孙大立走出帐篷后，转脸向白冬梅说：

"小白，就这么办，让老孙连夜进城去搞药，先在这里治治看，如果不行再设法往医院送！"

白冬梅说："好，我一定努力去治！"

鲁云超向队员们挥挥手，大家嗯啦啦涌出帐篷，都分头去干自己的事情去了。他随后也走出去。

鲁云超往山野里望望，不见什么动静，还不知佟飞燕的吉凶。他烦躁地想："陈子义病的死来活去，若是佟飞燕再发生什么意外，普查队可就垮了！这真是'祸不单行'！"他往各帐篷望望，到处闪着火光，到处冒着浓辣的烟，气压很低，烟在宿营地弥漫着，很呛人。

鲁云超巡视了一下帐篷，到处还很乱，有几所帐篷被风刮坏，遮不住雨，水还没有排干净。不过，队员们的精神很饱满，有的在继续排水，有的在燃火烘帐篷，有的在缝补篷布，忙得热火朝天，用不着他当队长的操心，这使他的心情好了些，转了一圈走回队部的帐篷。他进门来，一眼看见那些乱糟糟的图纸资料，一阵颤栗通过全身，打了个冷森森的冷颤。他想：一时疏忽出了这么个漏子，怎么向分局领导交代呀！

石海端着一盘子馒头，一条红烧鲤鱼，还夹着一瓶酒走进来。他把食物放在鲁云超面前，体贴地说：

"鲁队长，吃点东西，喝点酒，好赶赶寒气！"

鲁云超瞅了石海一眼，没有动那些食物。

石海站在队长的身边，眨着眼睛瞧着鲁队长，眼光里在向队长说：瞧，搞的不坏吧！在这样的深山老岳里，在这样的鬼天气里，还能吃上白面馒头，红烧鲤鱼，你还要求怎么样呢，他向来是这样，哪怕是成年累月不搞一回，每搞一回，他都要向队长表表功。

鲁云超今天的心情不佳，摆手让石海走开。他平常是不爱喝酒的，今天破例打开酒瓶，一仰头，咕嘟咕嘟猛喝几口，几口酒下肚，顿时胸膛里发热，头有些发晕，他没有敢再喝，放下酒瓶在桌边坐下来。

这时候在厨房里，白冬梅正在开药单。她刚开完，孙大立就走了进来。

孙大立披着一件斗篷式的雨衣，头戴着尖顶斗笠，腰里扎着带子，背着挎包、子弹带、酒壶和一把短刀，手里提着枪。他显然是喝酒了，脸膛有些发红，两眼闪着光。他才想说话，见白冬梅向他摆摆手，没有说。他走到草铺边，看看陈子义，见陈子义睡了，往后退了几步，悄声地问：

"陈工程师怎么样？"

"暂时还不要紧，如果能及时搞到好药，我能够治好他！"白冬梅在孙大立的鼓舞下也来了勇气。

孙大立满意地点了点头，说："我一定搞到你所需要的药，药单开好了吗？"

"开好了！"白冬梅看看英武的孙大立，又感动又敬佩。她把药单交给他说："路上要加小心，这样的雨夜，山野里到处都是黑洞洞的，就是你一个人，注意别发生意外！"

"我是个山林通，黑夜里没少在深山老林里走，你放心好了。"孙大立接过药单，小心地揣进内衣口袋里，跟小白握了握手，提枪就想往外走。

白冬梅拦住他说："先等等，你那个挂包不行，装药会被雨水淋着变质。"她把自己的皮药包子倒出来，交给了孙大立。

孙大立挎上皮药包子，提枪走出去。他拉起了白马，大背起猎枪，翻身上马，勒住马缰，向送到门口的白冬梅挥挥手说：

"小白，你回去吧，明天午前保证搞回药来！"

白冬梅叮咛说："路上千万要加小心，别发生意外，家里有许多事指望你哪！"

"你放心吧！"孙大立向白冬梅又挥了一下手，掉过马头，用脚一点马肚子，催马向黑沉沉的山野里跑去。

白冬梅激动地向前跑了几步，想追上老孙再说上几句话，老孙马不停蹄，转眼的工夫，消失在黑沉沉的山林中去了。

白冬梅等望不见了人影，听不见响声的时候，才转身回到帐篷里。她把灯挑亮些，拿到陈子义的身边，坐下来摸摸陈子义的前额，老头的温度还很高，呼噜呼噜直喘。

陈子义睁开眼睛，看白冬梅满脸愁容，吊着个伤胳膊，心里很不安，安慰她说：

"你不要害怕，我对我的身体心里有数，没有大不了的。"

白冬梅镇静地说："我不害怕，孙大立连夜进城去搞药去了，明天上午就可以赶回来，我会治好你的病。"

陈子义伸出手，含着敬意和同情，紧紧地握住白冬梅的手，一阵心酸，眼泪顺他那深深的眼窝流出来。

白冬梅看老头流泪，心里有些发酸。但她拼命控制住自己，掏出手帕给老头擦擦眼泪，说："你要安静些，这样激动对你的病是有害的。"

陈子义伤心透了，没料到罗伟能跟自己那样，现在跟罗家的交情断了。他憋了一肚子话要说，他想跟白冬梅说说方才跟罗伟的事情，说说二十年来对罗伟的一片心，说说方才跟罗伟没有来得及说的话，说说内心的激愤，可是他看白冬梅的脸色苍白，眼睛里含着泪珠，便懈了劲。他觉得自己不该再使这个可怜的姑娘伤心，这姑娘现在就够受的啦。他闭上眼睛平静了一下情绪。

白冬梅守在老头的身边，看老头那样激动的样子，知道罗伟伤了老头的心，可是罗伟究竟跟老头说些什么话，自己不清楚，很想打听一下，但她不愿意跟陈子义多谈，怕使老头伤心，对病情不利。

两个人都有一肚子话，可谁也不想说，沉默着。

静默了一会儿，陈子义睁眼瞅瞅白冬梅，无力地向她摆了一下手说：

"小白，你也病了。你去躺一会儿去，我没有关系。"

"好，你安静地睡一会儿吧！"

白冬梅给陈子义拉拉被子，仍然悄悄地守护在老头的身旁。她对老头的关切一方面是出于医生的责任心，另一方面由于罗伟的关系，特别是今天晚上共同跟罗伟发生的冲突，使她跟老头的感情更接近了。

老刘端来了饭菜请两个病号吃。两个人谁也没吃就让老刘端走。白冬梅关照所有走进帐篷里的人，让人们保持肃静，不要惊动陈子义，直到老头安静地睡下，她才离开了老头的身边。

白冬梅走到门口往外望望，细雨纷纷，山野里黑洞洞的，什么也看不见。她静听了一阵，隐约听见了山里传来了枪声。她知道上山的人还没有找到佟飞燕，这使她很心焦，不知佟飞燕到底走到哪儿去了？她怕佟飞燕迷失在森林里，怕佟飞燕失足滚下石崖掉进山涧，怕佟飞燕遇见什么猛兽，她一想起自己头回在山谷里遇见的山洪暴发的险情，禁不住打个冷颤，不忍心再往坏处想。她跟佟飞燕的友情不同寻常，在这一段生活里，建立起亲密的友谊。她觉得和佟飞燕在一起就有了依靠，对一切就有了信心，佟姐每时每刻都在关怀着自己，帮助自己，就好象亲姐姐一样。

今天晚上的事使白冬梅感到意外，她过去对生活是天真的，在她的眼睛里，生活是单纯的，事物是简单的，一切都会是一帆风顺，从来没想到生活里有波涛。现在她实在是应付不了，只能焦急，只能气愤和悲伤，觉得有些无能为力。

白冬梅呆望了半天，由想佟飞燕转到孙大立的身上，在这样的雨夜里，要爬几架大岭，穿过几片森林是很危险的，心里暗暗惦念着他。她望着黑沉沉的山野，不知孙大立现在走到哪儿去了？……

……孙大立这时候已经爬过一架大岭，沿着沟膛子催马往前跑。风吹得他的雨衣扬起很高，就象山鹰展开了翅膀。他两眼盯着前方，辨别着方向，探视着前进的道路，虽然天黑得看不出十步远，虽然根本没有路，他不停地催马前进。

前进！摸着黑前进，抢一个小时是一个小时，抢一分钟是一分钟！

孙大立惦念着陈子义，也惦念着白冬梅，怕陈子义的病情恶化，怕白冬梅着急，治病是要抢时间的，晚一小时就会不能挽回。他快马加鞭地赶路，可是，在这样的雨夜里，就是孙大立这样在深山里奔跑了几十年的人，也不敢有丝毫马虎，不然会迷失在深山里，跑到天亮你也跑不出山。

　　孙大立又爬过一个山梁，前边就是一片森林。雨夜里，一走进呜呜呼啸的森林，就觉得阴森森的。他下了马，从背上取下枪，拉着马走。树木长得很密实，树木之间盘绕着野藤和山葡萄蔓，他不时被野藤绊倒，因此他走的很慢。他警惕地眼观六路，耳听八方，注意周围的动静，虽然风吹森林呜呜呼啸，他也可以分辨出附近有什么野兽的叫声。越往里走周围越黑，想看看星光，天阴得黑沉沉的看不见，听听风声，整个林海在呼啸，风向很不准确。于是他打开手电，察看了几棵树干，确认自己走的方向对，心里轻松起来，暗想："快赶路，走出这片森林就会好些。"拉马继续前进。

　　森林深处很气闷，藓苔和霉烂的叶子被雨水一浇，发出浓烈的霉味，加上心情有些紧张，他已经汗流满面。正走着，白马"吐"地打一声响鼻，站下来不肯往前走。孙大立立刻明白有大牲口，把弹药推上膛，警惕地搜寻，发现前边有两只眼睛闪着光。他隐在大树后仔细一看，认清是一头大野猪，刚举枪要打，猛然想起自己要急着赶路，不能跟它纠缠，这家伙皮粗肉厚，若是打不死它，反倒为害。他赶紧提起枪，拉马悄悄地撤走了。

　　孙大立又走了一阵，发现树木不再那样稠密，知道快接近森林边沿，便怀着愉快的心情向前扑去，不久走出了树林。他听见远处有狗叫声，高兴地想："这回可有了人家啦！"他抹把脸上的水，翻身上马，扬鞭打马飞快地向前跑去。

第十四章

　　天明，雨停了，但放起了大雾。滚滚滔滔的云雾淹没了群峰，淹没了森林，几丈之外就看不见东西，那几所雪白的帐篷，象是停泊在苍茫大海里的帆船。勘探员们吃完饭后都自动聚集在队部的门前，纷纷议论，做出各种猜测，越议论越对佟飞燕担心，大家什么也干不下去了。

　　鲁云超走出帐篷，往山上望望，雾气腾腾的什么也看不见，看看手表已是七点多钟了，心里很焦急。他想："天已经不早了，佟飞燕如果不发生什么意外，就是上山的人找不到她，她自己也该回来了。"他听队员们议论，越发对佟飞燕担心，尽管佟飞燕经常顶撞他，他对小佟还是很器重的。特别是现在陈子义老工程师病了，佟飞燕就成了队里水平最高的技术员，她若是发生什么意外，队里的工作就更成了问题。他看见白冬梅由厨房里走出来，问：

　　"小白，陈工程师的病怎么样？"

　　白冬梅说："还没有减轻！"她经过昨晚一夜的折腾，脸瘦多了，气色很不好，因为着急上火，把嘴唇都烧破了。

　　鲁云超瞧了满脸愁容的白冬梅一眼，叹了一口气问："他的病还很危险吗？"

白冬梅说："有一定的危险，若是老孙早一点搞来好药，还不要紧！"她瞅了人们一眼，见大家都是那么焦急不安，知道佟飞燕没有消息，心里更加焦急不安。

这时，一阵嗒、嗒、嗒的马蹄声传来，大家顺声音望去，见孙大立前倾着身子，快马加鞭地跑回来，在雾气里一出现，眨眼之间就跑到眼前。

白冬梅一看见孙大立，惊喜地喊了一声，忙迎上去。孙大立眼看白马要踏上白冬梅，猛拉住嚼环，白马唏哩哩叫了一声，竖起前蹄，旋了一圈才站下。她往旁一闪，说：

"你怎么这么早就回来啦？"

"我是快马加鞭地紧赶哪！"孙大立翻身下马，把装满药的挂包交给白冬梅说，"我昨天晚上赶到县城后就到了县医院，跟黄县长通了个电话，然后找到陈院长，我把情况向他们一说，他们非常支持我们，把医院里最好的药拿出一部分给我们，除了你开的药单以外，还给了十来种好药。我拿到了药，马上往回赶，这一阵好跑，把白马都累坏了。"

白冬梅看白马满身汗水淋淋，老孙也是汗流满面，心里非常激动。她接过药包子，感情深重地说：

"谢谢你，叫你受累啦！"

孙大立说："谢什么，这回你能治得了吗？"

白冬梅由孙大立身上受到很大鼓舞，鼓起勇气说："你放心吧，我会把他治好的！"

"好啊！"孙大立高兴地说，"仗着有你，若是没有你，陈工程师突然病成这样，我们可要抓瞎啦！"

孙大立擦擦脸上的汗，扫了人们一眼，见人群里边没有佟飞燕，也没有昨天夜里上山的人，他很不安。稍时，他看见由林子里走出一群人，忙迎上前去，嚷：

“你们找到佟飞燕了吗？”

“找到啦！佟飞燕昨晚上跑到老猎人家里去了。”

稍近，鲁云超看见人群里边没有葛锋和佟飞燕，诧异地问：“葛书记怎么没有回来？”

贺林跑了几步到鲁云超跟前说：“他和佟飞燕没有回来，给你写了一封信。”他从内衣口袋里掏出一封信交给鲁云超。

鲁云超接过信，见信上写着：“……经老猎人介绍了铁架山的情况，佟飞燕认为铁架山是个找矿线索，但老头不肯领佟飞燕去。我打算再跟老猎人谈一谈，如果真的有些希望，我将设法动员老头领我们跑一趟。三四天就可以返回宿营地……”他看完信很生气，忿忿地想：“好啊，这简直是诚心整我，陈子义病了，又让佟飞燕跟老猎人去跑，损坏的图纸资料不能及时补救，叫我怎么向上级交代呀！”他对佟飞燕也很生气，责怪佟飞燕不该跑到老猎人家去，闹得全队的人一夜不得安宁。

其实佟飞燕根本不想到老猎人家去，情况原来是这样的。

昨天下午两点来钟，佟飞燕勘察到九顶峰。她爬上第一个峰顶，累得气喘吁吁，坐在岩石上打开水壶喝了几口水，抬头望望天空，见阴云象潮水似的往北涌，知道天气要变。可是费了很大力气爬上来，就一定要勘察清楚，不然明天再来又得费半天工。她歇息了一会儿，掠了一下头发，戴上草帽，拎着手锤进行勘察。

九顶峰地势险要，是巨大岩石堆砌成的。从远处望是紧紧相连的石峰。攀登上来看，巨石耸立，相连有半里之遥，这上边怪石丛生，岩层构造复杂。佟飞燕被吸引了，感兴趣地勘察着，研究着。

佟飞燕爬上一个峰顶，又奔向另一个峰顶，观察着岩层现象，研究着它的生成原因。地质人员的研究室不是在屋子里，而是在辽阔的山野，陡峭险峻的山峰。佟飞燕入神地工作着，对别的一切都没有在意。

一阵风吹来，把佟飞燕头上的草帽吹落到背后，这时才引起她抬头望望。天变了，黑压压的阴云席卷了天空，树在摇，草在动，山野里很昏暗。她知道狂风是暴雨的前奏，只好下山了。

山高风大，山势又险，佟飞燕走的很慢。她还没有爬下峰顶，猛然，一声霹雷震荡着山谷，发出天崩地裂的响声，几乎把她震聋。她没有理会，赶紧往下爬，心想：暴雨没下之前，能够爬下石峰就不怕了。

暴雨来的好快，几声响雷之后，大雨瓢泼而降。雨雾弥漫了山野，山脚下的森林和对面的山峰都看不见了。

佟飞燕看风这样猛，雨这么大，脚下的石崖这么陡峭，怕发生危险，便钻进石缝子里。她背靠着岩石，望着那刺眼的闪电，听着震耳的雷声，避着狂风暴雨。

闪电、炸雷、狂风、暴雨在深山里发威，山谷和雷声呼应，林海跟着狂风咆哮，在高山上望着，令人惊心动魄。

当雷声小了，风声弱了的时候，黑暗把山野吞没了。佟飞燕觉得不能在这里久停，背起矿石袋又往山下爬。

雨继续在下，风继续在刮，眼前黑沉沉的，看不出五步远。佟飞燕知道这里怪石耸立，到处是陡峭的险崖。她镇静地、小心地摸索着往下爬。

佟飞燕爬了很久，终于艰难地爬下石峰，她松了一口气，觉得爬下这段险路就安全了，自信再用不了两个小时就可以回到宿营地。她凭着自己的山林经验，爬过一个山梁，走下满布树丛的山坡。她正分着树丛，深一脚浅一脚地走着，突然听见"噗啦"一声响动，定睛一看，从树丛里跳出一只黑熊。她大吃了一惊，返身就跑，黑熊随后追去。

佟飞燕跑着，跑着，脚下一滑，滚到陡坡下。她坐起来回头看看，黑熊不见了。她定了定神，站起来往四周望望，周围黑洞洞的，什么也看不见，眼前是什么地方也认不清，她有些不安。她过去虽然曾单独在山里走过黑道，但都没有象今天这样黑，黑熊这一追也使她的心情紧张。她观察了一阵，确认了方向，继续分着树丛走着。

佟飞燕走了一阵，站下来望望，发现自己来到个陌生的地方，这时她察觉到自己迷失了方向，心里很着急。她来到一个较高的地方，望着黑漆漆的山林，心里暗暗盘算：往哪儿走呢？她拿不定主意了。她知道迷失了方向是不能乱走的，这样乱走不仅回不了家，还会越走越远，会发生其他意外。

佟飞燕走不远，发现一棵大松树，决定爬上树去过一夜，明天再走。

松树很大，枝丫互相盘结，树叶很茂密，能够遮住雨。佟飞燕爬上树去，坐在盘绕的枝干上，倒觉得稳当。不过，她全身湿淋淋的，冷风阵阵吹来，冻得她不住地打冷颤。她用双手紧紧抱着膀子，抵抗着寒冷。

细雨纷纷，山水哗哗咆哮，树丛里有两只饥饿的狐狸，一递一声地叫着，那声音又难听又吓人。

佟飞燕打开湿淋淋的辫子，经心地编着。她的辫子很长，很粗，给她在山上勘探带来许多不方便，以她的脾气，早已把它剪掉了，但因为辫子是妈妈给留起来的，妈妈故去，这是为纪念妈妈。她越坐越冷，牙齿不由自主地碰得咯咯响，心里很焦急，觉得若是这样在树上蹲一宿，非冻病不可。她不服气地想：难道说我真的就找不到宿营地？哪怕是半夜回到宿营地也是好的。一想到宿营地就想到队里的人们，心里很不安。她想：同志们发现自己未归，不知怎么样着急呢！白冬梅准会沉不住气，老工程师也要为自己担心，葛锋一定会为自己焦急……所有的人都不能安生。她想着感到很惭愧，再也呆不住了，下决心设法摸回去。

佟飞燕由树上爬下来，挽起了辫子，扎紧了裤脚，背起矿石袋，拿起手锤，观察了一阵方向，按着自己认定的方向开始走。

两只饥饿的狐狸往这边走来，嚎叫声越来越大，凄凄惨惨。

佟飞燕心里很焦急，她努力克制着自己的情绪，边走边提醒自己说："要沉着，不要着急，不要着慌！"她想起孙大立向她介绍的那些经验，可是看不见星斗，查看树干也没有带来手电，其他的办法也不灵，现在她不得不承认自己缺乏锻炼。她走了一阵，停下来观察一阵方向，然后继续往前走。

佟飞燕穿过一片树丛爬上山梁，又站下来望望周围。雨停了，但雾气很重，周围仍然是黑漆漆一片。忽然，她意外地发现有一线蒙胧的微光，惊喜地往光亮的方向跑几步，站在一块大石头上，擦擦眼睛仔细望望，不是错觉，确实有一线光亮。她欢喜地想："可能是家里的人来找我，燃起篝火，给我弄的目标吧？是的，是的，一定是的！"她想着情不自禁地向那个方向扬手喊了一声，抬腿往那里跑去。

佟飞燕眼盯着光亮，飞快地奔跑着，越跑近光亮越明显，越明显她跑的越起劲。她没料到光亮就在山梁下，很快就跑到了。

原来这是一户人家，黑乎乎的小矮房，四外围着篱笆，院里的狗叫得很凶。她迟疑了一下，来到大门前喊：

"老大爷，开门哪！"

狗更凶了，扑到大门边挠着门汪汪叫。稍时，屋门吱一声开了，一个老头咳嗽了两声，狗马上不叫了，可是还站在大门边不肯离开。老头一边走一边问：

"外边的人是谁呀！"

佟飞燕往门边凑了凑，说："我是找矿的，因为迷失了方向，走到你们这儿来的。"

老头听见是女孩子的声音，有些意外，贴门缝往外望望，只见一个孤伶伶的女孩子，便赶紧打开了大门。他打量了姑娘一眼，说：

"你快请到屋里吧！"

"谢谢！"佟飞燕不客气地往院里走，那条狗跟着她。她一面不放心地瞧着狗一面走，很快就走进屋。屋地上放着一只死狍子，皮刚扒了一半。在炕上，坐着一位和蔼可亲的老太太，一个十六七岁的小姑娘，两只闪光的眼睛，惊讶地望着她。看来娘儿两个是才由被窝里爬起来的，被子还堆在炕上。老头随后走进来，她回头一看，认出是老猎人，高兴地嚷："是你呀！"

老猎人也认出了她，打量着她问："你这是怎么一回事呢？"佟飞燕的狼狈样子使他吃惊不小。

佟飞燕不再拘束了，笑嘻嘻地把她的遭遇向老头说了一遍。

刘老槐听着，捋着胡子赞叹地说："你这姑娘可真不含糊！好啊，这是咱们爷们有缘，若不叫你迷失了方向，请都请不到呢。"他向炕上的小花说："你不是成天想看那个找矿的姑娘吗，她就是那个姑娘！"

小花高兴地冲佟飞燕笑笑，站了起来。

老太太一边扣钮扣，一边赞叹地说："真是个好姑娘，这么个好姑娘，老天爷会保佑的，若不然这么黑在山里跑，说不定会出什么事。今个准是观音老母的保佑，把你引到我们家里来了。姑娘，你要信大娘的话，拜拜观音老母！"

佟飞燕觉得老太婆很有意思，瞅一眼那尊观音象，笑着说："大娘，这是迷信，再说我爬山爬的腿很硬，跪不下来。"

"哎，你们这些念书人哪！"老太婆无可奈何地咂咂嘴唇。然后过来拉住佟飞燕的手，连连咂着舌头说："啧！啧！孩子，看把你累成这样！"

佟飞燕低头瞅瞅自己的身上，浑身是泥土，衣服撕了一些大口子，全身湿淋淋的一副狼狈象，抬头不好意思地瞧着一家三口，微微一笑。

"啧，啧，真不容易呀！来，炕上坐！"老太婆转脸向正在好奇地瞅着小佟的女儿说："小花，你发什么呆，还不把衣服拿出来给这位大姐换上，花她爹你去烧火去。"

小花撒娇地瞧妈妈一眼，忙去开箱取衣服。老头也站起来去烧火。

老太婆拉佟飞燕到炕边坐下，打量着问："姑娘，你今年多大啦？"

"二十六岁啦。"

"找了婆家了吧？"

佟飞燕微笑着摇摇头，说："没有。"

"你都二十六岁了，该找婆家啦！我知道象你这样的好姑娘，都是眼光高。"她看小花瞪她，咯咯笑起来，说："你不要见怪，大娘喜欢你才觉得不见外，我知道象你这样走南闯北的人，不怕说这个。"她把佟飞燕往里边推推。"姑娘，往里点坐，大娘给你做饭吃。你这样风里雨里的在深山里跑，老妈不知怎样惦念呢。"

小花给佟飞燕拿来一套衣服，让小佟换上。佟飞燕穿上小花的衣服，瘦小的衣服紧裹着她那丰满健壮的身体，使她显得分外秀气。几年来她经常跟老乡们打交道，无拘无束地，坦然地坐在炕上，象是坐在家里似的。小花坐在她的对面，亲切地望着她，看她穿自己的衣服不合体，嘻嘻笑个不停。佟飞燕拉住她的双手，说："小花妹妹，你笑啥？"小花笑的更响了。两个老人看两个姑娘的亲热劲儿，相视笑了。

饭后，老太太掏了一盆火，坐在那里给佟飞燕烤衣服，老猎人坐在炕边抽烟。佟飞燕凑到老头的跟前，想跟他谈谈找矿的事，刚提个头，老头就连连摇头说：

"我是个打猎的，姑娘，不知道什么是矿！"

佟飞燕心里明白，鲁队长伤了老头的心了。她微笑地望着他说："你是生我们鲁队长的气啦！"

老头摇头否认。说实在的，那一次报矿确实使他伤心，回来后再也不提找矿的事，谁一提起来他就反感，为了这个小花没少挨他的训斥。他看佟飞燕满脸堆笑地等他回答，磕了磕烟袋说：

"我不是干那个的，姑娘，咱们不唠这个吧！"

佟飞燕仍然微笑着说："葛书记对你的希望很大，那天你走后不久，他一回去就跟鲁队长好一顿争论，他还要找你呢！"

刘老槐对葛书记这样看重自己感到不安，叹了一口气说："我辜负了他，可我再也不知道哪里有矿了。"

小花提醒爸爸说："爸爸，你不是说铁架山上铁牛洞里的石头象铁矿，想去敲一些送去吗？"

刘老槐瞪女儿一眼。小花娘也向女儿使个眼色，不让女儿插嘴。

佟飞燕感兴趣地问："铁架山上还有个铁牛洞吗？"

"是呀！"小花不顾爸爸瞪她，想在佟姐面前表表自己对山里的知识，说："铁架山是这一带第一号高山，到我们后山顶就能望见，这山上有三个出奇的地方：一是千丈壁，一是死鹰涧，再一个就是铁牛洞。是吧？爸爸。"她没等爸爸回答，又向佟飞燕说："铁牛洞还有个故事呢。"

"还有个故事，你给我讲讲！"佟飞燕拉住小花的手要求道。

小花瞅瞅爸爸和妈妈，不顾两个老人向她使眼色，想了想开始讲："从前在青龙镇上住着个老财主，因为他对人很凶，人们给他起名叫铁爪鹰。铁爪鹰家有条出奇的大黑牛，这条牛象个大象，两只角象钢刀，毛色黑里透亮，被太阳一照闪闪放光。铁爪鹰很喜爱它，给它起名叫铁牛，专雇个叫铁蛋儿的小孩喂养这条牛。铁蛋儿是个能干的小孩，把牛喂养的很好，黑心的铁爪鹰还总是折磨他，不给他吃的，不给他穿的，他家有房百间，就是没有铁蛋儿住的，他冬夏都睡在铁牛的身边……那一年冬天，有一天夜里起了大风雪，大风啊，刮得山摇地动，大雪把山洞都填满，天冷得滴水成冰。铁蛋儿偎在铁牛的身上，冻得抖抖乱颤，抖呀，抖呀，他实在冻得受不住了，就爬起来蹦跳。蹦呀，跳呀，来到东家窗下，他由玻璃窗往里一看，屋里火炉烧的通红，铁爪鹰正和他的五个年青的老婆大吃大喝。铁蛋儿一气之下，放起一把火，嗬，好大的火呀！呼呼地就烧着了房子，铁爪鹰跑出来一看，把鼻子都气歪了，扯着嗓喊：'抓住铁蛋儿，打死他！'他这一喊，一群狗腿子就来抓铁蛋儿，铁蛋儿跑到铁牛跟前，拍拍铁牛说：'铁牛哥！铁牛哥！快救救我。'铁牛听着把腰一低，驮起铁蛋儿就跑……好家伙！铁牛驮着铁蛋儿在头前跑，铁爪鹰领着打手在后边就追，跑呀，跑呀，跑到铁架山前。铁蛋儿看前边大山拦路，后边铁爪鹰已追上来，他着急地使劲拍一下铁牛，铁牛一急，'哞'地吼叫一声，'咔喳'一声钻进山里。当铁爪鹰领狗腿子追到山前，山崩地裂一声响，半边山劈塌下来，'轰'地一声把那群恶人压进地里。从那时就留下铁牛洞，千丈壁，死鹰涧。"小花一口气讲完，拢一下头发，脸转向爸爸问："爸爸，你看我讲得对不对？"

刘老槐白了女儿一眼说："我没听你吧吧个啥，快嘴子！"

佟飞燕对这故事很感兴趣，对铁牛洞的岩石情况很关心，向老头问："铁牛洞里的石头是什么样的？"

"那儿净是黑石头，很象葛书记给我留下的铁矿石。"

"是啊！"佟飞燕觉得铁架山是个线索，请求地说，"刘大爷，你能领我去一趟吗？"

刘老槐摇摇头说："姑娘，铁架山不是个近道，路又难走，你别听小花瞎吧吧，那儿不一定有矿。"他又瞪了小花一眼，不让小花插言。

"我去一趟很有必要，就是没有矿也没有关系，勘探员就是不怕跑腿。"佟飞燕下了地，红润的脸上光彩焕发，站在老头的跟前说，"我想铁架山可能有矿。第一点，我们古人给山河起名都有些根据，如根据山的形貌特征，山上的特殊产物，古迹和传说，不能平白无故就给起名叫铁架山。第二点，铁牛钻山的故事一定有它的因由，要不然怎么会编出来呢，这可能与有铁矿有关。第三点，你看铁牛洞里的石头象铁矿。刘大爷，你没有工夫领我去，明早你到后山上指给我，我自己去一趟。"

刘老槐听佟飞燕说的很有理，又看她不怕吃苦，不怕危险，坚决要跑一趟，心里有些活动。

没等刘老槐说话，小花娘向老头使个眼色，说："姑娘，铁牛洞那儿去不得，你别听小花瞎吧吧。小花，你这鬼丫头，还不铺被让佟姐睡觉！"她说着瞪了小花一眼，小花红着脸瞅佟飞燕一眼，站起来去铺被。

佟飞燕看小花娘的脸色很阴沉，感到很奇怪，不明白老太婆为什么这样。她再看看刘老槐，老头站在窗前望着窗外，大口大口地吸烟。她看风头不对，一时没有了主张。

小花娘看佟飞燕站在地上发楞，说："姑娘，铁架山那儿去不得。天哪，谁敢去钻铁牛洞，你快死了这份心吧！"

佟飞燕说："我们地质人员不怕探险，山高林深都没有关系，除此以外那地方还有什么特殊危险吗？"她诧异地瞅着小花娘。

小花娘说："有危险，好姑娘，你要信大娘的话，那地方千万去不得，不要逞强，大娘可被小花她爹这个老东西坑苦了！"她狠狠瞪了老头一眼，眼泪唰唰流下来。

这情形更使佟飞燕惊讶，觉得不好再强求，决定等明天回队里跟葛锋谈谈再说。

清晨。佟飞燕出得门来，看雾气很浓，准备等雾气消散了些再走。她呼吸着深山里的清新的空气，觉得十分清新爽快，昨夜的那种焦虑和疲劳已无影无踪，新的一天又开始了。她回想起昨天晚上的事，禁不住想起白冬梅跟自己刚见面那天说的话，外人对自己吹嘘得了不起，实际上自己的山林经验还很不够，觉得有些惭愧。不过，她充满信心地想：再在山林里锻炼十年八年，定能掌握山林的规律，也会象孙大立那样，在任何时候都不会迷失方向。她信步往山坡上走着，思索着昨天夜里的教训，一夜没回去，队里的人都为自己操心，说不定现在还有人在山上找我呢！她想到这里，觉得应该赶紧回去。这时，听见山上有人说话，抬头往山上望望，隐约看见有一群人，立刻明白了是怎么一回事。她欢喜地喊了一声，抬腿向前跑去。

葛锋和队员们看见了她，都高兴地嚷着向她跟前奔跑。不大的工夫，佟飞燕就被团团围住，经过一夜的奔波才找到了她，大家感到分外亲切。

贺林握住她的手说："我以为你这一下可报销了，原来你跑到这里来了。"

佟飞燕笑着说："我报销不了，我有'观音圣母'保佑着。"

葛锋走上前，亲热地握住了佟飞燕的手，关怀地打量着她。他看小佟满面红光，两条辫子盘在头上，穿着紧身夹袄，俐俐落落的，还是那样爽朗快活，心里很喜欢。说：

"昨天晚上真叫人担心啊！"

佟飞燕脸红了。她瞅瞅葛锋，瞅瞅队员们，一个个浑身湿淋淋的，满身是泥土，知道大家在山里奔波了一宿，心里深深受了感动。她想说几句感激话，一时又找不到适当的话来，只是感情深重地说：

"叫你们担心啦！"

葛锋说："大家都很关心你，昨晚上所有的人都争着上山去找你，连白冬梅都去了。很好啊！小佟，平常不大觉得，遇见事情就显示出来，那种关怀胜似兄妹。小佟，你怎么跑到这里来啦？"

佟飞燕把昨天晚上的事说了一遍，接着讲起铁架山的事后，说："铁架山可能有些希望，我请求他领我去一趟，不知是什么原因，老头不肯。你来了正好，动员他领我们去一趟吧！"

葛锋听说，对铁架山也很有兴趣，觉得值得跑一趟。他考虑了片刻，认为：队里的事有老鲁、陈工程师、孙大立等人，一切都会安排好的。目前，最重要的是发现找矿线索，能动员老猎人领着勘察一下铁架山，最多不过四五天，他决定自己走一趟。于是，从内衣口袋里掏出笔记本，给鲁云超写了一封信，打发贺林等人回宿营地。

第十五章

佟飞燕领葛锋回到老猎人家，刚进院，小花、小花娘和刘老槐都迎了出来。

小花指着葛锋说："爸爸，他就是来过咱家两趟的葛书记。"

"稀客！"刘老槐向葛锋深深鞠了一躬，感动地说，"我这毛老头子有什么本事，劳你三番两次地来看我，真叫我过意不去。"

葛锋哈哈大笑，向老头说："你老是本地主人，我们进山哪能不来拜望你老。我来了两趟都没看见你，总觉得不甘心，今天到底见面了。"他又向小花娘说："刘大娘，昨天夜里，小佟突然跑到你们家，叫你老费心啦！"

小花娘眉开眼笑地说："费什么心，若不是下那阵大雨，她哪能到我家来。"

葛锋跟刘老槐一家人说说笑笑，象是多年老熟人似的。他走进屋，往炕上一坐就开门见山地说：

"刘大爷，我今天还是来请你帮忙的。我听小佟说，铁架山上可能有矿，我们决定去一趟，若是没有什么大的困难，希望你老最好领我们去一趟。"

刘老槐沉吟一会，瞅老婆一眼，见老婆没吱声，鼓起了勇气，站起来说："你这样看重我老头子，不管怎么样，我也领你们走一趟。"他说着瞅瞅老太婆，表示自己算决定了。

小花娘瞅瞅葛锋和佟飞燕，既然老头已经答应，自己也就不好说话了。

经过一阵准备，刘老槐带着猎犬，领葛锋和佟飞燕上了路。

刘老槐领葛锋和佟飞燕爬到山顶，就遥指远处的山峰说：

"你们看哪！那座戴白帽子的高山就是铁架山！"

葛锋和佟飞燕站下来，顺刘老槐手指的方向望去，感到心旷神怡。

云雾已飘飘散去，金色的阳光在群山上闪耀，一片碧绿，色彩分外鲜艳。黑巍巍的山峡发着光泽，花岗岩的石峰闪闪放光，灿烂耀眼。再往远处望，嗬！峰峦蜿蜒连绵，岗峦起伏，群峰争雄，山连山，峰迭峰，一山比一山高，一峰比一峰险，色彩由浓到淡，直伸延到云雾嗡嗡的天边。崇山之中，有数座插入云霄的高峰，分不出哪座是铁架山。

佟飞燕望着，情不自禁地惊叹地说："那么些高山奇峰，真是太美啦！"

葛锋看佟飞燕的惊叹神气，微笑着说："你喜欢吗？"

"我很喜欢！"佟飞燕头戴小花的斗笠，穿着毛蓝裤褂，紧扎着衣袖和裤脚，俐俐落落的。她迈着轻盈的步子，一边走一边说："地质勘探员，没有不喜欢山的。"

葛锋望着群山，心里也无限喜悦。他说："我想，不仅是地质勘探人员。常跟崇山森林打交道的人，愿用自己的劳动为深山森林增添光彩的人，都会喜欢它。"他转脸向刘老槐问："刘大爷，你说呢？"

"是啊！"刘老槐赞成地连连点头，笑嘻嘻地瞅了两个人一眼。他很喜欢这两位同伴，觉得两个人跟自己投缘。

佟飞燕受了葛锋的启发，发起议论来了，她说："崇山森林是美丽的，可是有些人一提起深山森林就害怕。他们说什么穷山恶水，荒荒凉凉，是野兽的世界，蚊虫的世界，毒蛇横行，高峰山涧都有危险，好象一进山岳就会被山岳吞没了似的。因此，他们一听说进山腿都打战战，千方百计地躲着它。进山后也急着想办法溜走。"她是有所指的，因而有些激动，脸色很严肃，两眼闪闪发光。

葛锋看佟飞燕愤愤不平的样子，暗想：这个泼辣的姑娘，若是有人跟她争论，非吵起来不可。他情不自禁地笑了。

佟飞燕看葛锋笑了，觉得自己说得过火些，也笑了。

沉默地走了一阵，佟飞燕继续议论说："我们地质勘探人员最了解深山的美，我们不光是欣赏它的风光，赞赏它的形态美，而且清楚它的本质的美。整个山岳，每一块岩石都是矿物质形成的，这些矿物质之中，现在已知道有用的原素有金、银、铜、铁、锡、镍、铬……等七十多种，还有铀等多种放射性原素。这些东西对人类有很大价值，此外，还有许许多多原素现在还没有发现它的作用，看起来还是一块普通的石头，可是一旦发现了就马上会身价百倍。这都是宝贝，都是人类的财富。"

刘老槐听着佟飞燕的议论，觉得很新鲜，亲切地瞅着佟飞燕说："姑娘，你真是我老汉的知心人！"他捋着胡子高声哈哈大笑，豪爽地补充说："深山里还有取之不尽的树木，贵重的药草，有紫貂、猞猁、银狐、灰鼠等许多贵重毛皮，还有打不尽的狍子、山羊、野兔和山鸡，就是虎豹和黑熊也都是些好东西，它身上的每一件东西都很有用。"

"就是呀！深山里可以说到处是财富，满地有宝藏。"佟飞燕看刘老槐很兴奋，感到高兴。她知道深山和森林在老猎人的心目中是最神圣的地方，自己的话把老头给引动了。

雾已散尽了，天空瓦蓝瓦蓝的，太阳照在当头。佟飞燕走热了，红润的脸蛋上挂着汗珠。她解下脖子上的纱巾，拿在手里挥舞着，时而抬头望望在蓝天上的群燕，时而眺望远处姿态优美的峰峦，她觉得对于大自然的美体味更深了。她悄悄看看葛锋，葛锋戴着大草帽，脸上略带几分庄重的神色，宁静地思索着什么。她突然感到自己的话太多，有些不好意思，微微一笑说：

"我可能有些偏见，唠叨得太多了。"

葛锋转脸瞅瞅佟飞燕，柔和地说："你说得对，大自然是美丽的，它蕴藏着无限的宝藏。不过，有一点也不能否认，深山老林里是很荒凉的。在这个环境里工作，生活很艰苦。可是当一个人知道他为什么而进山，能在艰苦生活中看到它的重大意义的时候，就会发现它的美，就会喜欢它。"

一群云鸟好象是随后追上来，大胆地挨他们的头顶飞过，接着又重新往上飞，越飞越高，最后变成一群黑点点，那银铃似的啼声，从高空里传来，更加优美动听。

葛锋抬头望望云鸟，继续说："我们地质勘探人员来到深山里，并不是欣赏它的美，而是为开发宝藏来了，为改变它来了。这是革命事业所需要的，是建设社会主义事业的光荣岗位。正如那首勘探员之歌所说的：

抬脚涉过千江水，

迈步跨过万重山，

挥起铁锤，

把千年沉睡的深山敲醒，

劈开山峰，

让地下宝藏见青天……

"但是，我们也不要只为自己的岗位自豪而贬低别人，建设社会主义有各式各样的分工，任何工作岗位都是光荣的。开发资源是我们的社会分工，跟其他工作岗位一样，是光荣的，也是应该引以自豪的，可同样也是平凡的，同其他工作岗位没有什么特殊。"

佟飞燕听着，觉得自己有些不够谦逊，脸上浮起一层红晕。葛锋看佟飞燕脸色发红，温和地笑了。

他们下了山，进入了溪谷。溪谷两边是无法攀登的高山，披着青葱的荆棘、藤蔓，吊悬的岩石上长满了青苔。往头上望，只能看见不大一块天空，有片片轻飘飘的白云飞过。山水都汇合流向这里，溪水已漫过沟底。他们不得不涉水前进。

溪流有的地方很深，脚下的石头又尖又滑，不加小心就会摔倒。三个人互相搀扶着，走得较慢。黑毛狗在头里跑着，跑一阵回过头来望望主人，老猎人向它摆摆手，它摇动一下尾巴，继续向前跑，遇见水深的地方，汪汪叫了两声才凫水而过。

过了溪流，鞋和裤子都湿了，三个人拧了一下水继续赶路。

沉默了一会儿，佟飞燕问：

"昨天风雨那么大，宿营地里受没受损失？"

葛锋说："除了厨房那所帐篷没被刮翻外，其余的帐篷都被刮翻了，图纸资料装在帆布包里，全泡在水里了，损失很大。"

佟飞燕吃了一惊，站下来瞧着葛锋，说："这个鲁队长要负责任，陈工程师向他提过，他一直是拖拖拉拉不解决！"

"不要把责任都推到他一个人的身上。"葛锋严肃地说，"这个我也要负责，虽然陈子义没有向我提，我也应该去了解，我连了解都未了解问题就发生了……"他说着深深感到内疚。

佟飞燕还是不服气，提高声音说："责任要分清，该谁负责谁就应该负责。鲁队长自下放到普查队以来就闹情绪，我算把他看透了，主观主义，个人主义太强！"

葛锋严肃地瞅佟飞燕一眼，说："小佟，不要背后议论人，这是错误的。看问题也不要太武断了，给人下结论是很容易的，有的是'帽子'和术语，可是要了解一个人的心可不那么容易。"

佟飞燕看葛锋很严肃，察觉到自己的情绪有些偏激，不响了。

葛锋想起鲁云超，心里就不好受，他知道鲁云超也曾有过很好的表现，受到过领导和同志们的赞扬。然而不幸，这成了他的包袱，陷入了个人主义泥坑里不能自拔。人的进步真如逆水行舟，不进则退。一个人被伟大的理想鼓舞起来会产生无穷的力量，若是被某种灰暗思想感情缠住就会倒下来，而那种灰暗感情往往是不自觉地侵入人的心灵深处，腐蚀你的思想，束缚你的能力，甚至会使你蜕化，做一个革命者，可要时刻警惕啊！

葛锋默想了一阵，向佟飞燕说："小佟呀，我们不要光看人家的毛病，要时刻注意警惕坏思想侵入自己的身上。现在，我国虽然在政治经济上革了资产阶级的命，但资产阶级思想意识却大量存在，它就象肉眼看不见的细菌一样，抵抗力不强，就会不知不觉地被感染，使你不知不觉地走上邪路。"

佟飞燕赞成地点点头。她瞧着身材结实的葛锋，觉得他说的话很有道理，心里越发肃然起敬。

群山，以它的雄伟的美姿，迎接来探宝的人们。他们阔别了脚下的山岭，又奔向向他们迎来的山峰。

葛锋迈着稳健的步子，默默地走着。

黑毛在前头跑着，不时在草丛里或树根下嗅嗅。刘老槐手提猎枪，走在两人的头里，也一声不响。

爬过一个山岭后，佟飞燕感到沉默得有些难受，就无话找话地说：

"白冬梅跟罗伟的关系搞的很不好，小白为他没少偷偷地流眼泪。我真不明白，当初她怎么爱上了他？"

葛锋听佟飞燕问得这么天真，禁不住地笑了。说："小白心地单纯，可能是被罗伟的漂亮相貌迷住啦！"

"相貌漂亮又顶什么用，两个人志趣不同，心不能贴心，将来生活在一起，一定会产生各种苦恼。"佟飞燕一说起来就为小白不平，替小白委屈。

"就是呀！"葛锋同意佟飞燕的意见，但还是补充了几句，"要了解一个人很不容易，有的人相貌堂堂，但是他的内心是灰暗的，姑娘们常常被这些人的外表假象所欺骗，当她真正发现他的本质的时候，往往是晚了。这是吃自己观察不够的亏，因此说仓促的爱情是危险的。"

佟飞燕似赞成又似不赞成地反问葛锋说："要了解一个人的确不那么容易，不过，有的人本质就很好，一眼就可以看出来，还用得着做过多的观察吗？"

葛锋爽朗地笑了。笑毕把脸转向佟飞燕说："傻姑娘，你不观察，怎么能知道他的本质就很好呢？你也没学过麻衣相术，怎么就能一眼看出来呢？"

佟飞燕感到有些理屈辞穷，腼腆地笑了。

静默地走了一阵，佟飞燕低声喃喃自语地说："环境对人是很重要的，一个人从小就在革命队伍里生长，受到党的长期教育，经过艰苦的战斗生活锻炼，意志一定是坚强的，品质一定是崇高的。"她说完才发现自己说的太露骨，脸上飞起了红霞。

葛锋明白佟飞燕是指自己说的，他禁不住地瞅瞅佟飞燕，佟飞燕垂着头躲着他的眼光，怕他追问。

这么一来，把谈话破坏了，两个人都沉默不语。

他们走热了，也走累了，每个人的脸上都挂着汗珠。这时，恰好有一片薄薄的白云遮住太阳，微风迎面吹来，使他们感到很凉爽。

葛锋紧走几步追上刘老槐，问："刘大爷，铁架山离这里还有多么远？"

"还离得很远呢！"刘老槐指指前面的一座插入云霄的山峰说，"望山跑死马，看着离得不远，路还不近呢。"

他们转过山脚，眼前是一片苍茫的大松林。苍绿的、高大的树木，密密层层地占满了山坡，挤进了山谷，攀上山峰，遮天盖地，无边无际。薄纱似的气流在林海梢头荡漾，林内发出低沉的声响，恰似虎啸熊嗷。

刘老槐站下来，把猎枪装上火药，提在手里，向回过头来望着他的黑毛指指，催着猎犬领头走去。

葛锋和佟飞燕交换了一下眼光，把手锤拿在手里，随刘老槐向前走。

进入松林，立刻感到进入另一个世界，这个原始森林，树木十分浓密。枝叶茂密的油松，粗壮的红松，笔直钻天的黄花松，还夹杂着白桦、钻天杨、青杠柳、菠萝楸子等杂色树，密密层层挤得不透风。林木之间爬满了黑藤和野葡萄蔓，暗幽幽的，真是抬头不见天日，林梢穿破了天，加上林海的低沉的啸声，使人吃惊。

刘老槐提着猎枪在头前开路，葛锋和佟飞燕怀着惊喜的心情边走边望着这苍茫的大森林。黑毛竖起耳朵，跑跑停停，它很警觉。枝头上有两只小飞鼠在嬉戏，嘎嘎召唤着，由这棵树飞到另一棵树上。黑毛只抬头望了一眼，又向前跑去。远处传来几声熊嗷，黑毛站下回头望望主人，见主人向它一挥手，又向前跑去。正跑着，忽然它喷了一下鼻子，从树后跳出一只狍子，楞楞地瞅着人们，见黑毛向它扑过去，它机灵地蹬开蹄子跑开。

再往前走，树木越来越密、苍老的树干上长满了暗绿色的薛苔，枝叶遮天盖地，林子更昏暗了。空气闷热，飘着浓烈的松脂气味。突然隐约听见远处一声呼啸，顷刻间低沉而雄壮的啸声，从四面八方呼啸着，翻滚着、震地旋卷而来，整个林海卷入这突起的风暴中，松柏滚滚起舞，啸声惊天动地。葛锋和佟飞燕站下来，惊讶地注视着林海。不久，风暴便旋卷过去，一切又恢复平静。

刘老槐解释说："这是松树发笑，松林里经常有这种怪现象，无风无浪，有一棵松树笑了，整个松林都跟着吵闹起来。"

葛锋和佟飞燕相视一笑，他们明白这是松涛。

三个人走出松林，顿时又感到心旷神怡。眼前是两峰相对，环抱着草滩。左侧的山峰灌木丛生，碧绿青翠，顶峰上挺立着一排松树，象是几个披着蓑衣的老头。右侧的山峰石崖高耸，由峰顶涌出的水，飞下百丈绝壁，银花四溅，好象扯着巨幅白布，直泻到山底。两峰下的草滩很平坦，溪水从草滩中流过，溪边丛生葱翠的凤尾草，野芹菜，靰鞡草，草丛里夹杂着五颜六色的小花，迎风摇摇摆摆，点头哈腰。

这里是鸟儿的世界，鸟儿成群，白色的燕鸟，翠蓝色的尖嘴翠，鹿眉鸟，小黄鸟，画眉，百灵鸟，叽叽喳喳叫着飞来飞去。鹌鹑、地鹨在草丛里啾啾啼叫。

黑毛奔向草滩，刚跑进草丛就伏下身子，直向后边摆动尾巴。刘老槐向葛锋使个眼色，提枪悄悄走上前一看，草滩里有一大群美丽的野鸡，雄鸡竖着美丽的长尾巴，高昂地仰着头，在互相比美。雌鸡咕咕叫着在地上寻食，五颜六色的羽毛被落日的余辉照着，色彩缤纷，令人眼花缭乱。老头端起枪，嗵地一声发出双筒散弹，三只野鸡扑拉一阵跌在地上，其余的咯咯叫着，嗡啦啦飞向树林。

葛锋和佟飞燕同声喊了一声，奔跑上前。

刘老槐哈哈大笑地迎着两人，重新装上弹药。黑毛把死鸡一只又一只的叼给主人。他拿起一只扔给跑来的佟飞燕。

佟飞燕双手接住，掂量了一下，野鸡很肥，有三斤多重。她欢喜地说："我们晚上有吃的啦！"

葛锋望望四周，看天色黑了，说："天不早啦，这儿很好，我们就在这儿露宿吧！"

于是，三个人动手砍枝柴，砌防火墙，燃起了篝火。

第十六章

　　天黑了。环抱草滩的山峰，黑巍巍的，高接天际地罩临在草滩上面，象是把草滩与外界完全隔绝了。草滩上很寂静，只有鹌鹑偶然啼叫。天气很清爽，空气中充满浓浓的花草的芳香。

　　篝火燃的很旺，三个人吃饱了后围坐在火堆边歇息。刘老槐和佟飞燕用刀削尖了树枝，叉着退了毛的野鸡放在火上烤，准备明天早上吃。黑毛蜷曲着身子，卧在主人的脚下养神，每听一声动静，就竖起耳朵听听。

　　葛锋由溪边洗了头回来，浑身都感到清爽。他的头发还是湿的，脸上闪耀着兴奋的光彩，披着外衣坐在一块大岩石上，一束接一束地往火里添着枝柴，一边哼着军歌。他很满意今天的旅行，一切是这样的顺利，听老头说铁架山离此不远了，明天很早就能走到，铁架山究竟如何，那时便见分晓了。他哼着歌，发现佟飞燕的那双深沉的亮眼睛，那开朗的脸上布满霞光。他想：小佟昨夜没有睡好觉，今天又劳累了一天，晚上坐在这篝火旁露宿，没有抱怨，还是那样生气勃勃的，真令人称赞。年青人都珍惜自己的青春，她把青春献给地质勘探事业，在深山老林里度过青春，若是没有建设社会主义的伟大理想所鼓舞，若不是心胸开阔，是不能做到的。

佟飞燕把烤好的野鸡放在岩石上，掏出手绢擦擦手，愉快地笑了。刘老槐把烤好的野鸡放在小佟的一起，满意地抹一把胡子说：

"明天早晨有吃的啦！"

葛锋说："吃的有了就什么不怕了。我在军队里进入山区，常常象这样在山野里露宿，不过，那时候常常饿肚子。"

"你跟我在一起就不用愁饿肚子，要好的吃没有，吃野味是现成的。"刘老槐微笑着，说，"在这一带，任何飞禽走兽，住在什么地方，爱在哪里走动，我都知道。"

葛锋和佟飞燕感兴趣地听着，他们相信跟老猎人一起在深山里活动，不仅饿不着，一切都可以放心。

刘老槐在篝火边坐下来，拿出乌木杆的短烟袋，装上了一锅烟点着，"叭嗒，叭嗒"地吸了几口，说："冬天里是打猎的好季节，小雪一过，各种野兽的皮毛都是好的，这时候打的皮毛价钱贵、又抓主，打猎也好打。一场大雪过后，我就带着黑毛，架着花膀鹰入山。我发现一道踪迹就知道它在什么时候走过的，它往哪儿去，能从哪条道回来。有时候我就伏在半路上打它。那时候很有趣，我在小树后卧着，让黑毛也藏起来，端着枪望着。眼瞅着一只狍子大摇大摆地走过来，黑毛看见狍子就呆不住了，直向你摆尾巴。不忙，让它更走近些，看到了火候的时候，就猛喊一声，那东西才叫怪呢，听见喊声必然要站下，发楞地顺声音找你，趁这个时机照它的头嗵的一枪，它就会一个跟头栽倒，然后又蹦跳起来，黑毛在这个时候已扑上去。黄羊也是这样，不过黄羊都是群头行动，打它得先打领头的公羊，把这头公羊打倒，别的羊就会惊得团团转，你就可以一次打很多只。若是鹿你可不要喊，这个东西很恋群，若用鹿皮做幌子骗它。那些东西也精怪的很，它也会看你的脚印，任何野种的鼻子都很有用，一下就能嗅出你的气味，它会跟你兜圈子，用种种诡计迷惑你，可它总逃不出我的眼睛。遇到这情形，我就说：'鬼东西，来吧，咱们动动心眼看，看谁能骗过谁。’我就想出种种办法整它，每一次都是我把它抓住。当然啦，有时候绕了两三天，还得黑毛和花膀鹰帮我的忙。”老头说着高兴地笑了。

刘老槐看两个人很爱听，往火里添了一些木柴，继续说："你们都知道，关东山有三宝，人参、貂皮、靰鞡草，貂皮是个好东西，可是貂这个东西很难打。黑貂住在高山的石缝里，跑起来快得很，能从这个树梢跳到那个树梢。你打它得知道它的习性，找到它的老家，最好是打它的眼睛，这样既不伤皮子，也不会让它跑掉，你若是打它的身上，它会跑二三十里地外才死掉。我有一次差不点被一只伤貂要了命。"

佟飞燕奇怪地问："貂是个很小的动物，它怎么会伤人呢？"

"那是这么一回事。"刘老槐说，"那时候我爸爸还活着，他领我到老龙潭一带去打貂。我爸爸发现有貂的踪迹，让我狩候。我在石头后蹲了不久，果然有一只黑貂来了，这东西小心得很，走几步停一停，好象是发现了我。我沉不住气了，没等到火候就开了枪，打的也很准，黑貂栽了一个跟头，猎狗冲上前，眼见要咬住它的脖子，不料，它跳起来飞也似的跑了，我提枪催着猎狗就追。好家伙，它伤的那么重，跑的还那么快，象箭一般，转眼工夫就没影了。不过，它跑的道上留下点点血迹，猎狗顺着血迹往前追。它到底伤的很重，等到把我拉远了就蹲下来，我催猎狗追上前它又跳起飞跑，虽然伤的那么重，还能从这树梢跳到那个树梢。我一直追到老林深处，看见它钻进藤葛丛里。猎狗追上前，原来这是个老熊窝，跳出两只大熊扑向猎狗。猎狗吓得狂叫一声往我身边一贴。坏了，老熊向我扑来，我忙开了一枪打中一只。熊受了伤更凶了，猛地向我扑来，好家伙，重新装弹药已经来不及了，说的迟来的快，熊已扑到我的面前，我举枪猛地向熊头砸去，只听咔喳一声，枪断了。吓得我立刻出了一身冷汗，忙往大树后一闪，大熊扑了一个空。我就围着大树干，转了老半天，直到我爸爸赶来，打死了一只大熊，另一只才逃了。事后，爸爸把我好顿骂。"老头说着哈哈大笑，笑毕说："我怎么说了这么些，你们光听我的啦！"

葛锋和佟飞燕相视笑笑。沉静了下来。

佟飞燕打辫子重新编，静默不语地想心事。葛锋一个劲地往火里添枝柴。

佟飞燕编完辫子，看葛锋还是默默不语，有意挑起谈话，向他请求说："你给我讲讲你和我父亲有关的事吧！我听说你在十三岁参军时就跟我父亲在一起，是吗？"

葛锋往火堆里添了些枝柴，想了一下说："是这样，说起来也很偶然。我刚记事时，我父亲在山上伐木就被大树压死了，到我十三岁那年母亲也死了，我就成了流浪儿。那年冬天一个晚上，天下起大雪，我流落在松岭村，家家户户早早都紧闭上门户，哪儿也找不着宿，没法我就钻进一堆乱草垛里。夜里，寒风吹得很紧，雪越下越大，冻得我抖抖乱战，睡也睡不着。忽然听见狗咬吵吵，继而听见沙沙的脚步声，我悄悄探出头来一看，啊，从村头进来一队兵，人人都反穿着大衣，齐刷刷的跟雪一样白。我知道这是解放军，这真使我高兴，没等解放军来到我的跟前，就等不得地嚷：'同志，我要当解放军！'在头前的几个解放军立刻站下来，有位高个子打着手电往草堆里照，我赶紧由草堆里爬出来，一边拍打浑身的乱草，一边说：'我要参军，求你们带着我吧！'那人用手电把我打量一遍，摇了摇头，由背包里拿出一件秋衣给我，还给了我两个大饼子，扯了扯我的耳朵说：'小家伙，再等几年吧，现在你太小啊！'说完向队伍挥了一下手，军队开走了。"……

佟飞燕听着心里很同情他，禁不住地插言问："那你怎么办呢？"

"那时我也没有办法，嚎啕大哭起来，引得村里的狗对我汪汪叫。我哭了一阵，眼见军队开出了村头，不舍地跟出了村。我来到村头就下决心要跟他们去，擦了擦眼泪，穿上了秋衣，瞧了瞧饼子，啃了两口揣进怀里，随后尾追下去。军队沿着山沟前进，我就在后边跟着，不时奔跑一阵，追上前又不敢走上前，就这样跟着走了一夜。天明军队在一片松林里停下来时，我又累又饿，再也等不得了，硬着头皮跑上前，什么话也没说，扑到那位高个子的身上就哭起来。"

佟飞燕想象到一个小孩在黑夜里尾追队伍的情景，心里又同情又感动，见葛锋停下来，问："后来怎么样了？"

"我被留下来，那人就是你的父亲，指导员佟海川。我一直跟了他十来年，可以说我是在他的跟前长大的。"

风平夜静，谈话一停下来，周围就显得寂静。星星还没出全，山野里非常黑，因此显得篝火又红又亮，透过夜雾照得很远。惊动了睡在附近草丛里的鸟儿，飞来围着篝火鸣叫，一只翠蓝色的尖嘴翠奔着光亮飞来，刚扑向火苗，吱喳叫了两声，全身的毛就被烧光掉进火堆里。

葛锋并没有被尖嘴翠惊动，望着篝火回忆起跟老首长在一起的战斗生活。开头四五年，自己给佟海川当通讯员，那时候老首长对自己非常关怀，在生活上、工作上、学习上处处帮助自己，又体贴又严厉，使自己从他的身上学到了很多东西。多年来在艰苦的战斗生活中建立起深厚的友谊。

佟飞燕静静地坐在火堆边，瞧着葛锋那被篝火映红的脸膛，脑子里还在想象他雪夜尾追部队的情景，那一幕情景深深打动了她的心。她想，怪不得葛锋那么小父亲就收留他，这个小孩不仅着人可怜，那种坚强的性格多么着人喜欢哪！

刘老槐听葛锋讲完这一段故事，觉得更加亲切，原来葛书记是这么个苦孩子出身，怪不得没有架子，对待自己这样的毛老头子那么亲切。他想要知道些后来的事，想问问，但他瞅瞅葛锋和佟飞燕，明白自己在这种场合下，最好是不搭言。

火光时强时弱，映得周围的树木摇摆着、跳动着。受骗的鸟儿都飞走了，远处传来山羊的"咩咩"叫声。就象是谁也不希望破坏这宁静的气氛似的，谁也不吱声。

静默了一阵，佟飞燕突然放开嗓子唱起来：

啊，夜深了，
鸟儿在林中静悄悄，
石崖下火光闪耀，
勘探员露宿在山腰，
火啊，火啊，你旺点着。
这儿没有帐篷，
这儿没有暖被，
依靠你恢复一天的疲劳。

佟飞燕的嗓音嘹亮而感情充沛，连葛锋也感到惊奇。他过去不知道她有这一手，不仅嗓音好，唱得也有修养，平常的歌，她唱出来就这么动人。他静悄悄地听着，生怕弄出一点声音来打断了她的歌。

刘老槐也很感兴趣，捋着胡子出神地听着。黑毛听见动静，也睁开了眼睛。

篝火唿唿地燃着，光环照耀在佟飞燕的脸上，红光闪耀，使她那美丽的脸色鲜艳多彩。她双手扯着搭在肩上的纱巾，昂着头，乌亮的眼睛注视着远方，起劲地唱着：

啊，夜深了！
冷风飕飕，林海在呼号。
篝火营营，夜雾飘飘，
月牙儿从云后探头观瞧。
风啊，风啊，你轻点吹，
别吹熄了篝火，
别大声喧闹，

疲乏的勘探员睡着了。

葛锋发觉佟飞燕的歌声感情深厚，充满着炽情，从她那容光焕发的脸上，从她那双热情的眼睛里，从她的歌声里听到了她的心声。他听着，感到每句都触动了他的心。他不断地往火堆上添枝柴，火着的更旺，火焰不断升高，随着火光跳动，周围的树丛、蒿草，都随着跳动摇摆，一切似乎都活了起来。

啊，夜深了！
夜莺在枝头啼叫，
勘探员睡梦中在笑，
宝藏的秘密被揭开了。
莺啊，莺啊，你展翅飞，
…………

星星已经出全了，东山顶升起银钩似的月牙，照得山野里亮了些。草滩里的雾气很浓，还看不到多远，但是周围的一切充满魅力，而且更加柔和，跟在梦境里一般，景色显得隐秘而神奇。

佟飞燕继续唱着，唱完山歌又唱起电影插曲，越唱越起劲。歌声唤醒了草滩，震荡着周围的山谷发出跟她共鸣的回音，嘹亮的歌声把什么声音都淹没了，再听不到山羊"咩咩"叫，鸟儿都静息了，连瀑布的流水声都被歌声盖住了。

葛锋听着佟飞燕的歌，他深深了解到姑娘已经向他表明了一切，急切地等待他回答她，他心里有些发慌。这热情的姑娘暴风骤雨式地表白情意，简直使人没有思索的余地，他感到有些突然，有些不知所措。脸红了起来，心"怦怦"跳个不停。但这只是一瞬间，马上，他克制住了自己的感情，避开小佟的热烈眼光，低下了头。

佟飞燕看葛锋低下头，顿时停住歌，感到受了很大的委屈。她呆坐了一阵，猛地跳起来，挥着手中的纱巾跑开，点点泪珠流下脸腮。

葛锋望着跑着的佟飞燕，明白是自己伤害了姑娘的心。但他还是克制着自己的感情，直往火堆上添火，篝火燃得更旺，红红的火苗蹿起老高。

第十七章

群星退隐，天刚拂晓的时候，三个人已经上路了。当太阳爬离东山顶不久，他们就来到铁架山下。

铁架山果然名不虚传，山势巍峨，青虚虚的山峰直耸入云霄，上端雾气和白云交融，浑然一体，罩住了半截山。云雾线下，危崖石峰高耸，流石成河，靠左侧的峭壁象是一刀劈开，齐刷刷的从山顶直到山底，石壁下有个深涧，宽有数十丈，涧水升腾着雾气，在石壁上缭绕。

峭壁上，山燕和野鸽非常多，它们在峭壁上安了家，成群结队地来来往往。涧水边有两只山羊在吃草，一只老雕蹲在峭壁吊悬的岩石上注视着它，一群小鸟好象是向山羊报警，在山羊的头上叽叽喳喳叫着飞来飞去。

刘老槐用手指点着介绍道："瞧，那个冒天云的石峰就是铁架峰，因为它特别高，加上这里有涧水溪流，四季当中有三季不断雾气，山峰常常隐在云雾中。你们顺我的手指头瞧，山半腰那段石碴子上的洞就是铁牛洞。"

葛锋和佟飞燕顺刘老槐手指的方向望去，见在山半腰的一段巉岩兀立的乱石崖中有个洞，洞边荆棘密布，几棵高大的松树遮住洞口，只能透过树干间隙隐约得见。

葛锋望了一会儿，决定道："走，咱们先探铁牛洞！"

刘老槐没有吱声，两眼注视着铁牛洞，迟迟疑疑地不愿意去。

佟飞燕看老头的脸色不佳，想起了前天晚上小花娘的神色，觉得这里边有原因。她挨近些老头问：

"刘大爷，钻铁牛洞有危险吗？"

刘老槐的两眼还没有离开铁牛洞，一手挂着猎枪，一手抚着黑毛的头，站在那里不动，皱着眉头沉思，连佟飞燕的问话都没有注意。

葛锋看老头的神色，知道老头有心事，郑重地向老头说："刘大爷，有什么事你向我们说说，若是钻进铁牛洞有危险，我们可以想想办法，实在不能进，我们就不进去。"

刘老槐叹了一口气，瞅瞅葛锋和佟飞燕，说："说实在的，我很不愿意到这里来，更不愿意钻铁牛洞，我在铁牛洞里吃过大亏。"

葛锋闻听觉得有些稀奇，老头怎么能在铁牛洞里吃亏呢？他跟佟飞燕交换了一下眼光，说：

"刘大爷，你给我们说说，你在铁牛洞里吃了什么亏？"

"这事说起来很伤心啊！"刘老槐皱着双眉，深深叹了一口气说，"这事怨我，小花娘埋怨我半辈子啦。那一年秋天，我和我的儿子锁柱到这里采参，刚刚爬到山腰，忽然天下了大雨，淋得我们没地方躲，就钻进铁牛洞里去避雨。避雨就避雨吧，也没有什么不对的，避完雨，我一时心胜，想看看洞里到底有什么出奇。我这当老子的一引头，小孩子还管那个，他更想钻进去看看，于是我们就点起松树明子，高高兴兴地往里边钻。那里边阴湿湿的，蝙蝠特别多，那里边的蝙蝠可跟一般的不一样，都是土红色的，地上还有蛇。我们爷两个走到半路，里边太窄太矮，松明被吹灭了，再点也点不着，只好退了出来。进洞看看也没有什么不对，临出来时锁柱抓了两只蝙蝠带回家，这一下可闯了大祸。"

佟飞燕越听越觉着奇怪，见老头停下来，问："抓两只蝙蝠有什么要紧？"

"你不知道啊，姑娘。"刘老槐说，"我们回家过了不多日子，锁柱就病了，接着我也病了，后来连小花和她娘也得上了病。小花的姥姥给请来个赵半仙，赵半仙一瞧，说我们得病的原因由钻铁牛洞引起的。他说铁牛洞里的蝙蝠和毒蛇是铁爪鹰和狗腿子的阴魂变的，我们进洞就撞碰了他，又抓了蝙蝠残害他的子孙，他就怪罪下来，要以命抵命。赵半仙要我们用整猪整羊去祭祀，求他饶赦。为了好病，我用了一头山羊和一头小猪来祭祀，后来我和小花、小花她娘都好了，我的锁柱还是死去。"他说着痛苦地垂下头，唉声叹气地说，"我的锁柱若是活着，现在是二十八九的汉子了！"

原来如此呀！葛锋和佟飞燕这才明白老头为什么不愿意领他们来，两个人交换了一下眼光，不约而同地抬头望望铁牛洞。

葛锋说："刘大爷，后来你没去问那个赵半仙吗？为什么你用整猪整羊去祭祀，锁柱还死了？"

"我好了以后去找过他，他说多亏去祭祀，铁爪鹰的阴魂才息了怒，只要锁柱一条命，若不然，我们全家的人都活不了。"刘老槐想起了儿子，眼泪刷刷流下来，对于那次领儿子进洞，他悔恨了半辈子。

佟飞燕对老头这样迷信很惊讶，恨透了那个赵半仙。说："刘大爷，这是迷信，你是受赵半仙骗了。他这是借题发挥，蝙蝠就是蝙蝠，怎么会是什么阴魂变的，这完全是胡扯。象这样骗人的巫医，最好是把他扔到死鹰涧里去。"

葛锋瞅着刘老槐，暗想：老头死了独生子，怎么能叫他不伤心。这老头总是在深山里，接受新事物少，有些迷信也是自然的。蛇咬一口再见到绳子都害怕，他对铁牛洞望而生畏是不奇怪的。他筹思了一下，说：

"刘大爷，你想想看，铁牛钻山的故事会是真有实事吗？"

刘老槐摇了摇头说："不一定是实事。"

"既然铁牛钻山的故事都不可靠，就不会有铁爪鹰了。我理解你的心情，儿子死了使你很伤心，免不了会疑神疑鬼，经过赵半仙那么一说你就相信了。"葛锋挨近些刘老槐说，"蝙蝠不会是什么阴魂变的，这是赵半仙借此骗人。据你说的情况看，你们可能是得了伤寒病，这个病是个传染病，一病就是一窝子，乡下的人叫这种病是窝子病。这跟你钻铁牛洞不会有什么关系。你说是吧？"

刘老槐同意地点点头，说："是这样，后来小花姥姥也病了。现在我也是不大信，不过我不愿意来这里，一来就想起了那个伤心的事。"

"这是自然的。"葛锋扶着老头的肩膀说，"刘大爷，你留在洞外吧，我们进去看看。"

刘老槐有些发急了，扯住葛锋的衣袖说："你这是说哪里去了，我既然来了，怎么能不领你们进洞呢？走，我领你们进洞。"他用衣袖擦擦眼泪，提着猎枪，催着狗，领头向铁牛洞走去。

铁牛洞是个大石缝子，洞口很不规整，岩石交错，呲牙咧嘴的，洞口石棚上满布白霜，里边很宽敞，能容纳数十人。再往里望，黑洞洞的看不见底，从里边往外冒气，冷气飕飕，阴阴森森，有一点响动，就震动得洞子发出轰轰响，加上有那个神话，确实有些神秘色彩。

佟飞燕察看一下洞内的岩层，多是闪长岩，玄武岩，还有少部分角闪岩。从岩石构造上看，这是古时岩浆活动的结果，既不是什么铁牛钻的，也不是人工造的，而是个天然洞。里边在外冒气，是因为里边不断地渗山水，不会有什么天然毒气，肯定不会有危险。她指着洞壁的岩石，向刘老槐做了一番解释，老头虽然没弄懂，但消除了些恐惧。

葛锋打开手电，佟飞燕点起蜡，准备往里走。刘老槐向两人摆摆手说："先等等！"他向黑毛指点一下，黑毛瞅主人一眼，摆动一下耳头往里边跑。它刚跑几步，竖起脖子上长毛冲里边叫，由里边蹿出两只狐狸，没命地冲出洞口。刘老槐为了轰出洞里的藏兽，端枪向里边打了一枪，枪声震荡着石洞，那声音比大炮还响。停了一会儿，见里边没有动静，他从衣袋里掏出个纸包，打开每人分了一份，说：

"洞里边有毒蛇，这是防毒蛇的药，你们把它放在鞋腰里，蛇一嗅到这种药味就躲开了。"

葛锋和佟飞燕感谢老头这样细心，遵照老头的吩咐，把有浓烈辣味的药塞在鞋腰里。刘老槐给黑毛些东西吃，让黑毛留在洞口，然后点起蜡烛，手持着猎枪，领两个人往里边走。

洞子里边很窄很矮，越往里边走越黑，石壁上往下滴水，到处湿淋淋的，空气不够流畅，飘着股锈霉的气味，使人感到气闷。再往里走，果然发现地上有毒蛇，它闻见浓烈的药味便往石缝子里钻。成群的蝙蝠奔向亮光，嘎嘎叫着在他们的头上飞来飞去。

刘老槐指着蝙蝠说："你们看，这里的蝙蝠是土红色的。"

葛锋用手电照照蝙蝠，又照照洞壁的岩石，笑着说："那个赵半仙真能胡扯，铁爪鹰的阴魂还能变成蝙蝠，这有什么稀奇，瞧，周围的岩壁都是土红色的，滴下来的水也是红色的，这些蝙蝠生在这里长在这里，日久天长，自然是这个颜色。"

佟飞燕对葛锋的解释不大同意，但看到刘老槐已点头同意，微微一笑没有再说什么。她把辫子盘在头上，用围巾包上，挽起衣袖，举着蜡烛沿着洞壁往里勘察。

葛锋看佟飞燕举着蜡烛很不方便，打开手电给她照亮，让她集中精力勘察。小佟不顾泥和水，伏在岩石边观察，不时用铁锤敲打岩石，震得石洞嗵嗵响，石壁上的泥和水洒落她一身。

三个人默默不语，一直向里边勘察下去。

洞子越来越矮，黑古隆冬的，虽然有手电、蜡烛和松明照着，还是暗幽幽的。蝙蝠越聚越多，密密层层的在三人的面前飞上飞下。刘老槐一边挥着枝条赶蝙蝠，一边注视着能干的佟飞燕，小佟穿着紧身衣服，挽着袖子，手中拿着铁锤，睁大乌溜溜的眼睛，聚精会神地察看着岩石。他看着想起那些探洞捉妖、站洞探宝的故事，觉得那些英雄也赶不上这个能干的姑娘，暗暗在心里为姑娘祷告祝福。

葛锋举着手电，随着小佟察看着岩石。他转业来地质部门一年多，虽然抽空就努力学习，只是了解一般的地质知识。地质科学很复杂，地壳岩层和矿床都是有规律的，而掌握它的规律，要学古生物学、地质构造学、岩石学、矿床学和一些勘探知识。他羡慕佟飞燕有机会进行过系统的学习，掌握了一套科学知识。虽然，小佟的地质科学知识还不够渊博，但由于她坚强勇敢、泼辣能干，已成了一个优秀的勘探员。

三个人正往里走，忽然感到很气闷，佟飞燕手里的蜡烛和刘老槐手里的松明都灭了，顿时洞子里黑得吓人，发出嗡嗡的响声。

刘老槐吃惊地说："哎呀，又都灭了！我们那次就是到了这里灭的，再点也点不着了，我们怎么办呢？"老头有些心慌，认为是自己领着他们进洞，就有责任保护他们，若是使这两个好人有个一差二错，自己的良心也说不过去呀！以他的意思赶紧撤出去。

佟飞燕镇静地说："刘大爷，不要害怕，这是因为洞子里空气稀薄的缘故，没有什么了不得的。现在已经发现了有铁矿的围岩，我们要继续勘察下去。"

葛锋打着手电，照照洞子各处，也向刘老槐说："小佟说的对，这地方空气不够流畅，没有其他危险！"

刘老槐借着微弱的手电光瞅瞅佟飞燕，姑娘手里拿着铁锤，镇静地站在那里，既不慌也不忙。再看看葛锋，葛锋更是不动声色，心里马上安定下来。但他还是提醒他们说：

"不是我老头子胆小，我是为你们两个人担心呀，要加小心啊！"

葛锋明白老头的心思，心里很感激。他想：探这样岩洞确实大意不得，这里边是有危险的，空气稀薄，毒蛇、猛兽都可能伤人，一时不注意，命就没有了！他为了安慰老头，也是为了提醒佟飞燕，说：

"你说的很对，我们是要时刻加小心！不过现在还没有多大危险，再往里走，我们就要试探着前进，避免发生危险！"

"好啊！"刘老槐点头表示同意。他对两个人是佩服的，相信两个人的话，觉得是要勘探下去，若是这样半途而废，不是白叫人家受累了嘛！他为难地说："没有亮也是不行啊！"

佟飞燕微笑着说："咱们还有手电，你不是带来很多松明吗？你把几个松明合在一起，搞成松油火把，退一段地方把它点着，兴许能顶得住。"

"好！"刘老槐欣然地答应一声，转身走了出去。

佟飞燕借着手电的光亮，继续勘探。

不久，刘老槐点起两支火把，交给葛锋一支，自己举着一支，两支火把把洞子照得亮亮堂堂。他瞅了一眼洞子，兴奋地说：

"姑娘，你看石头吧，松明很多，够你用的了！"

佟飞燕向老头微微一笑，把掉下来的辫子重新盘起，又挽了挽袖子，从挂包里掏出放大镜，提着手锤继续勘察。

刘老槐瞅着生气勃勃的佟飞燕，脸上开朗了，高高地举起火把，要把洞子照得更亮一些。

第十八章

雨后第四天早晨,陈子义睡醒,睁眼看看,太阳已经出来了,帐篷里已经没有人,赶紧爬起来。

陈子义的病好多了,浑身感到分外轻松,心境又宁静又平和。他穿好了衣服,敞开一角篷布往外望望,山野里的雾气正在消散,蓝色的天空中飘着流云,云层下有成群的云雀,飞得高低不等,嘀哩哩的叫声象敲起无数清脆的铜铃,又柔和又嘹亮。陈子义望着,心里升起一种不可遏止的愿望——要上山去勘察。

陈子义活动一下胳膊腿,在草铺上坐下来,掏出大烟斗点起了烟。由于白冬梅的劝告,几天来一直是没有吸烟,虽然有时忍不住,都克制了,也曾暗暗下定决心,从此要把烟戒掉。然而他跟许多吸烟人一样,能够下决心,可是没有恒心,闲暇难忍,就又吸起来。现在觉得烟味是那么香,吸一口感到很提神,认为这烟非吸下去不可了,甚至对自己戒烟的决心感到荒唐。他陶醉地吸着烟,准备要吸个够。

陈子义静坐了一阵,感到帐篷里很寂寞,希望跟人谈谈。他想起了佟飞燕,这姑娘在的时候,宿营地里就显得分外有生气,早晨起来就可以听见她的爽朗笑声。自佟飞燕那天夜里没回来，他就以老年人特有的心情关怀着她。他还盼望着葛锋。这几天来，他为了摆脱罗伟给他的苦恼，躺在铺上整天看葛锋借给他的书，看了几篇毛主席的著作，还看了刘少奇著的书，感到收获很大，有许多话想跟葛锋说说。今天，白冬梅意外地来的这么晚，每天她早早的就走来给他试体温、打针和吃药，现在太阳都很高了，白冬梅还迟迟没来。

陈子义吸完一锅烟，又装满了一锅，手捏着烟斗，站起来向各处瞅瞅，希望找张地形图，看看铁架山离这儿有多远，然而找了一阵也没有找到。这时，他听见有脚步声，回头一看是白冬梅。

白冬梅的脸色苍白，眼圈红红的，象是刚才哭过了的，一只胳膊用药布吊着，浑身疲乏无力，连背着个药包子都显得吃力。

陈子义对白冬梅这种形容憔悴的模样很惊讶，关怀地问："白冬梅，你这是怎么啦？"

白冬梅避开陈子义的探询眼光，说："陈工程师，你又吸烟啦！"

"啊！"陈子义想起来了，抱歉地想把烟斗里的烟磕掉，但马上又改变了主意，用央求的口吻说："让我吸吧，吸了半辈子的烟，现在是没法戒掉的。你不会吸烟，可能不了解吸烟人的饥渴，这几天把我憋坏啦。吸烟就跟吃饭一样，饭一顿不吃饿得慌，烟要是不吸瘾得慌。"

白冬梅瞅了瞅老头的米红烟斗，叹了一口气，开始给老头试体温，试完又拿起听诊器给他检查。

陈子义看白冬梅失神的样子，断定是发生了什么事，问："小白，到底是怎么一回事？罗伟又欺侮你了吗？"

白冬梅把头一摆说："你不要提他。"她给陈子义检查完，留下几包药，背着药包子匆匆离开了帐篷。

陈子义目送着白冬梅，暗暗感到奇怪，她今天对罗伟的劲头怎么这样大，一谈到罗伟脸色都变了，匆匆地离开了帐篷。他猜想小白又是跟罗伟吵架了，对她很同情，对罗伟很生气，忍不住地想去找罗伟。他遵照白冬梅的吩咐吃了一包药，迈步走出帐篷。

陈子义刚走出帐篷，看见了贺林，向贺林招招手说："小贺，你来一下！"

贺林走到陈子义的跟前，打量着老头问："陈工程师，你好了吗？"

陈子义说："好了。"

贺林高兴地说："谢天谢地，你可好了！现在一个人当两个人用，资料搞得一塌糊涂，鲁队长着急坏了！"

陈子义问："小贺，你看见罗伟了吗？"

"罗伟？"贺林冷笑一声，说，"罗伟已经溜走了，我连他的鬼影子都看不到啦！"

陈子义听着受了很大震动，两眼盯着贺林问："你说什么，罗伟开了小差？"

贺林忽然想起来，白冬梅不让把这事告诉陈子义，可是现在已经说出口，没有办法挽回了。他眨了眨眼睛，想不出别的道道，索性就告诉了他。罗伟在昨天就离开了普查队，临走时给白冬梅留下一个纸条，上写："你使我的心受了严重的创伤，我无法再呆下去，别了！"

陈子义万感交集，脸上变颜失色，用颤抖着的双手抓住贺林的肩膀，眼盯盯瞧着贺林，似乎是不相信贺林的话，想再追问个水落石出，可是站了半天也没说出一句话，放开贺林转回帐篷。

贺林看陈子义的激愤样子，知道闯了祸，急忙跟着走送来，想安慰老头几句。

陈子义向他摆摆手说："贺林，你不要管我，让我静一静。"

贺林站了一下，慢慢地退出了帐篷。

陈子义没有想到，罗伟会这样不光彩地离开了普查队，他对罗伟的一片心思都白费了。对于罗伟他不觉得可惜，使他伤心的是：觉得他对不起老朋友罗伯瑞。罗伯瑞临死时把儿子托咐给他，对他那么信任，而他辜负了这种信任，没有把罗伟引导到有广阔前途的勘探事业上来，没有使罗伟成为象罗伯瑞那样的工程师。

帐篷敞开着，风吹进来，带着花草的芳香，几只燕鸟落在帐篷上，冲里边叽叽叫着。陈子义闷坐了一阵，打开行囊，找出罗伯瑞留给自己的遗物：一把扩大镜、几本书和一本日记本。多少年来，出于忠诚的友情，他把这几件东西一直保留在身边。他翻开日记本，第一页上贴着罗伯瑞的照片，看着照片想起那段辛酸的经历。他对着照片说："罗大哥，请你不要见怪，老弟辜负你啦！"他说着眼泪滴了出来。他在帐篷里呆不住了，披上夹大衣走出帐篷。他到白冬梅住的帐篷去看看，见白冬梅不在，转回来走进队部的帐篷。

鲁云超看见陈子义进来，连忙站起来说："陈工程师，你的病好了吗？"

"好啦！"陈子义走到桌边，在鲁云超的对面坐下，扫了帐篷一眼，然后把眼光落到鲁云超的身上，说："真没有想到，罗伟离开了地质普查队，这事真够白冬梅受的？"

鲁云超叹了一口气说："这有什么办法，各人有各人的生活道路，他硬是不想干下去，拉也拉不住他。你瞧！"他把一张纸递给陈子义。

陈子义接过来看看，是罗伟的辞职书，马上扔到桌子上。

鲁云超说："这是在罗伟的草铺边发现的，他起早就偷着跑了，真没有想到……小白这个好心肠姑娘，遭到了这么大的波折。"他对罗伟的事完全出于意外，不了解罗伟跟白冬梅闹的矛盾，也不了解那天晚上罗伟跟陈子义闹翻了的事，当有人向他说罗伟跑了，他还不相信，后来看到了那张辞职书才相信的。

沉默了一会儿，鲁云超说："陈工程师，事情全挤在一起了。肖局长给我们来信了，说是最近要来一趟，我们现在搞得这样狼狈，这真是火上加油。你在闹病，罗伟开了小差，葛锋不顾一切地领小佟跟老猎人去跑，连一个主要技术员都没有，图纸资料还是乱七八糟，肖局长若是突然到来，叫我们怎么向他交代呀！"

陈子义听着也有些发急，肖局长若是最近到来，确实难以向他交代。他劝慰地说："不要着急，我已经好啦。我想葛书记和佟飞燕也快回来了，到今天他们去铁架山已经有四天了，有没有矿已知分晓。"

"我毫不怀疑，他们只是一次长途打猎而已，不会有什么成果。"鲁云超说起来就很生气，脸色涨红，"简直是太不象话了，为了搞自己那套，在这样混乱的情况下，竟带领佟飞燕跟老猎人去跑，这不是成心拆我的台吗！"

陈子义看看鲁云超的憔悴脸膛，对他很表同情。不过他又不同意责难葛锋，葛锋并不知道自己病倒，不知道罗伟开了小差，也不知道肖局长最近要来，家里还有这么多人，只要调动起来是可以应付的。他既找不出安慰鲁云超的话，也不愿意替葛锋辩护，只好沉默不语。

鲁云超期望陈子义能够起来批评葛锋，老工程师不论在上级和群众中的威信都很高，他说话了对自己非常有利。说："他拆我的台，也是拆你的台，佟飞燕是你的最得力的助手，正需要她的时候，他领她跟老猎人去跑。他对咱们的计划始终是抱着否定的态度，对待技术人员的态度口是心非，嘴里喊要发挥技术人员的力量，实际上对老猎人看的那么重要，照这样干下去我们队是无法干好的。陈工程师，你不能保持沉默，应该展开斗争，现在是到你说话的时候了！"

陈子义仍然没有吱声。他对他们的争论有自己的看法，想婉言劝说老鲁几句，看老鲁的肝火正旺，就不说了。

鲁云超看陈子义默默不语，有些泄气，暗想：这个老头子是指望不得的，除了地质学以外，他对什么都不感兴趣，想让他起来跟葛锋斗争，比要哑吧说话还难。他不再说什么了，一个劲的吸烟。

沉默了一会儿，陈子义站起来走出帐篷。刚走了几步，听见鞭子响，抬头望去，见孙大立和石海拉马回来了。

　　孙大立挽着裤脚和衣袖，头戴尖顶斗笠，脱下一件外衣搭在肩上，响亮地打着响鞭，吆喝着白马往前走。他看见了陈子义，老远就喊：

　　"陈工程师，你好啦？"

　　"好啦！"陈子义迎前几步，看马身上驮着很多东西，把白马都累得出了一身汗。问："老孙，运来些什么？"

　　"这回有菜有油吃啦！"孙大立用手抹了一把额上的汗，兴奋地说，"这回运来不少菜、油，还有猪肉。他们还说继续供应我们，真是大力支援。现在是粮草充足，兵强马壮，我们要好好干一场啦！"他说着高兴得挥了两鞭，清脆的响声把落在帐篷顶上的鸟儿惊飞了。

　　孙大立来到队部的帐篷前，把鞭子交给石海，迈步走进帐篷。

　　鲁云超已经听见孙大立在外边说的话，向他说："你这一趟搞的很顺利呀！这么快就回来了。"

　　"很顺利！"孙大立说，"葛书记下乡跟当地党组织、政府和群众联系的很好，干部和群众对我们很热情，积极支援我们，现在就看我们的啦！"他过去倒上一碗水，一口气喝下去，抹一把山羊胡子上的水珠说："现在是粮草充足，兵强马壮，天气又很好，我们要上山继续勘察啦！"

　　鲁云超说："好啊，你去告诉石海，要把生活搞好一点。"他站起来，在地上踱着步子思索了一阵，向孙大立说："你把全体队员都召集起来，开会布置一下工作。"

　　"好！"孙大立又喝了一碗水，放下碗说："要不要叫厨房准备一些干粮，好给队员们在野外吃？"

　　鲁云超说："要准备一部分，不过不能全部上山勘察，要留出部分人在家整理和修补毁坏的图纸资料。"

　　"要留下多少人？"

"起码要留下三分之一的人，地质技术员要抽出四五名。"

孙大立认为这样不妥当，说："我提个意见。咱们队只有七名地质技术员，你留下四五名，只剩下部分地质工和线习生，这样一来，可要使勘探工作受很大影响。整理资料不是火烧眉毛的事，干嘛现在要下那么大的力量呢！以我看，留下一个人就行，趁天气好的时候，应该让队员们全部都上山勘察，找矿要紧哪！"

鲁云超摇摇头说："不行啊！肖局长最近就要来，我们拿不出个矿山，这一阶段的勘察成果又是乱七八糟，交代不下去呀！我们得有个准备！"

孙大立皱起了眉头，看出队长下这么大的力量去准备，不过是为了要掩饰错误和缺点，觉得这样做不对头，便直爽地说：

"鲁队长，我认为你这样安排工作不对头。肖局长来了就如实汇报，干嘛要下那么大的力量去准备，问题已经发生了，用不着去掩饰，不能因为这个影响找矿！"

鲁云超的心绪本来就不佳，感到老孙的话很刺耳，认为他太放肆了，闪地站起来，气冲冲地说：

"孙大立同志，你嚷什么，你不能这样放肆，你管的太多了！"

孙大立两眼注视着鲁云超，努力控制着自己的炮筒子脾气，压低声音说：

"我的性子不好，说话嗓门高，我应该克服。不过，我是个老工人，是党支部委员，我看着不对头，有权利提出意见！"

鲁云超把孙大立跟葛锋联系在一起，觉得他们藐视队长的权力，有意跟自己作对，气得脸色涨红，气势汹汹地说：

"你可以提意见，但不能下命令！我这个队长就是不称职，也是分局任命了的，我份内的事让我自己管好了，有问题我来负责！"

孙大立听这话很噎脖子，张口结舌说不出话，憋得脑子发涨，脸膛闷得要爆炸了。这时，他看见石海走进来，眨着眼睛瞧热闹。他觉得在这个坏蛋面前不能再同鲁队长争论，便转身走出帐篷。

石海目送着孙大立走远了，回头瞅瞅脸色涨红的鲁云超，同情地深深叹了一口气说："老孙越来越不象话了，现在不仅自动地担当了副队长的角色，还想压过队长一头？"

这话更是火上加油，鲁云超感到受压抑，心里火烧火燎的。

石海在草铺边坐下，悄悄观察着鲁云超，看队长现在的情绪不佳，觉得是个机会。他筹思了一下，感情深重地说：

"作为你的老部下，老同志，对你现在的处境不能不感到同情和痛心，唉！真是没有办法，一个工人就随便在你的面前发脾气！"

鲁云超瞪了石海一眼，烦躁地说："你不要絮絮叨叨的，我用不着你同情！"

石海狡黠地瞅着鲁云超，手里摆弄着马鞭子，慢吞吞地说："同情也罢，不同情也罢，反正是无能为力！连你当队长的处境都这样，我一个小职员又能怎样。现在，队里的几个主要干部都跟着葛书记走，完全把你孤立起来，我看你还是不要再跟葛书记争论了，不然你就会吃亏！"

"算了吧！"鲁云超向石海挥一下手。他烦躁地在地上踱着步子，感到自己确实很孤立，队里的几个骨干都不支持自己，连老工程师为了质量和图纸受损失问题也对自己不满意。他愤慨地想："照这样子下去，这个队长实在是干不下去了！"

石海不露声色地坐在那里，看队长这样烦躁，心里暗暗高兴，更加放肆起来。说："葛书记真是有两下子，队里的人都很称赞。不过，他也有缺点，他跟佟飞燕闹恋爱闹得热火朝天，在群众中造成不良影响，大家议论纷纷。说实在的，连我都看不惯，那天我亲自看见他到佟飞燕住的帐篷里去唠了半夜。群众还反映说，他跟白冬梅还有些瓜葛，罗伟开了小差跟他也有一定的关系。唉，咱们队里的事就是乱！"他又叹了一口气，摇动着马鞭子走出去。

帐篷里只剩下鲁云超自己，他仍然不停地踱着步子，心里烦躁极了。暗想："这个鬼地方真不是人呆的，生活艰苦倒不要紧，工作不顺心，人也闹别扭，在这里要搞出个什么名堂，真比登天还难！但是我不能让人挤走，葛锋呀，葛锋，咱们瞧吧，看谁会栽斤斗！"

外边响起了哨子声，孙大立用洪钟般的声音喊："全体队员到二号帐篷里集合！"

第十九章

　　陈子义到处找了一阵白冬梅，最后看见白冬梅独自一人在桦树林里徘徊。

　　树林里充满了阳光，使稠密的白桦林增加了色彩，灰白的树皮发亮，绿叶上的露珠闪着光，微风吹过树梢，枝头婆娑起舞，露珠撒落下来，发出潇潇的声响。白冬梅穿着白罩衫，用洁白的纱布吊着胳膊，垂着头，缄默地慢慢挪着脚步。那茂密的树木，嬉戏鼓噪的鸟群，都引不起她的注意，风摇露珠洒了她一身，也不躲闪。罗伟这一突然离开，对她的刺激是太大了。这是因为她很爱罗伟，直到现在还是爱着他，同时，她相信罗伟也是深爱自己，罗伟这次走也一定非常痛苦，内心充满了对他的怜惜，由于怜惜，她对他的一切都原谅了。

　　陈子义远远地跟在白冬梅的后边，他对小白无限同情，为她难过，象对待自己女儿那样的关怀着她。

　　白冬梅漫无目标地走着，越想越怜惜罗伟，深深感到懊悔和自责，悔恨自己无情伤害了罗伟的心，认为罗伟是被自己逼走的。若是罗伟在这里时也许不会这样，现在完全被悔恨的感情抓住了。她觉得自己不该来到这里以后就跟他闹别扭，不该对他恨铁不成钢，不该对他要求过高，不该总跟他争吵，虽然自己是对的，可是自己太粗暴了。她担心他会因伤心过重而病倒，担心他因此而意志消沉，因精神痛苦会养成什么坏习惯……她这个人真叫人没有办法，无情地鞭打自己，"白冬梅呀！你待人多么刻薄，多么无情呀！"就象罗伟在她的跟前一样，暗在心里说："罗伟呀，我求你原谅我的任性，原谅我伤了你的心！可是，你也要体谅我的心情，为什么要我离开普查队呢？就是抛开一切道理不讲，你也该了解我的生活志趣，无论如何我的这种行动也是对的呀！"

　　陈子义象个保卫员一样，默默地跟在白冬梅的后边，筹思着怎么样安慰她，迟迟不愿意走上前。

　　白冬梅不看鸟儿，鸟儿也不怕她，叽叽喳喳叫着，在她头上的树梢上兜圈子。她沉思默想一阵，掏出罗伟给她留下的纸条。纸条上写："白冬梅，你使我的心受了严重的创伤，我无法呆下去，别了！"她看最后的那个粗大的感叹号，觉得象是一点热泪化成。"别了"两字的含义她闹不清楚，究竟是暂别，还是绝别了呢？难道说爱情就此断了吗？她看着情不自禁地想起一件事。那是在半年前的一个傍晚，她跟罗伟在公园里散步，分手后准备回家，刚出了公园的门，有一个花枝招展的姑娘从后边追来，厉声地嚷："站住！"她看这个陌生的姑娘对自己充满敌意，气势汹汹的样子吃了一惊，后退了一步问："你要干什么？"那姑娘声色俱厉地说："我要掐死你！罗伟是我的表哥，我们从小就要好，他爱我，我也爱他，你忽然插进来，想把他从我的手里夺走，你算个什么人，难道说除了他你再也找不到汉子了吗！"那姑娘不三不四地骂起来，骂得她两眼冒火星，她没有还嘴，转身跑开了。过了几天，她见到罗伟问起这件事。罗伟告诉她说：那姑娘确实是他的表妹，姑娘强烈地追求过他，可是他并不爱她，因此她才失望地找小白出气。白冬梅想起这件事有种预感，感到自己跟罗伟的关系难以恢复了。一阵痛苦涌上心头，热泪控制不住地滔滔流下脸腮。她悔恨自己在爱情问题的处理上，实在是太幼稚了。

陈子义看白冬梅停下来，故意咳嗽一声。

白冬梅听见后边有人咳嗽，回头一看是陈子义，赶紧擦去眼泪，努力控制着悲哀感情，强装镇静地说：

"陈工程师，你怎么来啦？"

陈子义慢腾腾地走上前，打量了白冬梅一眼，看白冬梅强装的不自然的样子，又感动又心疼，深深叹了一口气说：

"你不用瞒我，我一切都知道了！"

白冬梅看着感情深重的陈子义，一阵心酸，浑身瘫软，摇晃了两下几乎要跌倒。她忙用手扶住树干，失声地哭了。

陈子义慌乱地扶住白冬梅，刻满皱纹的脸上充满苦痛，灰白的胡须在颤动，抚着小白的手在打哆嗦，两眼也模糊了。

一阵风掠过，森林发出唔唔的啸声，鸟儿的叫声被淹没，也淹没了白冬梅的哭声。陈子义站在小白的身边，就象是守护自己的女儿一样，白冬梅的哭声揪他的心。几十年来，他经历不少痛苦的时刻，每一次都给他添了几根白发。他曾多次埋怨自己感情脆弱，然而没法改变，面对着失声痛哭的白冬梅，毫无办法，胡须直颤动说不出话。

陈子义呆呆地站在白冬梅身边有十来分钟，好不容易克制住自己的感情冲动，手哆嗦着抚摸着白冬梅的头发，安慰她说：

"小白，你不要哭了。罗伟辜负了你对他的一片心，这是不幸的。你要坚强些，人生谁都会遇见波折，我一生所经历的伤心事说也说不完。小白，你要把心放宽，要忍耐，要挣扎，千万不要太伤心，要注意身子！"老头说着自己眼圈上也闪动着点点泪花。

白冬梅哭了一阵，抬起头向满眼泪花的陈子义说："我想得通，你放心好了！你的病刚好，千万要注意身体，回去休息吧！"她用手巾擦擦脸腮上的泪水，努力克制着自己的情绪。

"好，咱们一块回去！"

白冬梅摆一下头，说："你先回去，让我自己在这里散散心！"

陈子义的心情很激愤，他抑制着，安慰了小白几句，替她拍打几下灰尘，慢慢地离开了她。

白冬梅偎依着树干，望着拖着沉重步子的陈子义，那种对罗伟不满的情绪重新升起。她觉得对罗伟的一切都可以原谅，但对他那样对待老工程师是不可原谅的，老工程师在他身上费的一片心思全白搭啦！她看陈子义走远了，继续向前走去。

树木更高更密了，光线很暗，暗幽幽的显得有些森严。白冬梅今天胆子大了起来，周围的情景她连看都不看一眼，一步一步地朝前走着。她从来到普查队那天晚上开始，逐渐发现她跟罗伟的性格不同，志趣不同，互相不能贴心。从那时候起，她就开始怀疑跟罗伟生活不到一起去。可是生活已经把她跟罗伟联系到一起了，过去没有勇气破坏，现在仍然没有勇气跟他一刀两断。她不知道现在该怎么办，迫切地想跟知心人谈谈。她很想念佟飞燕，觉得佟飞燕会给她指明办法，会给她力量。

突然，草丛里哗啦一声。白冬梅站下来往响动的地方一看，呀！一条花脖子大蛇正在捕捉幼鸟，吓得她掉头就往林外跑。

白冬梅一口气跑到树林边才站下，理了理衣服，准备回去。这时，她听见林子外有人说话，透过林木空隙一看，原来是葛锋、佟飞燕和老猎人一起回来了。她为之一喜，抬腿就往林外跑去，跑出树林就站下来，两眼泪光闪闪地望着佟飞燕和葛锋。

佟飞燕看见了白冬梅，吃了一惊。白冬梅几天来的变化多么大呀！这姑娘的脸色苍白，瘦的眼窝塌下很深，两只失神的眼睛里泪光闪闪，满脸是悲哀，胳膊还用纱布吊着。她亲明地喊了一声，跳过去一把拉住她。白冬梅扑到她的胸前，抽抽搭搭地哭了。佟飞燕对小白这样悲伤，有些迷惑不解，暗想："人都说女人天生脆弱，心软泪水多，看来真有些道理，女孩子的事就是多呀！"她同情地抚摸着小白的头发，跟葛锋交换了一下眼光，问：

"小白，你遇见什么伤心的事啦？"

白冬梅抬起头来，泪光闪闪地望着葛锋和佟飞燕说："罗伟逃跑啦！"

葛锋和佟飞燕听说为之一惊，没料到罗伟竟开了小差。

白冬梅把她跟罗伟的冲突说了一遍。

佟飞燕听完双眉紧锁，用手把辫子往后一甩，心直口快地说：

"他既然是那样的人，让他滚他的吧！你不必为他流泪，不必为他伤心！为这样一个渺小的人伤心太不值得！"

白冬梅摇了一下头，努力忍住眼泪，可是新的眼泪又成串地流出来，停在面颊上，发出闪亮的光。

佟飞燕看小白的神色，知道白冬梅不同意自己的说法，自觉有些失言，红着脸瞅瞅葛锋。

葛锋说："白冬梅同志，你的心情我是理解的。你跟罗伟闹到这样地步，这种痛苦，别人的安慰和鼓励是需要的，但主要的还是需要自己去斗争。"他把手里的大草帽戴上，同两个姑娘一起慢慢走着。沉默了一会儿，又说："我也曾经历过强烈的痛苦。你们都知道我没个家，很小的时候父母就先后死去，自十来岁起就成了个流浪儿，后来多亏八路军收留了我，我才有个依靠。另一点你们还不知道，我有个爱人，而且是个非常好的爱人。"

佟飞燕听着猛地站下来，拉住白冬梅的手，睁大眼睛盯着葛锋，对于这一点她一点也不知道。白冬梅对葛锋向自己谈起私生活很受感动，掏出手巾擦擦腮上的泪水，两眼注视着葛锋，希望葛锋继续讲下去。

葛锋避开两个姑娘的眼光，边走边说："我的爱人名叫邵芳，她是个战地护士，我们在战斗中建立起深厚的爱情，她强烈地爱我，我也强烈地爱她。可是我们结婚不到一年，美国鬼子发动了侵朝战争，我们两人都是第一批跨过鸭绿江。过江后，我们就分了手，从此再就没有见过面，连信也没有通。过了七个月后，有人给我捎来一个挂包，挂包里装的是她的遗物，她牺牲了。"他说着心里有些难过，低下头沉默了。

佟飞燕又是一动，感情深重地注视着葛锋。那天晚上葛锋对她冷淡，她感到受了很大委屈，决心疏远他。现在她听到葛锋的话，看他的神色，明白那个邵芳还深深地留在他的心里。她被葛锋的神情扰乱了，心里有些不是滋味，然而对他无限同情，对他更加尊敬，更爱他了。

静默了一会儿，葛峰继续说："我失掉了这样一个爱人，怎么能不叫我痛心。她亡故了，可是在我的心里却留下了不可磨灭的印象。小白，我们所发生的事情不同，但都是很痛苦的事，这样的事硬要人不想是不行的，不是几句安慰话可以说通的。不过，我们是革命青年，我们有崇高的理想，这个压不倒我们，摆在我们面前的生活很广阔，前途是美好的，私生活的不幸跟广阔的生活比起来太不足道了。你说是吗？"

白冬梅表示同意地点点头。

葛锋说："事情已经发生了，就不要惊慌，不要焦躁，更不能消沉，因为这样没有好处。希望你振作起来，不要把痛苦老积在心里，要热爱生活，要把眼界放宽，你有的是朋友和同志，不要一个人孤伶伶地苦恼。我劝你背上药包子，到勘探员中去，这样你会开心些，他们会帮助你，会使你获得力量。小白呀，不要太脆弱了，应该学习高山上的那些青松，不论遭到多么大的风暴，总是那么挺拔地屹立在山上，毫不动摇，毫不萎缩，越长越壮。"他用手往山上一指。"你瞧！石峰上的几棵松树多么绿，多么有生气！"

白冬梅顺葛锋的手指方向望去，在右侧的石峰上长着三棵松树，一棵赛一棵地屹立在石砬子上，绿油油的充满无限生命力。她心里亮堂多了，转脸向风尘仆仆的葛锋说：

"葛书记，感谢你对我的帮助，我一定振作起来，请你放心！"

"好？"葛锋高兴地向小白伸出手说，"小白，我们握手约定，从今天起，希望再看不到你的眼泪。"

白冬梅握了握那双有力的手，由于一时激动，眼里又含着泪花，她怕葛锋看见，忙向前跑去。

葛锋望着奔跑着的白冬梅，心里很同情，一个小姑娘家碰见这种事，怎么能叫她不伤心呀！他转脸瞅瞅佟飞燕，见她站在那里沉思，问：

"小佟，你发什么呆呀？"

佟飞燕说："我在想小白，这事可真够她受的。"她避开了葛锋的眼光。

葛锋点点头说："是呀？这事对她是个很沉重的打击，你要象老大姐那样关怀她，帮助她！"

葛锋和佟飞燕来到宿营地，正赶上散了会，白冬梅一传扬，队员们纷纷由帐篷里奔出来去迎接他们。

孙大立看见了佟飞燕，一边大步地迎去，一边嚷："红脸蛋儿，我以为你喂老熊了，你还回来啦！"他奔上前伸出大手要去抓小佟的手。佟飞燕咯咯笑着向他挥舞着铁锤，闪身躲开。佟飞燕边热情地跟队员们打招呼，边向陈子义的跟前走去。她走到陈子义的跟前，打量了老头一眼，惊讶地说：

"哎呀，你怎么啦？几天没见到你，你的胡子又白了好多根？"

"是吗，我倒不觉得。"陈子义捋着胡子，关怀地打量着佟飞燕。小佟红红的脸上挂着汗珠，两眼闪着喜悦的光芒，身上背着沉重的矿石袋，热得卷起袖子，露出绯红的强壮手臂，精神抖擞的，使老头很喜欢。他拍拍小佟的肩膀说："那天晚上叫人好担心啊！"

佟飞燕说："那天晚上我被老熊撵蒙了，迷失了方向，闹得全队的人不安。"她接着讲起那天晚上的事。讲完后笑着说："我因祸得福，跑到老猎人刘大爷家去，他领我们找到了矿苗。"她放下矿石袋，由里边拿出几块矿石，交给陈子义和队员们。

陈子义接过矿石看了看，见矿石的含铁量很富，惊喜地说："小佟，这矿石是在哪儿发现的？"

"这是在铁架山上发现的，好大一座铁架山，到处都发现有矿石露头。"她把铁架山的山势和勘察情况讲了一遍。他们那天探铁牛洞，在洞里发现了铁矿层，然后攀登上山踏勘，两天的工夫踏勘了全山，发现山的各处都有矿石露头，今天起了个大早返回来。

陈子义听着很高兴，感到这个矿点很有希望，掂量着矿石说："这矿石的含铁量很富，若是埋藏量多，矿床规整就好了。"

葛锋说："铁架山看来很有希望，不过，我们只是走马观花地踏勘了一下，对埋藏量究竟有多少没法估计，矿床情况也不清楚，是否有工业价值还很难说。铁架山现在还是个谜，这个谜等着你去解开它。"

陈子义瞅着风尘仆仆的葛锋和佟飞燕，心里有些不安，原先自己对葛锋的意见并不支持，对他们跟老猎人去铁架山也不赞同，可是人家到底发现了线索，现在他能说个什么呢？

葛锋看出老头有些发窘，不再跟老头谈下去，迈步向帐篷里走去。他走到门口，就向鲁云超问：

"老鲁，家里有什么新的变化？"

鲁云超叹了一口气说："新的变化不少，可都不是好消息，一场暴风雨闹得一片混乱，各方面都出了不少问题。陈子义病的死去活来，罗伟开了小差，图纸资料还是那么混乱，正在这样狼狈不堪的节骨眼，肖局长最近又要来。"他把肖局长的信交给葛锋，说："这是他来的信，你看看吧！"

葛锋接过信，从头至尾看了一遍，然后放在桌子上说："肖局长能来很好，在这样情况下，我们很需要领导帮助。"他瞅着肖局长的信，深深感到内疚，这些日子发生的问题实在令人痛心，肖局长来了确实很尴尬。

鲁云超没有声响，闷闷不乐地吸着烟。

葛锋看鲁云超的神色不佳，知道老鲁这几天的日子不好过，安慰地说：

"事情已经发生了，苦恼也没有用，重要的是，我们要从这些事情中总结出经验，改进今后的工作。有些事对我们来说是有好处的，它会治疗我们的麻痹症，会使我们清醒。图纸资料的事，罗伟的事还有其他的事，都说明我们太麻痹了。"

鲁云超坐在那里，闲不住地用手一根一根地揪着胡髭，不知是胡髭长的结实，还是用力不够，揪了一阵，一根也没有揪下来。他停下手说：

"别的事暂且不谈吧。肖局长就要来了，你看我们怎么办？"

葛锋看了一眼局长的信，说："这个好办，我们按实际情况汇报，有过错我们就老实检查，所做的努力也不隐瞒，争取领导给我们以具体指导。"他看鲁云超还在那里揪胡子，心情有点发闷。

鲁云超瞟了葛锋一眼，对葛锋说得这样简单很反感，他觉得，葛锋的心思难以捉摸，面对面坐着，心和心却相隔很远，一开口就说不到一起去。

沉默了一会儿，鲁云超说："今天上午我向队员们布置了工作，部分人继续上山勘察，留下部分人搞图纸资料。局长要来，得有个准备。"他两眼瞟着葛锋，看他的反应。

葛锋站起来，说："我光顾跟你谈情况，把这个都忘了。老鲁，我们在铁架山发现了矿苗啦！"他由挂包里掏出两块矿石交给了鲁云超。

鲁云超一惊，伸手接过矿石，看了看，矿石的含铁量果然很富。这事太意外，太偶然了，他受了很大震动，拿着矿石的手有些哆嗦，眼瞟着葛锋，慢慢地把矿石放到桌子上。他脑子有些发胀，张口结舌说不出话。

这时，一群队员拥簇着佟飞燕忽啦啦闯进帐篷，叽叽喳喳地说话，但看见队长的神情，都不响了，都好奇地瞧着队长。

鲁云超在众目睽视下，心里有些发毛，烦躁地站起来，向大家挥一下手说：

"都回去工作吧，这儿没有你们的事，要抓紧时间哪！"

第二十章

午后，在队部的帐篷里，召开支委扩大会。由于工作忙，除了葛锋、鲁云超、孙大立三个支部委员以外，只吸收了陈子义和佟飞燕参加。

敞开了半边篷布，帐篷里又亮堂又清爽。五个人围着桌子坐着，互相望着不吱声。葛锋看鲁云超的神色不佳，知道老鲁是为了要改变工作安排不高兴，可是有什么办法，因为现在有了铁架山的新情况，工作安排必须改变了。他瞅了几个人一眼，向佟飞燕说：

"小佟，你把铁架山的情况向大家汇报一下吧！"

佟飞燕把矿石摆在桌子上，拿出笔记本和在铁架山画的草图，就开始讲。她由那天晚上小花讲的故事开始，简要而明了地介绍了一遍勘察经过，然后讲起铁架山的地质情况和矿石露头分布情况。铁架山的矿层分布很广，但地质构造很复杂，看起来全山是水成岩属，火成岩又活动的很厉害，矿床不太规整；在某些方面有云罗山的特征，勘探清铁架山需要做很多任务作。她讲的有声有色，很有条理，听她讲完使人们对铁架山有很深的印象。她把情况介绍完，说：

"葛书记在路上同我议论过，铁架山的矿苗看来很有希望，值得集中力量去勘探。我们应该把宿营地搬到铁架山下，集中一切力量，尽快解开铁架山的谜！"

孙大立听完很兴奋，称赞地瞅瞅满面红光的佟飞燕说："好，这事干的带劲，讲的也很带劲，真不赖呀！看来铁架山这个矿点值得下力量勘探，我赞成葛书记和佟飞燕的意见，把我们的全部人马拉到铁架山下，在那儿安营下寨，大干它一场！"他转脸瞅瞅鲁云超，想听听他的意见。

鲁云超手里玩弄着一块矿石，心里很烦躁，原来打算要整一下葛锋，现在看风头不对，放弃了那个打算，可是自己在上午布置了工作，下午的情况就变了，现在他们还要把原计划全面推翻，把人马全部拉到铁架山，这就是说，争论来争论去，结果是自己失败。由于出于偏见，直到现在他对铁架山还是怀疑，觉得不能对铁架山抱过多的希望，不能够盲目地改变勘探计划。特别是看人们都不同意拿出力量去整理资料使他很恼火，肖局长来了怎么办呢？难道就这样狼狈地接待他？他觉得人们在看自己的笑话，到时候自己处于尴尬地位，别人把责任往自己身上一推就行了。他思索了一阵，向佟飞燕说：

"你们对铁架山有把握吗？那儿会不会象云罗山？"

佟飞燕说："我们做的勘探工作很少，不能打保票！"

"是呀。"葛锋接过来说，"现在很难说，我同小佟只是简单地踏勘了一下，没法做出准确的估计。要想对铁架山做出准确的估计，需要进行大量的勘探工作，因此我们想，要集中力量勘探，尽快揭开铁架山的谜。这只是我们的初步想法，考虑的可能不全面。这些日子你在家掌握全盘工作，考虑问题会全面些，你看我们应该怎么干？"

鲁云超放下矿石，瞅了葛锋和佟飞燕一眼，说："你们在铁架山发现了矿苗，这是件令人高兴的事。但是，铁架山只是个矿点，我们对铁架山只能抱研究态度，不能过于乐观。云罗山就是个例子，我们对它抱的希望很大，顶风冒雪去勘察，结果没有工业价值。如果我们盲目地改变了原计划，把全队人马拉到铁架山，勘探了半天又出现个云罗山，我们就一切都落空了。那样一来我们可就更加被动，连想挽回都无法挽回了，对待这个问题应该慎重。"

佟飞燕耸耸眉毛，对鲁云超这样冷淡地对待铁架山这个矿点很反感，沉不住气地想发言。她瞅瞅葛锋，见葛锋依旧从容不迫的样子，就没有再发言。她瞅瞅孙大立，老孙的神色也很激动，再瞅瞅陈子义，老工程师不动声色地坐在一边，仿佛漠不关心似的，一口接一口地喷着烟。

沉默了一会，葛锋说："改变勘探计划是个大问题，对待这个问题是要慎重，因此我们要充分进行研究。老鲁，把你的意见谈谈，咱们好共同商量。"

鲁云超说："我的意见可抽出少数人先去勘探铁架山，等确实有把握后再集中力量去勘探不迟，这样使工作建立在可靠的基础上，免得使工作被动。"

葛锋问："你打算抽多少人去铁架山？"

鲁云超沉思了一下说："抽出一名地质技术员，带领三四名练习生和地质工先去勘察吧！"

佟飞燕提醒他说："只抽这么几个人去勘察，别说是要做出有把握的估计，就是要做出初步的估计，也得好几个月的时间呀！"

鲁云超说："那有什么办法，就是这么点力量嘛！铁架山也不会跑了，拖一下怕什么，肖局长不久就要来了，应该尽快地把那些受损坏的图纸资料搞好，不然肖局长来了连个资料都看不到，怎么指导我们的工作呢！"对于这个他是有苦衷的，自己明白理由不够充足，他希望人们能体谅他的苦衷，同心协力把这个漏子堵上。

葛锋暗想：干工作要对党对国家负责，哪能放松找矿去搞这个，哪怕挨批评受处罚，也不该忙着去补救去粉饰！

孙大立皱起眉头，觉得鲁云超太固执了，瞧着他说："铁架山不会跑，可是国家希望早一点找到大矿呀！在找矿上我们应该争取时间，相反，那些资料倒用不着忙。"他有些激动，坐不住地挪了一个位置。

佟飞燕接着说："老孙说的很对，国家跟我们要矿呀，为了早一点找到矿，我们才不顾严寒，踏着冰雪来到这一带山区。现在发现了铁架山有矿点，为什么不集中力量勘探清呢？我看咱们当前勘探清铁架山比干什么都有意义，哪怕它不大可靠。肖局长来就来呗，我们做工作是对党对国家负责，不能干面子活，用不着下力量去补救！"

鲁云超觉得佟飞燕的话太刻薄，两眼凝视着她。暗想：这个泼辣的姑娘，在葛锋的鼓励下，劲头更大了。

佟飞燕感到鲁队长的眼光很重，转过脸瞅瞅葛锋，看葛锋向她投来责备的眼光，后悔自己说话太冲。她把眼光由葛锋的脸上移到陈子义的身上，对老工程师总是不发言很着急。

陈子义稳重地坐在那里，手里捏着大烟斗，静悄悄地瞅着争论的人们，他对两方面的意见有自己的看法，但他不愿意在他们的激烈争论中插言。他注意到佟飞燕瞅自己，向她投去赞许的眼光。

葛锋扫了几个人一眼，觉得争论双方的意见，单独拿出来都有理由。为了把工作安排得更妥善些，需要很好讨论一下，他看人们都沉默不语，说："大家再继续讨论一下，都充分摆出自己的理由，集思广益，会把工作安排得更妥当些。"

孙大立说："我再说一点，鲁队长在上午布置完工作后，有些队员就有反映，认为力量配备不当，把各组的技术员抽出来，剩下的练习生很难开展工作。当他们听到佟飞燕介绍了铁架山的情况后，大家都对铁架山感兴趣，纷纷议论要去勘探铁架山。大家恨不得一下就勘探清铁架山，让他们坐在帐篷里搞资料，他们坐不住啦！"

陈子义接过来说："是呀，连我都有点坐不住啦！我很向往铁架山，很想尽快揭开铁架山的谜。"

佟飞燕冲陈子义笑笑，她很理解老头的心情，一个地质工程师，听说哪儿有个矿点，不去踏勘，不揭开它的谜是不能安心的。她说：

"我在探铁牛洞、勘察铁架峰时就想起了你，知道你知道了铁架山的情况后，就要惦在心上，你不去勘察一下连觉都睡不好。"

陈子义笑了，向佟飞燕说："我可不象你那样性急，你这个急性子才睡不着觉哪！"

鲁云超扫了人们一眼，看形势对自己不利，不仅是孙大立和佟飞燕跟着葛锋跑，连陈子义也不赞成他的意见。他禁不住想起石海的话，葛锋确实是处处在孤立自己，现在利用他在铁架山偶然的发现，要推翻计划。他心里有种说不出的痛苦。瞧人们对他的打算都不支持，都向他开火，他窝了一肚子火，不想再重申他的理由，点起了一支烟，大口大口地喷着。

会场上沉默了。

葛锋看人们都不发言，知道都等着鲁云超说话，他瞅瞅鲁云超，鲁云超的脸色很阴暗，察觉到他在窝火，对会议抱着不满的态度。一阵寒冷流遍他的全身；老鲁这个人太固执太感情用事啦！沉默了一会儿，征求地向鲁云超说：

"老鲁，你还有什么意见？"

"我都说过啦！"鲁云超说了一句，眯眼吸着烟。

葛锋看人们望着自己，明白该到自己说话的时候了。他说："我认为尽快找到国家所需要的矿，是我们安排勘探计划的出发点。铁架山是当前唯一的线索，何况还是个很有希望的矿点，应该根据这个新情况改变勘探计划。我们的力量很薄弱，应当把力量放在刀刃上，不该分散使用，应该集中一切力量尽快解开铁架山的谜。当然，铁架山还是个谜，现在改变计划似乎有些冒险，其实冒什么险呢？只是放慢普查地质填图的进度，就是勘探了半天没有工业价值，也造不成什么严重的后果。至于受损坏的图纸资料，可以抽一两个人慢慢搞。肖局长要来，我们的确得准备准备，很好地把这一阶段的工作认真总结一下，争取领导更好地帮助我们，而这是我们队部的几个人的事，不能因此而影响勘探工作。"

孙大立、佟飞燕和陈子义，听了葛锋的话都很赞同，觉得自己不需要再说什么了，不约而同地把眼光转向鲁云超。

鲁云超皱皱眉头，避开人们的眼光。沉默了一阵，慢腾腾地说："原先的勘探计划是分局同意了的，这就是说符合分局对我们的要求。我不明白为什么千方百计地要推翻它，总是想另搞一套。"

为了搞好团结，葛锋息事宁人地说："老鲁，这个问题我们已交谈过了，用不着再提了！"

"我想提提是有好处的！"鲁云超索性挑明地说，"别的用不着再说，我不明白，为什么宿营地遭受暴风雨的袭击，闹得乱糟糟的，就带领一名主要技术员跟老猎人进山？陈工程师病倒，罗伟开了小差，多叫我伤脑筋！我不明白，为什么对铁架山这么热心，对队里的事那么冷淡？这不是很明白的事，还不是急着要证明自己是正确的，难道说先抽出部分人去勘探不行吗？连用一些人整理资料都不同意。是的，这件事我要负责，但也不能看我的笑话！"

葛锋有些吃惊，自己从来也没有想到这个，怪不得老鲁对自己的劲头这么大，原来如此呀！他解释说：

"老鲁，你不要误会！那天我觉得铁架山的线索很值得跑一趟。当时我想，在生活方面有孙大立给你做助手，技术方面有陈工程师和那几名技术员，家里的事虽然多，我相信你能应付得了。当前没有比找到矿点更为重要的事了。我主张集中力量勘探铁架山，也是出于同样的目的，绝不是想显示自己，看你的笑话。队里出的漏子，我们要共同负责，我看谁的笑话呢！老鲁呀，你想邪了！"

鲁云超哼了一声，脸瞅着篷布，避开所有人的眼光。

葛锋看鲁云超这样，心里有一股说不清的滋味。他来到普查队这么长的时间，始终没有跟老鲁建立起友谊，意见总是不能统一，话说不到一起。现在看来老鲁越走越远，问题越发展越重了。他筹思了一下说：

"老鲁，你这样不相信人，对别人的意见不是从工作出发去考虑，而首先是做出种种猜测，这难免有片面性。同时，你把自己的威信看得过重，考虑问题时刻照顾自己的威信，这样就影响你正确地去看问题。比如说铁架山吧，你没去踏勘就一味地怀疑，你有什么根据呢？大家对铁架山都是那么热心，你为什么偏偏不热心，是否有些偏见呢？老鲁呀，这是你的致命弱点，如果你不克服，会把你引到歧路上去的！"

鲁云超羞恼成怒地站起来，怒冲冲地说："算了吧，说一千道一万，都是我的不对，都怨我这个队长无能，最好是请求分局把我调走吧！不过，你也要检查检查自己的行为，去收集一下在群众中造成的影响，你搞些什么名堂，你当别人不知道哩！"他说完迈步走出帐篷。

会场上一阵死一般的寂静，人们都屏着呼吸望着走出去的鲁云超，空气很沉闷。

稍时，孙大立猛地跳起来，气虎虎地嚷："这象什么话，简直令人难忍！"

佟飞燕气得双眉紧锁，脸色涨红，嚷："不行！我得给分局党委写信，一定要彻底解决！"

葛锋严峻地盯了两个人一眼，说："不要吵嘛，吵能解决什么问题！"他继续望着鲁云超，鲁云超不见了，他仍然望着那个方向。

佟飞燕急得眼泪直滚，冲着葛锋，埋怨地说："你一味对他迁就，一味强调维护他的威信，一味讲究团结，拖拖拉拉，可是……你看他的态度，你听他说的是什么话。"她激愤地一仰头，把辫子甩到背后去。

葛锋转脸瞅瞅泪珠滚滚的佟飞燕，很理解小佟的委屈，自己的心里何尝不气愤，但是觉得在同志们面前自己没有权利冲动。他说：

"你不要激动，要沉着！解决思想问题要用解决思想问题的办法，恼怒、上火、叫喊都无济于事！"说完仍然转脸望着鲁云超走去的方向沉思。

会场上重新寂静下来。佟飞燕不愿意让人看她流泪，背向大家站着，仿佛是跟人们怄气。孙大立气虎虎地站在地当央，象是半截黑塔，被压抑的感情在胸膛里猛烈地冲击，使他呼吸急促。陈子义仍然坐在那里，脸色跟所有的人一样严肃，内心的活动也很激烈。

葛锋虽然激动，但很清醒，他估量一下形势，把问题全面考虑了一下，觉得石海的问题不能再拖了，鲁云超的思想问题可以等待，可是勘探工作不能拖。解决石海的问题很容易，解决鲁云超的问题非得分局领导出面不可了。他思索了一阵，宣布散会，然后伏在桌上拟了一份电报稿，交给孙大立说：

"你马上进城向分局拍一份电报，请肖局长快一点来！"

孙大立接过电报稿，戴上草帽，就出发了。

第二十一章

佟飞燕走回自己住的帐篷，一进门看见白冬梅伏在箱子上写字，她放轻了脚步，悄悄走到小白的背后一看，原来小白正在给罗伟写信。

白冬梅用那只受伤的胳膊扶着箱子，侧着身子，很吃力地写："……你不体面地从这里逃走，不觉得后悔吗？我想你会后悔的，会感到羞耻！……你走了，我很痛苦，但是我并不孤独，这儿有许多同志关怀、帮助我。你呢？我想你一定也很苦恼，这当然是你的错，不过，我对你太苛刻，太粗暴，伤了你的自尊心，想起来悔之不及，请你原谅我！……"她反复描那个感叹号，扑簌簌滚下几颗泪珠，落在纸上把字迹润湿了一片。

佟飞燕看到这里，情不自禁地叹惜了一声。

白冬梅听见动静，回头一看是佟飞燕，连忙把信纸翻过去。她的嘴角上装着佯笑，努力掩饰着真情，但她那苍白的脸腮上还挂着泪珠，神志叫人怜悯。

佟飞燕很替她抱不平，对待这样的好心肠姑娘真叫她哭笑不得，若是她自己决不会写这样的信，哪怕是很痛苦，她也会干脆跟他一刀两断，何必这样藕断丝连呢。她直爽地说：

"你用不着后悔，用不着向他求情，不是你伤了他的自尊心，而是他自己没有自尊心，一个有自尊心的人能逃跑吗！他可耻地逃了，这不仅表现他是个自私怯弱的人，也说明他对爱情不忠贞，不是你对不起他，而是他对不起你，他若是还爱你，就应该向你赔情、请罪，用行动去表现他不愧为革命青年！"

白冬梅看佟飞燕的神色那么严峻，声音那么响亮，明白佟姐为自己抱不平，是的，他太对不起自己了，从这里逃去就表明他不珍视跟自己的爱情。她翻开那封没写完的信看看，"嘶嘶"撕得粉碎，眼泪又控制不住地滚出眼窝。

佟飞燕想拦她没拦住，拉住她的手说："你撕它干嘛，寄给他也好，让他好好想想吧！"

白冬梅摆一下头说："算了！"

佟飞燕一手搂住她，拿起手帕替她擦擦眼泪，说："咱们不谈这个，谈点别的吧！"

佟飞燕让白冬梅在自己的跟前坐好，动手给她编着辫子。为了转移白冬梅的心思，她详细讲起自己在暴风雨晚上的遭遇，还讲了铁牛钻山的故事及铁架山的雄伟山势。

白冬梅出神地听着，想象着那天晚上的情形，若是自己遇到那种情况非抓瞎不可。她跟佟飞燕在一起就感到愉快，这些日子小佟不在家实在想的慌。佟飞燕是她的良师益友，自来到普查队后，受到小佟很深影响，若是队里没有佟飞燕这样的好同伴，她在踏上生活的道路上，将会遇到更多的困难。

辫子梳好了，故事也讲完了。白冬梅心情很舒畅，这时她又想起佟飞燕和葛锋的婚事，微笑地瞧着佟飞燕问：

"你与葛书记的关系有没有进展，挑明了吗？"

佟飞燕方才因为看到白冬梅写信，把自己的火气压下去，小白这么一说又勾起她的火，脸色立刻绯红，烦恼地摆一下头说：

"小白，以后再不许胡说了！"

白冬梅诧异地看着佟飞燕，不理解佟飞燕为什么烦恼。她猜想：难道说小佟碰了钉子？还是他们之间发生什么波折？想了一阵忽然想起来，说：

"葛书记至今还怀念邵芳，这说明他对爱情的忠贞，这是很难得的，他将会忠贞地爱你。"

佟飞燕跺着脚说："你扯到哪里去啦！你别纠缠了好不好！"她扭过脸去，背朝着白冬梅坐着。

白冬梅更加诧异了，自跟佟飞燕在一起这还是头一次，今天为什么提起这事她就这么烦恼呢，尽管她的爱情不幸，她还是关怀着佟飞燕和葛锋的姻缘。她站了一会儿，拉住佟飞燕的手说：

"你告诉我，到底是怎么一回事？"

佟飞燕瞅了白冬梅一眼，站起来问："小白，你听没听到谁对我和葛书记有什么反映？"

"我没有听到什么呀？"白冬梅感到这事很突然。

佟飞燕直爽地告诉她说，有人对葛书记有不好的反映，讲他们俩的坏话。

白冬梅气不公地说："这是谁说的？难道说当了书记就不能搞恋爱，也干涉的太多了！"她双手拉住佟飞燕的手，安慰她说："你不要往心里去，没有什么不好的反映。据我知道，孙大立很支持你们，陈工程师也支持你们，你们是正当恋爱，谁也不该说坏话，谁也不会有什么意见！"

佟飞燕对此是大方的，对自己跟葛锋的爱情理直气壮，若是一般群众说的她不会往心里去，因为这是队长说的，而且是在庄严的支委扩大会上提出来的，她怎么能不气恼。

这时，陈子义走了进来，看佟飞燕的脸色不快，知道小佟是在生鲁云超的气，用镇定人心的声调说：

"算了吧！生活里就是有这么些人，他们成事不足，败事有余，你们的事光明磊落，为这个上火是不值得的。"

"就是呀！"白冬梅给陈子义倒上一碗水，问："这是谁说的？"

陈子义没有告诉她，端起碗来喝水。他是来看白冬梅的，见白冬梅在为别人操心，放了心，喝完了水就走出帐篷。

陈子义漫无目的地走着，他和所有到会的人一样，对会议不欢而散感到不快。现在，他完全清楚了，在这场争论中，理在葛锋那一边。特别是对当前勘探工作的安排，他认为集中力量勘探铁架山的主张是对的，他的心已经跑到铁架山去了。不过，他不象其他人那样对鲁云超的态度气愤，而是为鲁云超难过，为鲁云超担心，担心鲁云超要栽大跟头。他不知不觉地来到小溪边，一眼看见鲁云超坐在一棵大柳树下，呆若木鸡地望着溪水沉思。他知道鲁云超很苦恼，觉得自己该去跟他谈谈，又觉得无从谈起，想转身走开，又一想，还是谈谈好，哪怕谈不通，也要表达一下自己的心情。

陈子义慢腾腾地走到鲁云超的身后时，鲁云超还没有发觉。他轻轻地咳嗽了一声，鲁云超才转回头。

陈子义说："这地方很清静呀！"

鲁云超叹了一口气说："很清静，坐一会儿吧！"

陈子义递一把蒿草，掸扑一下石头上的泥土，慢腾腾地坐下来，快快不乐地瞅着鲁云超。

鲁云超打量陈子义一眼，觉得老头是有话要跟自己说，一时又猜不透他要说什么，静默地等待老头说话。

陈子义只是坐着，眼盯盯地望着鲁云超，眼光里闪动着复杂的心思。

鲁云超被老头瞧得好不自在，说："陈工程师，你为什么这样瞧我？"

陈子义把眼光移开，慢吞吞地说："我在想，咱们在一起相处将近七年了，时间过的好快，你由一个光嘴巴的人，变成一个胡楂子很重的人了。"

"是吗？"鲁云超摸了一把胡楂子，觉得胡楂子硬刺刺地扎手，自己还没有注意到，胡楂子确实很重了。他注视着老头问："光是为了这个吗？"

"这个。"陈子义搔搔光秃秃的头顶，捻着胡子筹思了半天，才慢声慢语地说："我在想，咱们在一起相处多年，多咱也没有很好谈谈，这是不好的，不象个老同事的样子。"

鲁云超说："好啊，你谈吧！"

陈子义沉思了一下说："鲁队长，我还记得你初到地质科的时候，你生气勃勃，劲头很足，使我很赞成。恕我直言，近几年你消沉了，特别是这次下放到普查队，你总是心事重重，怨天怨地，灰溜溜的提不起精神，我真不明白这是为什么？"

鲁云超苦笑着说："这个不是一句两句话能够说清楚的，顺风行船，怎么干怎么好，逆水行舟，费力不讨好，人若是倒了霉，喝口凉水也塞牙。"他说着更引起烦恼，深深叹了一口气。

陈子义皱起眉头，瞧着鲁云超斟酌了一阵，慢腾腾地说："我不知道你说的顺风、逆水指的是什么，但是消沉可不好。这几天我躺在铺上，使我有时间把我的经历回想一下，我不知道你是为了什么，我自己可有亲身体验。"他捻着苍白胡子沉思了一会儿，继续说："那是在三十多年前，当我由大学毕业走上社会的时候，脑子里充满了幻想，立下了雄心宏愿，在这种幻想和雄心宏愿的鼓舞下，无论干起什么都是生气勃勃，劲头很足。"老头有些激动，急促地滔滔不绝地讲下去。"那时候根本不知道什么叫疲劳、艰苦和波折，一心想做一番事业。可是在那个时候，哪能实现自己的雄心宏愿呀？一走上社会，就连连遭受挫折，特别是在罗伯瑞工程师被暴徒打死了以后，我在资源委员会受到排挤，我完全灰了心，对勘探事业绝望了。于是对生活冷淡了，甚至感到自己的抱负是幼稚的，觉得把自己的生命消磨在深山老林里划不来。精神上觉得空虚，悲观厌世，宁愿苟且偷安，不愿意去努力奋斗！"

鲁云超听老头向自己谈心里话，很受感动，注意地听着。

陈子义又想起那段辛酸的经历，心情很沉重，声音低了下来，说："我消沉了很久，一直到解放后，我才重新振作起来，可是恢复年轻时候的精力多么不容易，至今还留下了创伤。你呢，可跟我不相同，现在在你的面前看广阔的前途。我国工业建设突飞猛进，地质勘探事业飞速向前发展，多少荒无人烟的深山留下勘探员的足迹，多少宝藏被开发，还有取之不尽的宝藏正等着我们去勘探，这一切多么令人高兴，还有什么不顺风的呢？"老头停下来瞅着鲁云超，等了一阵见他不回答，继续说："老实说，你跟葛书记的争论，起先我不够清楚，这几天我躺在铺上想了又想，特别是在今天的会议上，我觉得你有不对头的地方，起码是你的情绪不对头。"

鲁云超惊异地瞅着老头，相处这么些年，这还是头一次。他说："我感谢你的帮助，这太好啦，陈工程师，你过去可很少这样啊！"

"这个？"陈子义搔搔光秃秃的头顶，爽快地说，"这个我已经和葛书记说过了。你对我比谁都清楚，旧社会占去了我的大半辈子，我觉得我只熟悉技术业务，对别的我是个落伍者。因为这个，我把自己局限在技术圈子里，自认对别的没有责任，别说是跟你谈，连想也没有想过。"他谈到这里，懊悔地摇摇头。

鲁云超目不转睛地凝视着陈子义，老头的恳切态度使他很感动。他注意到老头身上有了变化，但弄不清使老头变化的原因，不过这一点是清楚的，老头是受了葛锋的影响。

"是的，我无论如何也是个落伍者！"陈子义继续说，"我老了，不仅是腿脚笨了，头脑也迟钝了，无法赶上现在这样汹涌澎湃的生活激流。我说的也许不对，只供你参考。"

老头尽管有些激动，但对鲁云超的意见还不能坦率地、具体地谈出来。他想了一下，说："图纸资料受损坏的事就不必提了，在那件事上我也有责任，质量问题咱们已争论过了。就说说当前的工作吧！我同意集中力量勘探铁架山的主张，原先的勘探计划，实际上因为图纸资料受损失已经打乱了！"

陈子义停下来瞅瞅鲁云超，筹思了一下继续说："鲁队长，你要承认现实，铁架山是个有希望的矿点，对待工作不能感情用事。在会上葛书记他们给你提的意见，你应该很好考虑，虚心些好啊！你呀，哎……"他看鲁云超露出不快的神色，突然停住，泄劲地吁了一口气，从腰里掏出烟斗，装上了一锅烟。

鲁云超见陈子义不说了，说："我很感谢你跟我谈出这些心里话，我从你的话里受到很大的启发，至于有些问题我也不想辩护，不过我有我自己的苦衷啊！"他避开了老头的视线。老头的期待眼光使他感到惶惑不安。

陈子义听鲁云超这几句场面话，感到不快，后悔自己跟他的这场谈话，尽管有许多意见没有坦率地谈出来，他后悔谈得太多。他站起来，鲁云超留也没留住，走了。

鲁云超瞧着陈子义的背影，心里很不安。他知道陈子义是下了很大决心才跟自己谈的，老头的火热心肠使他感动。他想："不管怎么样，自己是要冷静地思考一下，自己的情绪可能不对头，也许是太感情用事了。"这时，石海突然出现在他的身边，就好象从地下钻出来似的。

石海向他报告说："鲁队长，孙大立进城去啦！"他在树丛里呆了很长时间，看陈子义走开他才走出来。

鲁云超两眼盯着石海问："他进城去干什么？"

石海眨了眨眼睛，慢声慢语地说："我以为你知道呢？看来这是葛书记让他去的啦！"他叹了一口气，表示无可奈何地摇摇头。

鲁云超勃然大怒，脸膛气得象个紫茄子色，眼盯着队部的帐篷，呼吸急促。

溪水淙淙奔流，小溪两边的树木纹丝不动，成群的蜻蜓大胆地在鲁云超面前飞来飞去。石海已经走了，鲁云超还站在那里，动也不动，两眼一直盯着队部的帐篷，头脑再也冷静不下来。

第二十二章

　　局长兼党委书记肖平原来就打算到普查队一趟，接到电报后，马上出发。第三天午间就到达了普查队住地。

　　肖平的身材微胖，穿着一件乳白色的风衣，虽然是个五十来岁的人，腿脚却敏捷有力，脸色红润润的，精力充沛。他怀着急切的心情来到队上，虽然葛锋在电报里没有具体说，凭着几十年的工作经验和政治敏感，知道队里的情况不佳。他首先考虑到队里的领导问题，鲁云超他是了解的，自满固执又很肤浅，虽然地质技术业务不错，但不能很好地发挥它的作用。葛锋到底怎么样呢？自转业到局里这一年多表现的倒不错，对他是可以信任的，可是他在普查队这一阶段又怎么样呢？因此，他来到队里没有先跟两个人谈，首先找陈子义工程师交谈，然后就到各帐篷去串，先从群众中去摸。

　　局长这种行动使葛锋和鲁云超感到意外，葛锋在队部里等了一下午，局长一直没有回来。鲁云超很不安，那天石海向他报告说孙大立进城后，他做出种种猜测，当他回到队部时，葛锋就主动地告诉他说让孙大立进城去拍电报，请局长来帮助队里解决问题。自从那天起他就等着，现在见局长迟迟不来找他，不知局长有什么打算，心里有些着急。

直到晚饭后，各帐篷里都点上灯，肖局长才回到队部。他看葛锋和鲁云超都等在那里，摘下帽子，用手拢一下灰白的头发，平易近人地打量了两人一眼，微笑着说：

"看样子你们是准备汇报工作，那么就谈谈吧！"

灯是新添的油，捻子换粗了些，亮大了，但油烟也大。肖平把灯挪在桌子边上，掏出小本子往桌子上一放，在两个人对面坐下。他看两个人互相谦让，就叫鲁云超先汇报。

鲁云超打开本子，从入山开始，从头至尾地讲起来。他已有了准备，讲的很有条理，也较细致具体，但是把自己跟葛锋争论的情节有意忽略了。

肖局长一句话也不插言，虽然面前摆着笔记本，一个字也没记，只是静静地听着。他一边听着，一边想象到了当时的情景：二月间，深山里还是冰天雪地，普查队的勘探员们冒着严寒，踏着深雪进发到云罗山下，打扫一下地上的冰雪安下帐篷，就向云罗山展开进攻。队员们白天冒着烟雪滚滚的恶劣气候登山勘察，晚上睡在冰冷的帐篷里，那时候全队的人都对云罗山抱着很大希望，努力要揭开云罗山的谜，就是艰苦些，斗志却很旺。可是云罗山没有工业价值，希望落空了，使队员们的积极性受到了打击。工作更困难了，瞧吧，到处是无边无沿的林海，一眼望不到顶的山峰，没有个线索，地理也陌生，到哪儿去找呢？于是，队里向分局打报告请示，要求增派几名水平较高的技术人员来，分局一个没有派，只派了葛锋来。葛锋到这里就发生了争论，分了两条战线进行。春暖花开的季节，正是勘探的好时候，本来是进度很快，突然遭受一场暴风雨袭击，图纸资料受到了损失，这又是对普查队的一个严重打击。陈子义病倒了，罗伟开了小差。还好，雨夜里佟飞燕跑到老猎人家，跟老猎人一起探了铁牛洞，攀登了铁架山，终于找到了矿苗。他还想听听这以后的争论，鲁云超不讲了。他瞅着鲁云超，觉得有些奇怪，听陈子义等人说，队长跟书记有严重分歧，老鲁怎么没有谈出来呢？

鲁云超感到局长的眼光很重，知道局长接触了一些人，明白形势对自己不利，因此缺乏了信心，有意避开不谈，免得使自己处于不利地位。

沉默了一会儿，肖平把眼光落到葛锋的脸上说："老葛，你谈谈吧！"

葛锋看局长这样稳重，对问题的解决充满了信心。他觉得在局长面前要如实反映情况，有些问题就用不着绕弯子了。他谈了一下职工思想情况后，就谈起跟鲁云超的争论。在谈所争论的问题时，既谈了争论的情况又谈了自己的观点。他谈到地质勘探工作必须跟当地群众结合时，认为勘探工作象军队一样，除了要发动本队的群众，使勘探员们有旺盛的斗志外，还必须很好地联系群众，而联系群众不能靠几张布告，要深入做具体工作才行。他讲得有理有据，肖局长听了暗暗赞同。

鲁云超忍不住地起来反驳说："勘探计划是分局同意了的，我做队长的就要坚决执行计划，保证完成计划。而你当书记的，来到队上就不顾计划去另搞一套，在队员中引起思想混乱！"

葛锋看鲁云超跟自己争论起来，觉得这样都谈出自己的观点，局长就好分析判断了。他说：

"完成计划有不同办法，拿出一部分力量去联系群众，开辟另一条战线，扭转我们孤军作战的局面，就是为了更好地完成任务。我们对任务也有不同的理解，你只注重勘探进度，不管能不能找到矿，只要超额完成勘探进度就是尽了自己的责任，找不到矿也好向上级交代。我理解我们的任务就是要找到矿，抽人下乡会影响勘察进度，但找到矿的可能性会大些。我们的工作是要对党对国家负责，不是为了个人的面子！"

双方激烈地争论起来，都摆出了自己的理由。肖平静悄悄地坐在一边，认真地听着，若是不在一起谈，单方面听来都是对的，双方的理由在一起一比，可就有的占上风，有的站不住脚。他不插言，是想让两个人充分地谈，好从中抓住本质的东西。

事实到底是对鲁云超不利，当葛锋提到老猎人，讲到铁架山的矿点时，鲁云超就找不到有力的论据去反驳。因此又重复在那天会上的意见，认为葛锋不该在队里遭受暴风雨袭击的情况下，不跟自己商量就带领佟飞燕跟老猎人去跑，尽管偶然发现了矿点，这种做法也不对头。这说明葛锋急着想证明自己正确，天塌了都不顾，事实很明显，葛锋的个人英雄主义很严重。接着他向局长诉苦说：

"我这个队长实在是不好干哪！葛锋一来就采取孤立我的政策，在勘探工作上跟我唱对台戏，横加干涉行政事务，处处打击我！这些排挤措施在群众中都有反映？"

葛锋忍不住地问："你说的群众是谁？"

"你用不着问，反正有反映！"鲁云超站了起来，两眼注视着葛锋说，"反映不仅限于这个，还有更不好的反映。你应该当着肖局长的面，检查自己的不良行为。你跟佟飞燕闹的太不象话了，深更半夜钻进人家的帐篷。另外，你跟白冬梅还有瓜葛，罗伟开小差跟你这种行为是有关系的！"

肖平受了很大震动，眼光飕地落在葛锋的脸上，敏锐地探察着他。

葛锋变颜失色，瞪着炯炯发光的眼睛盯着鲁云超。他想严厉地斥责他一顿，但没有冲出口。他又一次按住了猛烈冲击的感情，从牙缝里透出一个字：

"谁？"

"你该检查，追查人干什么！"鲁云超扭过脸去。

葛锋不响了，转过脸盯着篷布一角，太阳穴上的筋嘣嘣跳动，脸色一阵红一阵白，表明他的脑子在猛烈地翻腾。

沉静了。肖平坐不住地站起来，在地上踱了两个来回，又到桌边坐下。他现在很激动，没料到这里会这么乱，问题会这么复杂。整个分局有十来个队，分散几百里、甚至是几千里地的山区，不用说到各队去深摸，就是走马观花地跑上一圈，也需要四五个月的时间。在这种情况下，他只有抓几个重点队，以点到面，领导全局，边远的队只有靠队里的干部。特别是普查队，分散流动性更大，有时你追都追不上，更得依靠队里干部。因为对鲁云超不够放心，才派了葛锋来，难道说葛锋辜负了党委的信赖吗？他的性子本来很暴躁，对人严厉，在分局是出名的。眼下，他很生气，但他控制着自己的感情，问题没弄清楚以前，他向来不批评人。

沉默了一会儿，肖平从容不迫地说："都不要激动，平心静气些，继续谈下去。"

不知是受了局长的感染，还是想通了，葛锋逐渐平静下来。他转脸向鲁云超说：

"你不说我也知道你所说的群众是谁。他就是石海！"

鲁云超没点头也没有否认。

葛锋看鲁云超没有否认，知道自己说对了，情绪更加平静了。温和地说：

"老鲁，用群众名义来谈这类问题是不妥当的，群众两字是个抽象名词，坏人造谣生事往往是用群众名义，因为群众可以给他当挡箭牌，混在群众中也好混人耳目。我想，在我们听到有人说群众如何如何，应该分析分析，应该深入具体摸摸，看看究竟是哪些群众，不然会上当的。"

肖平对葛锋这套关于群众的议论，觉得很有道理。鲁云超被说得张口结舌，他没有深入调查，觉得没有把握。

葛锋瞅了局长一眼，又转向鲁云超说："你该清醒啦！我几次提醒你注意石海，你总是不醒悟。他不象你想的那样可以信任，现在已有证据，证实他是个贪污分子。因为他察觉我怀疑他，对我恨之入骨，就在你面前造我的谣，搬弄是非，他好趁机混水摸鱼。"他看鲁云超睁大眼睛，半信半疑地瞧着自己，难过地摇摇头，转脸向肖平坦白地说："肖局长，我与佟飞燕的感情确实很好，但我们之间还没有表明爱情。确实有一天夜里我到过她们的帐篷，那是闹狼那天晚上，我跟孙大立同志打完狼后，看她们两人都没睡，一同走进她们的帐篷。别的一概是诽谤，请调查吧！"

谈话的情绪急转直下，再也争论不起来了。鲁云超想看看局长对此表示什么态度，局长什么也没有表示，把笔记本合起来说："你们再冷静地想想，灯越挑越明，理越辩越清，以后再谈。"说完把本子揣起来，从手提包里拿出一迭报纸，往两个人面前一放说：

"你们这些世外老人，又有一个来月没看到报纸了吧？看看吧，借此冷静一下情绪。"他在地上踱了几个来回，然后戴上帽子走出去。

局长这样结束谈话出乎两个人的意外，都眼盯盯地瞅着迈着稳健步子的肖平。

月亮还没有出来，无数星星撒满了天空，风平浪静，山野里很平和。肖平望望周围的景色，舒畅地伸伸胳膊。

通过这场谈话，肖平觉得问题清楚多了。现在，基本上找到了问题的症结。他曾记得，鲁云超一度劲头很足，表现很能干。可是他长期只钻研业务不问政治，渐渐地政治热情淡薄了。特别是当几个跟他一起当科长的人被提拔了后，他就停滞萎黄了。原来他把工作成绩、业务知识当成跟党换取地位的本钱，一旦达不到目的就悲观失望，现在竟发展到心术不正，心胸狭窄，目光短浅的程度。他觉得鲁云超是可悲的。生活好似逆水行舟，不进则退，越退越远，要重新赶上前去，那得拿出多么大的勇气，花费多少力量啊！

肖平对葛锋的疑虑消失了，队员们对书记是信任的，老工程师陈子义对葛锋可说是很敬爱。为了慎重起见，打算再进一步调查。现在，他要找孙大立谈谈。

肖平走进孙大立住的那所大帐篷，见里边挤满了人，全队的人几乎都集聚在这里。有的躺着，有的坐着，更多的人是站在地上。大家正在议论，见他进来，躺着的人坐起来，坐着的人都争着给他让地方。他扫了人们一眼，不见孙大立，才想问，站在他身边的贺林就向他说：

"肖局长，我们大家都希望快一点去铁架山，不能总是在这儿卧帐篷，个个都鼓足了劲，都想尽快揭开铁架山的谜！"

"对呀！快搬家吧，别老在这儿蹲着啦！"

"对！"许多人起来支持贺林的要求。

肖平看人们这样热情，感到不能再拖下去了，答应尽快把勘探计划定下来，尽快把工作展开，他打听一下孙大立，谁也不知道老孙的去向，就走出了帐篷。他一出门，遇见了白冬梅，关怀地问：

"小白，经过这一阶段体验，你觉得勘探生活怎么样？"

白冬梅说："我很喜爱勘探生活。队上也很需要有个医务人员，不然在这个前不着村后不着店的地方，队员们有了病怎么办。"

"是啊，队里太需要个医生了。我听说陈工程师病的很重，你给他治好了。"

白冬梅谦逊地微笑着说："若不叫孙大立同志连夜进城去买药，真不敢想象呢。"

肖平迎着帐篷里射出的灯光，打量着白冬梅，这姑娘瘦多了，虽然她现在的心情好些，但她的苍白脸上，深沉的大眼睛里，都隐藏着悲愁。他从陈子义的嘴里已知道她跟罗伟的事，对她又是称赞又很同情。

白冬临敏感地察觉局长是在同情她，一丝笑容从脸上消失了。她不愿意跟局长谈起自己的伤心事，赶紧向他说：

"肖局长，你看葛锋和佟飞燕这两个人怎么样？"

"这两个人都是好同志。"

"不！"白冬梅摆一下头说，"我是说，他们两个人结合在一起怎么样？"

肖平感兴趣地反问道："你看呢？"

"他们两人是天生的一对，互相又有很深的感情，你该成全他们的婚事才对。"白冬梅说着禁不住脸上浮上一层红晕。

肖平哈哈笑起来，觉得这个小白怪有意思。他说："你真是个热心肠的姑娘，真会替人打算。你是叫我给他们做媒吧？"

白冬梅也笑了。她对葛锋和佟飞燕的婚事总是挂在心上，那天听见佟飞燕说有人说他们的坏话，对此事就更加关怀。她给佟飞燕父亲写的信，已经托人寄走了。她今天跟肖局长谈一谈，不希望局长做别的，若是局长有机会当他们的面表示赞同他们的爱情，就会促进他们的爱情向前发展。

肖平打量着小白，看她等着答复，微笑着说："我想，若是他们真正相爱，就不用替他们着急和担心，真正的爱情是风吹不散，棒打不摇的，用不着媒人。"

白冬梅听着心里有所感触，一阵痛苦涌上心头，她努力控制自己的心情，然而控制不住，眼泪差不一点就流下来。她赶紧转身走开。

肖平望着白冬梅的背影，知道他的话触动了姑娘的心事，叹惜地想：爱情本来是幸福的，可是处理不好会带来无限痛苦，这个脆弱的姑娘，哪能经得起这样的风暴啊！他想起鲁云超的话，认为说葛锋跟她有瓜葛纯粹是诽谤。

肖平想继续去找孙大立，这时看见葛锋向他走来，便问："老葛，孙大立到哪儿去啦？"

葛锋走到肖平近前，告诉他说："我让孙大立和小佟两人算石海的大账去了。"

肖平注视着葛锋，洞察着葛锋的内心打算。

葛锋拉了肖平一把，两个人离帐篷远点，向他说："石海的问题大部分已调查清了，我想，要解决老鲁的思想问题，首先必须揭露石海的面貌，把石海的面貌揭露出来，许多事情就会迎刃而解了。"

肖平同意地点点头，又问："石海的问题鲁云超不知道吗？"

"暂时还不知道。"葛锋微笑着说，"不是我有意瞒他，我曾两次向他谈过石海的问题，他总是不清醒。我想，既然这样，就等着把石海的问题查得水落石出后，再一起跟他谈。解决思想问题主要是靠说服，但是，在某种特定情况下，也要靠刺激哩！"

"也是个办法！"肖平在葛锋的肩上拍了一掌，表示赞许。他说："他们在哪儿搞呢，对我还保密吗？"

"我这就是来找你去一同研究。"

肖平随葛锋来到女孩子住的帐篷，孙大立和佟飞燕正在忙着。因为篷布没敞开，里边较闷，孙大立的额上湿润了，佟飞燕脸色通红，鼻尖和嘴唇上边全是汗珠。他问：

"你们搞的怎么样了？"

"快完事了。"佟飞燕拢一下头发，过去从挂包里拿出一大迭信，交给肖平说，"这是我对队上领导的意见，还没有得便邮走你就来了。你先看看，有空我再向你谈谈。"她不知道孙大立进城打电报请局长来，这是几天来抽空写的。

肖平接过那一大迭信，仿佛掂量它的分量似的，掂了几下说："这是对队上领导的意见，还有对你们葛书记的意见吗？"

"有！"佟飞燕两眼闪闪发光，郑重地说，"葛书记对鲁队长太迁就，展不开批评，缺乏斗争性，也太拖拉！"

葛锋看佟飞燕那种郑重神情，暗想："好厉害，写了那么多一扎子！"这时，佟飞燕那亮光闪闪的眼睛转向他，仿佛在说："盯我干嘛，那天我已经向你提过啦！"

肖平感兴趣地瞧着佟飞燕，很喜爱小佟这种爽直脾气。他觉得这个青年有朝气，光明磊落，只要你给她指明道路，她就会毫不畏惧各种困难，冲破各种阻碍，迈着坚定的步伐向前走去。他又掂量两下信，说：

"我先看看，有机会咱们再谈，先算石海的账吧！"

肖平同三个人一起坐下来，同他们一道研究调查材料，分析问题。

第二十三章

夜里,鲁云超一宿也没有睡着觉,傍天亮的时候才睡着,当他醒来一看,帐篷里已经空了。他穿起衣服,拿起毛巾准备到小溪边去洗脸,石海走了进来,看来他早已等在门口了。

鲁云超打量石海一眼,管理员的脸上很憔悴,面色黄焦焦的,眼睛里布满了红丝,很显然这是连续失眠的结果。他望着心里暗想:难道说自己真的把他看错了?他真的那么坏?在现在这样形势下,难道说他就敢?他跟石海对视了一阵,冷冷地说:

"你找我有事吗?"

石海是来从鲁云超身上探听风声的,他看队长的神色不对头,心里很不安,迟疑了一下说:

"我请示一件事,葛书记在铁架山发现了矿苗,肖局长又来了,今天午间是否多搞几个菜,让大家会一次餐。"

"会餐?"鲁云超被刺痛了,勃然大怒,嚷:"见你的鬼去吧,会的什么餐!"

石海马上推托说:"这不是我的意思,这是炊事员老刘提出来的,我去请示孙大立，他叫我来请示你。"

"不搞！"鲁云超扔掉手中的毛巾，一屁股坐在草铺上。他愤慨地想：这些人用各种花样刺激你，简直是要逼你发疯，正当你窝火的时候，又要搞什么会餐，还叫石海来请示我，这分明是嘲笑！

石海不露声色地站在那里，悄悄观察着鲁云超，看队长这样焦躁，产生了侥幸心理。他知道队长挨了整，看来葛锋和局长的锋芒都对着队长，也许没有注意到自己。他的心情平和了，凑到草铺边准备坐下。

鲁云超忽然抬起头，盯着石海说："石海，你快向我坦白！"

这一突然袭击，使石海受了很大震动，脸色刷一下变了，闪地跳起来，哭丧着脸说："鲁队长，我不懂你说的是什么意思，我坦白什么？我……"

"你不要跟我扯这一套。"鲁云超挥手打断了石海的话，严峻地盯着他说："你给我坦白，你到底贪污多少？"

石海心里猛一动，浑身发冷，黄焦焦的脸上昏暗了。他心虚地叫起来："这太冤枉人！太冤枉啦！鲁队长，我跟你在一起不是一天两天的了，跟你在一起是四年多，四年多呀！……"

鲁云超咬着牙，嚷："你不要扯这个！可惜我对你信任，你却往我的脸上抹灰！"

"鲁队长啊！"石海好象受了很大委屈，往鲁云超跟前凑了凑说，"你得主持公道，不能这样随便冤枉人。我的账目可以说是清如水，不信尽管查对！"

鲁云超逼视着他说："你的账经得住查吗？"

"经得住！"石海似乎胸有成竹，拍拍胸膛说，"查吧！我要求队里查对，不能让我这样不明不白地背黑锅！"

"好啊，我们就查！"

石海回头一看，肖平、葛锋和孙大立一同走了进来。他们拿着猎枪，手里提着野鸡、松鸡、鹌鹑，还有两只野兔。他暗吃一惊，偷偷地扫了每个人一眼，强装镇静地站在那里。

肖平把野物放下，掏出手巾擦擦脸，瞅了石海和鲁云超一眼，然后跟葛锋和孙大立交换了一下眼色，在桌边坐下来，简要地向三个人说：

"既然管理员要求查对，就不要拖了，马上就查吧。"他又转向石海说："你准备好了吗？马上就报！"

石海听着立刻变颜失色，局长说话的声音并不高，但他觉得象沉雷似的震动他的心灵。他呆了一阵，好不容易克制着惊慌，说：

"我得回去取账本和单据！"

"好吧，不过你要准备谈问题！"

石海又是一惊，瞅了葛锋和孙大立一眼，拖着沉重的腿，慢腾腾地走出去。

肖平拿出烟，扔给鲁云超和孙大立每人一支，自己点着了一支吸着。他不想为石海的问题占用过多的时间，那是保卫科的事，只是想把石海当鲁云超的面揭发出来，让鲁云超受一次教育，好解决鲁云超的问题。方才听石海说要求查对，就因势利导地开始进行了。他吸了几口烟，瞅了一眼鲁云超，看鲁云超那种莫名其妙的样子，觉得他有些可怜，他跟石海相处那么长的时间，对石海不了解，到这个时候，石海还要从他嘴里探听风声，找他庇护，而他还蒙在鼓里。

稍时，石海夹着一本大账，拿了几迭单据走进来。他把东西往桌子上一放，缓慢地瞅了在座的一眼，就站在一旁。

肖平让他坐下，严肃地向他说："我们今天不查你的流水账，主要是查你的贪污账，政策你是了解的，愿意走哪条路你自己选择吧！"他说的很平静，脸色却很严峻，锋利的眼光盯得石海发抖。

石海缓慢地打开账本，努力克制着内心的惊慌，强装镇静地瞅了几个人一眼说："我想这是误会，一定是误会，葛书记下过乡，一定听说刘家店无偿地支援一批东西，是吧？"

葛锋两眼注视他说："有这么一回事！"

"这就是了。"石海慢吞吞地说，"我确实把那些东西作价写入账内，那是为了考核一个月的伙食到底能用多少钱，但没有实际报销。"他端起账本，指指那些条子，向大家说："领导上不信请查对！"

葛锋跟孙大立交换了一下眼光，明白石海已有了准备，悄悄地把那笔款补上了。

石海看几个人不语，来了精神，摆弄着账本说："我石海是思想不够进步，可光明磊落，决不会干下流的勾当，这全是误会。"他说葛锋可能是因为那天晚上看到他整理账目而引起误会，由于误会而产生怀疑，由怀疑而做出错误的判断。他这一番话说得很合乎逻辑，使鲁云超有些摸不着头脑。

孙大立气的脸色铁青，用洪钟般的声音嚷："石海，你不要得意，你把那二百四十斤猪肉的事谈谈！"

一阵颤栗流遍石海全身，但他努力克制着惊慌，定了定神，说："这也是误会，猪肉的价钱是跟原价不符，这是因为我把运费加上去了。我一个铜板也没有往腰里揣！"他又指指那些条子，让人查对。

孙大立瞪着两眼盯着石海，气得眉毛都竖起来，恨不得举起拳头揍这个流氓一顿。

肖平早已料到石海会百般抵赖，看他这样百般辩解，觉得不必再拖延时间，转脸向葛锋说：

"误会太多了！为了解除误会，你把在邮局抄来的汇款存根向石海念念吧！"

葛锋由笔记本里拿出两张纸，展开念道："二月二十七日，石海在县邮局往家邮一百二十元。三月十八日，在青龙镇邮局往家邮一百八十元。五月六日，在青龙镇邮局往家邮二百三十元。六月十三日，在县邮局往家邮钱五百元，外加估价一百六十元的邮包。共计邮了一千一百九十元，去掉本人几个月应得的工资，多出了八百七十元。"他念完把纸向石海一挥，说："这也是误会吗？"

石海垮了。他没料到在这儿失了一招。他浑身发冷，心脏仿佛停止了跳动，呆若木鸡似的坐着，黄豆粒大的汗珠顺额上滔滔滚落下来。

鲁云超受了很大震动，坐不住地站了起来，眼光很凶地盯着石海。

石海看不交代是不行了，哆哆嗦嗦地擦一把脸上的汗，口吃地说："我……我交代！我贪…贪……贪了……九百来元！"说完把脸埋在双手里。

孙大立还想追问，肖局长向老孙摆摆手，说："给他点时间，让他前后想想再具体交代！"他瞅了鲁云超一眼，又转脸向石海交代了一下政策，然后说：

"你的犯罪事实以后再交代，现在你讲讲为什么敢于贪污，你在犯罪以前是怎么想的？"

"这个！"石海瞅了鲁云超一眼，呆了半天才说出来。原来当鲁云超要他到普查队的时候，就有这个打算。认为普查队流动分散，鲁队长的工作不深入，好胡弄，这是个捞"外快"的好机会。进山后果然不出所料，于是就贪了污。后来听说葛锋要来心里就不安，当晚就补漏洞，不料被葛锋发现。他说着垂下头，声音很低地说："我该死！辜负了鲁队长对我的信任！"

鲁云超气坏了，"叭"地拍一下桌子，气势汹汹地骂道："你这个混蛋！毒蛇！"

肖平制止地向鲁云超摆摆手，向石海说："你再说说，当你察觉葛书记注意你后，你都采取什么办法去对付？"

石海迟疑了一阵，垂着头说："我一方面想办法堵漏洞，补上条子搞好账。另一方面看鲁队长跟葛书记不和，对分局领导不满意，有时添油加醋地说几句，让他跟葛书记争吵，好转移葛书记对我的注意力。我可没有别的活动，就是这些。"他重又把脸埋在双手里。

石海走了后，帐篷里一片沉静。

鲁云超垂着头，不敢迎视人们的眼光，浑身软瘫瘫的，费了很大力气支撑着身子，痴痴呆呆地盯着石海走的方向，眼前火星乱迸。

肖平的脸上很深沉，眼光很沉重，凛然严肃，使人望而生畏。他盯了鲁云超有二分钟，然后把眼光移开，瞟了一眼孙大立，老孙的脸色很严峻，两眼闪闪发光，捋着山羊胡子在思索。他看看葛锋，葛锋的神色也很沉重。他理解两个人的心情，几个月来他们在鲁云超身上费了多少口舌啊！

沉默着，沉默着，外边噪噪开饭，几个人仍然没动。

鲁云超终于费力地抬起头，嘴巴抖动了几下，好不容易地冲出口："肖局长，我错啦！我有个人主义，有官僚主义作风，让坏分子钻了空子！请求组织给我处分！"

葛锋和孙大立注视着他，眼光里流露着气愤、批评和期望。

肖平看鲁云超没有继续往下讲，严肃地问："就是这些吗？嗯？"

鲁云超垂着头，他在思索，可是脑子里很乱，理也理不出头绪。

葛锋看鲁云超的狼狈样子，知道他眼下说不出什么，瞅了肖平一眼，站起来说："老鲁，你的问题太严重了，不仅在政治上缺乏敏感，被坏分子蒙蔽，在工作作风上，在勘探路线上都存在着严重的错误！你的个人主义严重到危险程度，自从分局调我来，你就感到伤了你的自尊心……"

鲁云超申辩说："你不要听信石海那个混蛋的话？"

"你不要否认？"葛锋严肃地说，"这一点石海看的很准。在你的脑子里只有个'我'字，你制定的勘探计划就不许别人修改，你维护自己的计划，也就是为了维护你的威信。你坚持孤军作战的路线，而不要群众路线，你把自己的威信、自尊、个人得失看的那么重，甚至把个人面子代替了对党的责任心！"

鲁云超忍不住地争辩道："你批评一切我都接受，说我不负责任我想

202

不通！"

孙大立听着很不满，怒冲冲地说："你应该想通！你安排计划时就藏了个心眼，怕找矿落空，给自己留个后路。你不顾质量，只追求进度，这叫负什么责任！"他停了一下，等了一会儿见鲁云超不响，激动得站起来，两眼盯着他说："在铁架山发现了矿苗，全队的人都很高兴，你却增加了烦恼。你不同意集中力量去勘探铁架山，而积极要搞好被损坏的图纸资料，企图掩饰错误，你这叫负什么责任！"

孙大立这几句一针见血的话，刺得鲁云超受不了，他抬头瞧着脸色铁青的孙大立，很想反驳，但找不出适当的话，怒得脸色发紫，两眼冒火星。

沉默了一阵，葛锋说："老鲁，你该到猛醒的时候啦！几个月来，我总是希望你自己清醒，等待你自己觉悟。我是想，咱们共同负责一个队，活动在深山里，离上级很远，要搞好团结，共同把工作搞好。可是你在石海的挑拨下，竟敌视我和帮助你的人，使你的错误越发展越重……。"他感情深重地讲起那些争论，语言里既是对他进行说服，又向他提出热切的期望，那种滚热的心肠，使肖平和孙大立都为之感动。

鲁云超听着，听着，开始感到惭愧，看出葛锋对自己的态度是诚恳的，感动地抬起头来说："老葛，我很对不起你！对不起大家！我的错误很多，让我想一想，我一定好好检查！"

四个人都不响了，帐篷里重新静下来。队员们都吃完饭，聚集在帐篷前议论石海的事，石海的事使人们吃惊，没料到大家都在积极爬山勘探，竟有石海这样的坏蛋在背后搞鬼。佟飞燕跑来，在门口往里边望望，见四个人的神色不平常，知道是在谈问题，转身走开，还把准备回帐篷的陈子义给迎走了。

肖平看三个人都不吱声了，扔掉烟头，站起来说："今天发生的事，对我们都是个很大的教育，石海固然可恨，可是我觉得鲁云超同志的错误更令人痛心，他是个党员，而且是个干部，危险的不是石海之类的坏分子，因为他好鉴别，只要我们保持清醒的头脑，他就会暴露。可怕的是有鲁云超同志这类干部，从石海对鲁云超那种逢迎的事实，就可想而知了！"

肖平接着对鲁云超的错误做了深刻的批判，既严厉又令人心服，说得鲁云超额上直冒汗。

葛锋怀着尊敬的心情瞅着严峻的肖平，禁不住想起在军队里见到不少这样首长，他批评人的时候毫不留情面，一针见血，准确地打中你的要害，但内心非常和善，对你无限关怀。肖局长虽然由军队转业十多年了，还保留着部队首长的作风。

肖平注视着鲁云超说："你的错误不是偶然的，这是因为你的资产阶级思想没有彻底改造，长期不关心政治的结果。你对政治淡薄了，阶级斗争观念在你的脑子里消失了，因此成了政治上的盲人，不仅成了坏分子活动的屏障，你自己也滚到资产阶级泥坑里，走上了与党背道而驰的道路。"肖平激动起来，两眼炯炯发光。"我多次听你说过你有个人主义，说得那么轻松，就好象眉毛上挂一点灰尘，不伤大雅那么不重要。同志，不能这样等闲视之，个人主义是万恶之源，它是资产阶级思想在你头脑里的反映，它会使你失掉生活感触的敏锐性，会腐蚀你的阶级意识，会腐蚀你的灵魂！"

肖平很激动，转过脸去，由敞开篷布的空隙望着外边，借此平静一下情绪。披着绿装的山峰横在眼前，山顶上空的几片白云，懒洋洋地随风飘荡。他望了一阵，又转过脸来向鲁云超说：

"我来到队里，听到队员们几乎是异口同音地主张去铁架山，而你要坚持原计划。你为什么不顾有了铁架山的新情况而坚持原计划呢？也许很难克服你的意气吧？开始走错了，你就觉得难以回头了，因而产生了偏见？当然，铁架山是个谜，马上集中力量去勘察是有些冒险，但是根据你们当前的情况这是唯一正确的主张。我同意集中力量勘探铁架山的主张，并且建议你们马上着手准备，明天就往铁架山搬家！"

局长这一番话和果断的决定，使葛锋和孙大立很振奋，都怀着深深的敬意望着肖平。

肖平扫视了三个人一眼，说："好吧，工作上的事暂时由葛锋同志多抓一些，老鲁要好好反省，准备在支委扩大会上检查！"

这一切发生得这么快，有些出于葛锋和孙大立的预料，昨天局长还是不慌不忙，可是当他把问题弄清了，就雷厉风行地处理。鲁云超对此更加意外，简直使他措手不及。

肖平走出帐篷，深深地呼吸着山野的清新空气。他的脑子里还装着不少问题。方才对鲁云超的批评是不轻的，鲁云超是否能正视它，是否有勇气改正，还要等着瞧。他准备留下来，要进一步帮助队里解决些问题。他看队员们向他围拢过来，宣布说：

"你们要准备一下，明天就往铁架山搬家！"

队员们高兴地欢呼起来，奔走相告，纷纷向帐篷奔去，整个队里沸腾起来了。铁架山，铁架山，全队的人的思绪都飞向了铁架山。

第二十四章

天刚蒙蒙亮，全体队员背着行李，携带着仪器和工具出发了。当天下午就来到铁架山下，靠涧水边搭起帐篷。

雄伟的铁架山吸引了全体队员，大家都急着要揭开铁架山的谜。鲁云超同样被铁架峰吸引了，他最先来到铁架山下，选好宿营地址，就拿着佟飞燕勘察的草图上山了。

鲁云超爬到一段石崖上，举起望远镜，对照着佟飞燕勘察的草图望了一阵，虽然看不到矿层情况究竟怎么样，从铁架山的山势和矿石露头分布情况，知道铁架山确实是个有希望的矿点，值得下力量进行勘探。现在，他要亲自踏勘一下，查对一下佟飞燕所勘察的成果，安排一下近几天的工作，虽然局长指示让葛锋多抓一些，他还是愿意多做一些工作，用以减轻自己的痛苦。他放下望远镜，迈步向铁牛洞走去。

鲁云超越过乱石崖，穿过密树丛，来到了铁牛洞口。他进入洞里，觉得冷气飕飕，阴森森的，禁不住打个冷战。他向里边喊了两声，听没有动静，就拿着铁锤深入到里边勘察。他很快来到有矿层的地方，蝙蝠嘎嘎叫着直往他的身上扑，阴湿的地上蛇在爬行，为了看清矿脉的情况，一边防护着蛇咬，一边继续往里边勘察。

鲁云超看矿体越来越厚，很规整地向里边伸延，已证明佟飞燕的勘探成果，就不再往里边走了。他瞧着矿体，脑子里斗争很激烈。他想起跟葛锋那一系列的争论，看来老猎人领葛锋和佟飞燕发现这个矿点，并不是偶然的，这是贯彻群众路线的结果，自己确实错了，确实存在偏见……他想着，禁不住地又想起了石海，一想到石海，心里更加惭愧、不安，痛苦地连连叹了几口气。他站在那里思索一阵，觉得要赶紧把工作安排好，很快把工作展开，然后再集中力量检查。

鲁云超由洞里出来的时候，天已快黑了，他没有返回去，继续在山上踏勘，考虑工作安排。直到各帐篷里都点起灯的时候，他才回到宿营地。

鲁云超走进队部的帐篷，见肖平、葛锋和陈子义都在这里，他放下望远镜和手锤，疲乏地在草铺边坐下，点起了一支烟。

肖平打量鲁云超一眼，问："你上山去啦？"

鲁云超点点头。

葛锋问："你都到哪个地方去啦？"

鲁云超喷了一口烟，说："我钻了铁牛洞，踏勘了山上的几个地方，这座铁架山很大，要把它勘探清，需要大量的工程量，当前，我觉得首先要搞好勘探设计。"

葛锋和陈子义都同意地点点头。

鲁云超继续说："近几天的工作我打算这样安排，让陈工程师和佟飞燕共同搞勘探设计，其他各组分头踏勘，争取在几天内对铁架山的地质情况有个大致了解，然后再根据勘探设计进行勘察。各组的踏勘的地段是这样的。"他打开地形图，用笔指点着，向葛锋和陈子义讲起来。

葛锋和陈子义听完，都认为他安排的很恰当，一致同意了这个安排。

肖平在一边看着，赞同地点点头，暗想：鲁云超还是有一套勘探工作经验，只要能好好地改造自己，还可以做一些工作。

鲁云超把图纸迭起来，并没有因为工作顺利地决定下来而感到轻松，心情仍然很沉重，他要认真地考虑思想检查的事。

第二天清晨，召开了全体人员大会，布置了工作，勘察马上展开了。陈子义和佟飞燕花费了三天的时间，探过铁牛洞，踏勘了铁架山的各个主要地方，做出了勘探设计。第四天下午，队里的几个领导干部和部分队员聚集在铁架山下，集体研究勘探设计。

太阳偏西，天空瓦蓝瓦蓝的，铁架峰映衬在蓝天之下，青虚虚地高接天际，巍峨峻美地屹立着，仿佛想和勘探员们较量较量似的。人们望着山峰，听陈子义讲解设计。

陈子义的脖子上挂着望远镜，手里拿着图纸。老头的记忆力很强，不翻本也不看图纸，面对着雄伟的铁架山，一边指点着一边滔滔不绝地讲。他认为铁架山是个有希望的矿点，根据地表勘察来看，全山各处都发现矿石露头，矿石的含铁量很高，埋藏量可能也很多。但是山上的岩层很不稳定，怕矿脉互不连接，矿体太薄太小，不值得开采，会出现云罗山的情形，因此要做许多勘探工作才能揭开铁架山的谜。为了尽快对铁架山做出初步估价，把所能进行的勘探手段都利用上，分几条线齐头并进。他讲得有理有据，条条是道，使大家很信服，一致同意这个勘探设计。

设计定下来后，人们正准备散开。陈子义收起图纸，摸一把胡子，向人们招招手说："同志们，跟我来，我还考虑一个方案！"

人们随陈工程师顺山根向左走去，来到了千丈壁下。陈子义托起望远镜往峭壁上望望，用手一指说：

"同志们，你们瞧！"

众人仰头望去，见峭壁一削千丈，倒斜砬子，时而齐刷刷，明晃晃的一削百丈，时而峭石兀立，巨石吊悬，象是随时都要滚落下来。峭壁半腰有成群的鸽子飞向石缝子归宿，蹬落的小毛石哗哗顺石壁飞滚。峭壁底下的深涧腾起雾气，更显得峭壁险峻。

陈子义扫了人们一眼，说："看见了吧！这千丈壁好象一刀把山劈开，造成天然的横断面，若是能爬上去把这段峭壁勘探清楚，就可以了解这半边的岩层情况，胜过钻探几百米。同时，峭壁上的岩层变化很复杂，火成岩活动的很厉害。我们搞地质勘探，是研究地壳里的各种岩层变化现象，推究它的生成原因，找出矿层和矿脉分布情况。因此，勘探清千丈壁，对我们了解矿脉情况和整个铁架山的地质情况都极为重要。"他说完推推眼镜瞅瞅肖平、葛锋和鲁云超，想看看几个干部的反应。

　　"对！"佟飞燕热烈地称赞说，"陈工程师不愧是地质界的老前辈，分析得很精辟，这太好啦？我们一定要勘察清千丈壁！"

　　肖平、葛锋和鲁云超都没有立刻表示态度。他们都仰脸望着险峻的千丈壁，思索着老工程师的意见的价值，想着如何爬上去勘察，对于这样的事，是不能草率决定的。

　　沉默地望了一阵，葛锋转脸向陈子义说："你这个意见非常好，我很赞成！不过，这个千丈壁太险要。老猎人刘老槐说，这个峭壁从来没有人敢登上去，野鹿不敢从峭壁顶上过，岩羊到此打颤颤，差不多每年都有岩羊滚下绝壁摔得粉碎，爬这个地方可得好好想办法。"

　　经葛锋这一说，使千丈壁又增加了神秘色彩，大家都仰头往上望。陈子义的灰白眉毛微微颤动着，用手托起望远镜观察这险要的峭壁沉思。千丈壁太险要，攀登上去勘探很不容易，弄不好会出人身事故。他有些犹豫了。

　　肖平继续望了千丈壁一阵，转脸瞅瞅陈子义，看出老头在犹豫，觉得应该给老头以支持，鼓励他说：

　　"你这个方案很好，给我们尽快揭开铁架山的谜提出了方案，至于如何爬法再研究。"

　　"对，"葛锋接过说，"爬上去能加快揭开铁架山的谜，我想我们就一定要爬上去勘探清这个千丈壁，关于如何爬法，发动群众去讨论，让大家共同去想办法。"

陈子义看局长和书记都支持自己，增强了信心。他放下望远镜，瞅瞅肖局长和葛锋，然后落到鲁云超的身上。

鲁云超很干脆地说："这个方案算确定了，现在开始研究爬壁勘察的方法吧！"

勘探员们纷纷议论起来，谈见解，出点子，互相间还有争论。

孙大立一声不响，站在一边，手捻着小胡子思索。这千丈壁，正面是又高又险，但是背面的坡度较缓，可以从后面爬上峭壁的顶端。他想：如果从后边爬上峭壁，再由上边一段一段地往下倒，这样是否就可以勘察了呢？

葛锋看见孙大立在捉摸，凑过来问："老孙，你有什么点子？"

孙大立说："这鬼地方实在是太险，连我这个老山羊都有点转轴子。"他继续察看了一会儿，又从陈子义手里把望远镜拿过来望望，又想了一下说："我想，这鬼地方，若是从下边往上爬很不容易，最好是从后面爬上峰顶，人挎上安全带，戴上柳条帽，用安全绳牵着，一段倒一段，这样会安全些，也能够在上边勘探了。"

"对呀！"陈子义被提醒了，忙放下望远镜，兴奋地说："老孙的建议可取，这样上去一名能干的技术员，再有一名给他做助手，两个人就行，其他的人分头上山勘察，铁架山的谜就可以快一些揭开！"

佟飞燕把辫子往后一甩说："我上去勘探！"

"我上去！"

"我上去！"

勘探员们都争抢着嚷，只有孙大立没有吱声。他将着山羊胡子望着队员们微笑，不用说助手的角色定是自己的了。

葛锋满意地想：这些人多么好啊，在艰险的任务面前，都那么奋勇向前。他依次把队员们瞧了一眼，最后落到鲁云超的身上，希望鲁云超发表意见。他看鲁云超望着千丈壁不吱声，向队员们说：

"千丈壁太险峻,在那上边工作可不容易,爬到半腰,往上望是巨石吊悬的石峰,往下看是望不到底的深渊,胆小的人一望就会头迷眼花,腿就会打颤颤,谁要爬上去,要有充分的思想准备!"

"让我上去吧!"佟飞燕精神抖擞地说,"我对爬峭壁有些经验,我保证能克服一切困难,勘察清千丈壁!"她转向陈子义求援说:"陈工程师,我对铁架山的矿脉情况已有了概括了解,我上去勘探是比较适合的。"

陈子义瞅着佟飞燕那矫健的身材,生气勃勃的神态,说:"论技术能力,论对铁架山的了解和爬山经验,你上去勘察最合适,不过,你是个女孩子,怕你的体力吃不消。"

佟飞燕充满信心地说:"我能吃得消,别看我是个女的,我的身体好,我有坚强的意志,不管有什么困难,我也能征服它!"

陈子义已同意让佟飞燕上去勘察,但他没有说话,转眼瞅瞅肖平和鲁云超。

鲁云超瞅瞅肖平,见肖平向他点头,转向佟飞燕说:"好吧,你跟孙大立上去勘察。"

勘探员们看队长已把爬上去的人定下来,会已经完事,准备往回走。葛锋拦住大家说:

"先不要忙。爬千丈壁的人虽然定下来,但是还有事情要做。大家要集中力量研究攀登办法,比如说,如何防止流石,遇见风化面怎么办?如果上下有困难,就得在岩壁上食宿,吃的喝的怎么解决?在那上边怎么样做勘察工作,两个人在上边怎么样干活等等,想的越周到越好,准备的越周密越好,千丈壁实在太险峻,不能有一点疏忽。大家都要开动脑筋,都要为攀登峭壁的人负责!"

红日紧贴西山巅,烧得西半天火红火红的,彩霞映照之下,空中的流云,起伏的峰峦,苍苍的森林都涂上颜色,到处红艳艳的,连山谷里升起的雾气都被彩霞染红了,缭绕飘动,奇幻得不可思议。散会后,勘探员们迎着晚霞，向宿营地奔跑。他们都沐浴在彩霞里，身上也被彩霞染红。

葛锋跟肖平站在原地没动。他怀着无比兴奋的心情望着彩霞奇景，想起了一句农谚："朝霞不出门，晚霞行千里"，看来明天又是个好天气，勘探工作将顺利地进行。经过几天来的勘探，对铁架山有了进一步了解，从勘察所得的资料表明，矿层分布很广，增加了希望。更使他高兴的是勘探员们的劲头很足，白天攀登一天的山，晚上回家搞资料搞到深夜，劝都劝不住。现在全面的勘探设计确定了，勘探工作更要加快地进行，不久就会初步揭开铁架山的谜了。

圆圆的红太阳渐渐西沉，霞光的色彩更加鲜艳。一只矫健的山鹰由森林里飞起，紧挨着山顶向西飞，那劲头，象是追赶西坠的红日。

肖平望着那只鹰，兴奋地说："老葛，你瞧那只鹰多么美！这情形就象有个童话里所说的一样，一只骄傲的雄鹰，它看太阳飞得高，很不服气，展开双翅去追赶红日。它飞呀，飞呀，总是追不上，最后追得太阳落下西山，它骄傲地向别的鹰说：太阳因为比不过它才红着脸钻入地下。现在这只鹰可要把太阳追到地里去了。"

那只鹰扇动着翅膀，迎着红日急飞，它被霞光映照，变成了金色的了。

葛锋笑着说："这是地质人员们的特殊享受，这样的景色，不是所有的人都有机会看得到的。"

肖平点点头说："对，这确实是个很好的享受，我们祖国的锦绣山河，各处有各处的特色，地质人员踏遍祖国的山河，能够欣赏到各种壮丽的景色！"

"是啊！"葛锋想起那天佟飞燕跟他说的话，向肖平说，"那些老地质人员很会欣赏山野景色。我们只能欣赏它的外表美，他们可以这样，一座山峰在他们的眼里看来，是活的，是运动着的，全山都是矿物质组成的，蕴藏着丰富的宝藏。"

肖平听着情不自禁地回头望望铁架山，这座巍峨雄伟的铁架山，不知埋藏了多少宝藏，勘探员们通过勘探，找出岩层构造规律和矿床成因，揭开它的全部秘密。他觉得这工作怪有意思。

肖平和葛锋一同往回走。他看到铁架山充满了希望，又看到勘探员们那高涨的情绪，心里很高兴，特别是佟飞燕给他留下很深的印象，这姑娘越锻炼越坚强。他忽然想起一件事情，微笑着向葛锋说：

"有人托我给你做媒人，你用不用？"

葛锋没有否认也没有说话，只是微微的一笑。

肖平看他不吱声，开心地说："为什么不说话呢？这就是说你同意我给你做媒了。据说，女方完全把心交给你了，而你，却忸忸怩怩，态度很不明朗。葛锋呀！这样会使姑娘伤心的。"他说着拍了葛锋一掌，笑了。

葛锋避开肖平的眼光，为此事曾闹了一场风波，觉得有些不好意思，禁不住脸红了。

肖平看葛锋不好意思，认真地说："你不要脸红，我赞同你们的婚事！"他说着亲切地向葛锋点点头。

葛锋看局长向自己正式表示了态度，很受感动，局长对人太关心了！他不知道局长从哪里知道得这么清楚，他想：不论是谁向肖局长说的，也是佟飞燕向人流露了什么。他想起那天晚上，佟飞燕在篝火边用歌声向他倾诉感情的时候，他没有用同样的热情回答她，伤了她的心。现在他想起来心里很不安，这种不安，是从那天晚上他知道了佟飞燕热烈地爱着他开始。他渴望小佟接近自己，他等待佟飞燕向自己表白。可是，佟飞燕又似乎是有意跟他疏远。现在他听见肖平的话，觉得也应该向姑娘表白自己的爱情。他想着，不知不觉地来到宿营地。

佟飞燕夹着一捆绳索由厨房里走出来，看见了肖平和葛锋，迎上前说："绳索满够用，安全带也是现成的，一切条件都具备。"

肖平看佟飞燕满面红光，劲头很足，很高兴地点了点头说："小佟，你要沉着仔细，周密地研究爬壁和勘察方案，可不能草率啊！"他禁不住又瞅了葛锋一眼，暗想：白冬梅说的对，他们两人结合到一起是再好也没有了。

佟飞燕说："我一定仔细！"她注意到葛锋的感情深重的眼光，敏感到他的感情有些奇特，似乎有话要说，静悄悄地等着。

葛锋站了一会儿，终于克制了感情的冲动，向她说："吃完饭要开会研究爬千丈壁的方案，你去准备一下吧！"他说完就随肖平走进厨房。

佟飞燕瞅着葛锋，感到有些失望，暗自责备自己太敏感，看来葛锋不过是对自己关怀罢了。她夹着绳索走着，抬头望望千丈壁，天黑了，险峻的峭壁在暮色笼罩下，黑巍巍的更显得险恶。她充满信心地想：明天就要攀登上去征服它了！

第二十五章

　　清晨，陈子义和葛锋同两个爬壁的人由后面爬上峭壁的顶端时，雾气还很浓，浑然一体的云雾把峭壁淹没，什么也看不清，只觉得云彩在脚下飘流，仿佛踏着云雾可以走到另个山上去。老工程师上得山来，稍微歇息一下就动手检查安全带和绳索，虽然在家时已检查过了，但临爬上峭壁前他还要进一步检查。葛锋站在峭壁的边上，望着峭壁思索着，怕有什么想不周到的地方。

　　两个爬峭壁的人，都离峭壁不远。佟飞燕穿着紧身作业服，辫子盘在头顶，戴着柳条帽，挎着安全带，背着挂包，腰间的皮带上别着铁锤，象一个英武的战士站在岩石上。她看老工程师细心的检查，对老头这样关怀自己深受感动。孙大立全副武装，背着沉重的干粮袋、水壶和爬壁及勘察用具，重量有二十多斤。他一只脚蹬在岩石上，一只手掐着腰，大口大口地吸着烟，准备过足了烟瘾，爬上峭壁后就不再吸了。

　　陈子义检查完，转脸瞅瞅两个人，叮咛说："你们上去要多加小心！"

　　佟飞燕满怀信心地说："请你放心，保险不会出任何岔子！"她的声音很高，故意让葛锋听见。

葛锋转过身来，瞧了两个人一眼，看两个人都已准备停当，方案想得很周密，觉得不必再叮咛了。他看了一下手表，手打凉棚望望天空，说：

"天不早啦，要是等雾气消散净，得到傍午，现在可以开始啦！"

孙大立应了一声，把绳索拴好，向佟飞燕点一下头。佟飞燕整了一下安全带，来到峭壁边，向陈子义和葛锋说了声"再见"，将身子一顺就爬下去。

佟飞燕手扯着溜绳，脚蹬着岩壁，向下爬去。她爬不远往下一望，呀！雾气滚处，露出险恶的峭壁，岩石呲牙咧嘴，巨石吊悬，底下是黑沉沉的千丈深涧。她有些目眩头晕，觉得眼前的大岩石来回晃动，自己的身体摇摇欲坠，她的腿有些颤抖。

孙大立看在眼里，用镇定的声调喊："不要往下看，要沉着！"

佟飞燕马上把头抬起来，这一瞧，她有些胆怯，然而揭开铁架山的谜的希望，领导上的信任，同志们的期望，都是鼓舞力量，这力量使她战胜了怯弱，定了定神继续往下爬。她的任务很不轻松，不仅要爬峭壁，还要边爬边勘察。她爬到一级石崖上站下来，仰头往上望望，已望不到顶上的人，她抖动几下绳索，报告这一段已经完成，可以倒第二段了。

轮到了孙大立，他就没有溜绳牵着，要凭他的爬壁本领在岩壁上爬行。他早已选好了自己的爬壁道路，扔下去绳索，就爬上了千丈峭壁。他脚蹬着岩壁，手攀着岩缝子，全身贴在岩壁上，就象壁虎爬墙一样，沉着地，稳重地，一步一步往下爬。

孙大立在离佟飞燕十几米的地方站下来，抹了一把脸上的汗，问：

"小佟，你觉得怎么样？"

"还好！"佟飞燕冲孙大立笑笑，抖一下绳索说："继续勘察！"

"好，继续勘察！"孙大立复诵一句，过来帮佟飞燕倒第二段。

峭壁，以险峻的凶姿向爬壁的人挑战，两人毫不示弱，但又是谨慎地爬下去，勘察下去。

佟飞燕经过两段的锻炼，又看孙大立爬的那么稳重，胆子壮了。她身子悬在岩壁上，靠着安全绳的牵引，双脚蹬着石壁，用扩大镜观察着岩石，又用嘴叼起扩大镜，从腰里抽出铁锤敲下标本，然后又左手拿本，右手执笔，画着草图，记录着岩层情况，姿态是那样干练矫健，从远处望真象一只落在峭壁上的雄鹰。

峭壁从底下望，象是齐刷刷的一削千丈，爬上来看，岩石呲牙咧嘴，交错横生，险崖倒竖，巨石吊悬，有的岩石缝子大得能容纳十来个人。许多地方用不着倒绳索，但有时遇见数十丈齐刷刷的光滑面，绳索都垂不到底，佟飞燕也不得不象孙大立一样地爬一段。

两个人正往下爬着，孙大立见前边的岩石长着青苔，岩面成灰，有风化迹象。他拦住了佟飞燕，在岩缝子里找块大石头，搬起来用力向那里砸去。只听轰隆一声响，冒起尘烟，风化岩石塌方了，大石头跳跃着飞滚，碎石哗啦啦顺石壁滚动，景象令人心惊。

孙大立用取石问路的方法，侦察了一阵，风化面很大，绕也绕不过去。他选择了一条路，自己拴上安全绳前去探路。他正爬着，突然脚下踏上一块风化岩石，忽隆一声滚落下去。他脚底落空，使他象打秋千似的悬在半空荡了两下，他双手控制住安全绳，试验着，顺侧面滑落下去。

孙大立站稳脚跟后，往旁边闪开，挥手向佟飞燕喊："顺我的道下来！胆要壮，脚要轻些！"

佟飞燕应了一声，整了一下背的东西，顺老孙的道爬下去。她站稳后，端起水壶喝了一口水，抹一把嘴巴说："往下勘察！"

"好！你要沉着，要稳当些！"孙大立往佟飞燕身边靠拢了些。他帮她往下倒，也负责探路，想尽办法多帮助她。

爬下去，勘察下去。发现矿层了，顺着矿体勘探，矿体延续到侧边的绝壁上。佟飞燕想追踪着矿体把它勘察清，往上望望，峭壁的坡度呈垂直形，齐刷刷，光秃秃的没个落脚的地方，她感到很为难，放过这段矿体是可惜的。

孙大立看出佟飞燕的心思，说："我来试试看！"他放下背着的东西，往双手唾了两口唾沫，搓了搓，双手攀着岩缝，脚尖蹬着岩面，一点点地往上攀登，胳膊累得发酸，腿有些发软，眼见要坠落下来。他坚持着，努力坚持着，一口气爬了上去，爬到岩顶，觉得眼前火花乱跳，疲乏地坐下来。

佟飞燕看着，情不自禁地喊："你这个老山羊，真有两下子！"

孙大立站起来，擦擦脸上的汗，一边往下顺绳索一边喊："你扯住绳索，我拉你上来！"

佟飞燕扯住绳索，脚蹬着岩面攀登上去。她整理一下身上的装束，开始进行勘察。她量量矿层的厚度，高兴地嚷："你瞧，这段矿层有多么厚呀！"

孙大立看看矿石，高兴地说："这太好啦！小佟，你大胆勘察吧，我尽量设法帮助你！"

佟飞燕继续勘察下去，爬下去。她正在敲打岩石，忽然一只岩鹰猛地向她扑来。她吃了一惊，忙举起手锤迎去，说的迟，来的快，岩鹰扑到她的头上，两爪差一点没把她的柳条帽抓掉，脸也被鹰的翅膀打破，没等铁锤打在鹰的身上，岩鹰飞了起来，旋了一圈又准备扑来。

孙大立大喊了一声，连忙靠拢过来，举着铁锤准备迎击，岩鹰被老孙的洪钟般的喊声吓坏了，在他们头上飞过来旋过去，不敢再扑下来。老孙心里明白，附近一定有鹰巢，不然它不会这样凶猛。他往四处看看，发现在不远的石缝里有个鹰巢，两只毛茸茸的小鹰探着头望着空中的老鹰。他说：

"小佟，快躲开这地方！那儿有个鹰巢，有小鹰，老鹰急啦！"

佟飞燕看看鹰巢，赶紧随孙大立离开那里。她随老孙爬到一边，停下来看看，手被岩鹰抓破了好几处，鲜血直流，脸上有两三处擦伤，摘下柳条帽看看，帽子也被抓坏了几根柳条，差一点没抓破头皮。她庆幸地吁了一口冷气，说：

"好家伙，真厉害，好险哪！"

"是呀!"孙大立也吁了一口气说,"这个突然袭击真使人吃惊,你若不是戴着柳条帽,这几爪就够你受的。"

　　岩鹰飞进巢里,稍时又飞了出来,象是在守卫似的,在窝巢的上空盘旋。

　　孙大立查看一下佟飞燕的伤痕,由挂包里拿出带来的红汞水和药布,给佟飞燕搽伤、包扎。他告诉佟飞燕说,岩鹰最护崽子,如果有什么动物企图伤害幼鹰,它拼死命也要保护,你若是再靠近些,它就要跟你拼命,非抓坏你不可。

　　听老孙这么说,佟飞燕暗暗庆幸。她仰头望望,岩鹰继续在头顶上盘旋,向它挥挥手锤,它仍然不肯离开。

　　孙大立给佟飞燕裹好伤,向她说:"加小心,注意着前边的情况!"

　　"好。"佟飞燕打开水壶,仰脖喝了一口,向孙大立说,"继续勘察!"

　　两个人继续爬下去,勘察下去。

…………

　　时间过得意外的快,不知不觉的太阳就落下西山。苍茫的暮色降临了。两个人站下来,仰头往上望望,险巍巍地望不到顶,往下望望,黑沉沉地望不到底,正处于峭壁的半腰,现在上也上不去,下也下不去,只好在峭壁上面露宿了。他们寻视了一阵,发现下边不远的地方有个大石缝子,可以容纳下两人,便决定在那儿宿下。

　　孙大立和佟飞燕爬到那儿,见石缝子很大,在石缝子前突出的石台上有一堆白骨,白骨堆里有两只又粗又大的羊角,一只断了半截,一只完好无缺。佟飞燕知道这是一只岩羊滚落到这里被卡住,留下这一堆骨头,看着心里很不痛快,抬脚就往下踢。

　　孙大立赶忙拦住她说:"别踢,把那只好的羊角给我留下。"

　　佟飞燕奇怪地问:"那么脏的东西,你留它干什么?"

　　孙大立把羊角拣起来,微笑地说:"你别看它脏,等我弄好了你就喜欢啦!"

佟飞燕不解地皱了皱眉头，让孙大立把大羊角拿走，把其余的羊骨头都踢下石崖。她靠石壁坐下来，这一坐，觉得浑身又酸又痛，又饥又渴。她打开干粮袋，干粮可不少，拿起水壶摇晃了两下，她有些吃惊，白天虽然没舍得喝，一次只是喝一口润润嗓子，但水已经没有了。

孙大立取下自己的水壶，交给佟飞燕说："我这里还有点，你喝吧！"

佟飞燕接过来摇晃几下，壶里还有半壶水，打开喝了一口，忽然想起老孙没舍得喝，又还给了他。

孙大立推了一下说："你喝吧！我锻炼出来了，几天不喝水也过得去。"他说着大口吃起干粮。

佟飞燕看孙大立不喝，自己也不喝，把水壶放下，拿起干粮吃。她正吃着，听见鸽子咕咕叫，还有些鸽子在石缝子前飞来飞去。这引起她的注意，抬头往石缝子里看看，发现有好几处鸽子窝，忙站起来去看，几只鸽子惊飞了，窝窝都有鸽蛋。她高兴地嚷："老孙，这儿有鸽蛋！"孙大立闻声站起来，同佟飞燕一起去找鸽蛋。两个人找了一阵，拣了四十多个鸽蛋，他们用鸽蛋解了渴。

苍蓝色的天空中出现了星星，光亮非常弱，连山的轮廓都看不清，佟飞燕往宿营地望望，看不清帐篷，只见那里闪着数点微弱的光亮。那个并不舒适的帐篷，她可很向往，爬一天的峭壁累得筋疲力尽，若是能够躺在帐篷里歇息一下多么好啊！她望着，禁不住想起了白冬梅，那次去铁架山时，白冬梅就说她一个人睡帐篷里很害怕，睡也睡不着，总是盼望自己回来。她想：白冬梅又该盼自己了，也许会在山下望着自己。她觉得应该跟家里联系一下，由挂包里拿出手电筒，打开冲着下边摇晃几下。她看没有任何反映，她明白这么弱的光亮下边是看不见的。

佟飞燕懈了劲，把手电筒装进挂包里，默默地坐着。忽然，东山顶上蒙蒙发亮，渐渐向外扩展，一轮又圆又大的月亮在山顶露头，在高高的峭壁上看，显得分外美丽。她愉快地想：在这上边也有好处，可以先看到初升的月亮。

孙大立望望月亮，从腰里拿出刀子，借着月光削羊角。

圆圆的月亮升高了，洁白的光辉洒下来，把山野照亮了，山野里的景物都显现出来。然而夜雾飘飘，暮色苍茫，青虚虚的山峰，苍苍的森林，象是披着一层薄纱，显得缥缈而绮丽。

佟飞燕打开散乱的辫子，一边勤奋地编着，一边探着身子望着月光。她并不是单纯欣赏月亮的美丽，内心有一种豪迈的感情。这儿是祖国的东北方，自己首先在这高接天际的铁架山上留下足迹，首先发现这山里的矿藏，首先爬上这千丈壁，同大家一起要敲醒这千年沉睡的铁架山。她想：铁架山的谜很快就要被揭开了，用不了多久就要开采，那时山下就会修起房屋架起机器，荒凉的深山就要变得很热闹。那时候若是坐在办公楼里回忆起今天赏月的事，该多么有趣。不过，她知道自己难得这个机会，没等条件变好就得离开，向更荒凉的深山进军。对这一点她一点也不抱怨，她希望踏遍祖国所有的深山，把宝藏都开发出来。

佟飞燕正幻想着，忽听"呜"的一声响，吓了她一跳。她转脸一看，原来是孙大立吹羊角发出的声音。她稀罕地瞧着，这只大羊角经过老孙的加工，变得干净可爱了。

孙大立又削了削，放在嘴上试吹了几下，这回声音更宽厚了。他吹了一个欢乐的小曲，看佟飞燕那么出奇，哈哈笑着说：

"我说等我弄好了你就喜欢啦，这不假吧！"

佟飞燕拿过羊角号，研究了一番，吹了吹，果然声音很洪亮，称赞地说："你这一套本领真令人佩服，太好啦！"

孙大立说："我这是跟鄂伦春人学的。我在大兴安岭当猎人的时候，经常跟鄂伦春人打交道。这种号是鄂伦春人在森林里的联络工具，人人都知道号音，一听见吹什么号，就知道是什么事。遇到敌人时，号声一响，不管是在什么时间，不管是男是女，不管做什么紧要的事，不管认不认识，不管平常有什么隔阂，闻听号声立即奔向出事的地点，参加到自己的队伍中来。"

"有意思！"佟飞燕很喜欢听这些新鲜事，对这个留着山羊胡子的老孙很喜欢。她又吹了几下，掏出手绢拴在号上，还给孙大立说："你吹响亮点，让家里的人听听！"

孙大立拿起羊角号，站起来，抹了一把嘴巴，冲着宿营地吹起来。那欢乐而洪亮的号音，传到宿营地，传到远方。

……清晨，孙大立醒来一看，天已大亮，东山顶射出太阳刚要升起的红光。他瞅瞅佟飞燕，小佟蜷曲着身子，头枕着挂包，双手捧着头，睡得很香。他知道这姑娘昨天累乏了，夜里也不得睡，不肯叫醒她，让她多睡一会儿。

孙大立打开挂包，拿出干粮，把还有点水的水壶放在干粮边，摆上昨晚喝剩下的几个鸽蛋。他把早餐都摆好后，佟飞燕仍然没醒，于是，他到边上去活动活动胳膊腿，眺望着群山，悄悄地等待佟飞燕睡醒。

太阳升起了，峭壁上首先照上阳光。这时，佟飞燕醒了。她睁眼一看，闪地跳了起来，爽朗地笑着说："喏，太阳都出来了！"她活动了一下，开始早餐。

饭后，佟飞燕盘起辫子，戴上柳条帽，挎上安全带，向孙大立点一下头说："走，继续往下勘察！"

"继续往下勘察！"孙大立复诵了一句，领头向下爬去。

两个人往下爬着、勘察着。……

第二十六章

　　午后两点来钟，佟飞燕和孙大立已勘察到离山根还有五六十米的地方时，听见下边有人喊他们。两个人往下一看，见肖平、葛锋、陈子义和白冬梅站在峭壁下，正在向他们挥手。他们高兴地向下挥手答应。

　　葛锋向他们挥手喊："你们下来吧，剩下那段以后再去勘察！"

　　孙大立和佟飞燕画完记号，马上往下爬。佟飞燕象个刚打胜仗的战士一样，忘了疲劳，一边往下爬一边嚷："好消息，千丈壁上有九层矿体，最厚的矿层有四十来米，真叫人喜欢！"她顺着岩壁滑下来，到地上没站稳跌了一跤。陈子义忙过去想扶她，她咯咯笑着站起来，伸手从挂包里掏出一迭草图递给陈子义。

　　陈子义一手接过草图，一手扶着小佟的肩膀，激动地打量着她。小佟满身是泥土铁锈，衣服也撕烂了，腿上和胳膊上有几处渗着血迹，脸上抹得黑一道红一道的，明亮的大眼睛闪着光，还是那么生气勃勃的。他看着，爱抚地替她拍拍衣服上的泥土，激动得颤抖着胡子说：

　　"你真是个好姑娘！"

　　佟飞燕热情地握了握老头的手，忙去跟肖平和白冬梅打招呼。她看葛锋在跟孙大立交谈，走了过去。葛锋看见佟飞燕向自己走来，上前一把抓住佟飞燕的手。他发现这只粗糙的手上血痕斑斑，没有握，小心翼翼地托在自己的手上掂了掂。感情深重地说：

"这两天可把你累坏啦！"

佟飞燕矜持地微微一笑，两眼注视着感情深重的葛锋，她明白这两天他是为自己担着心的。

白冬梅没有走上前，知趣地站在一边，悄悄地注视着两个人。她看出，两个人是互相爱慕互相关怀的，心里暗暗高兴。她想起自己给小佟父亲写的信，信寄走已有不少日子了，佟伯伯为什么还不给他们来信呢？她现在有些着急了。

另一边，肖平在跟孙大立交谈。满面风尘的孙大立，还是精神抖擞，兴致勃勃的。他从背后抽出大羊角号交给肖平说：

"昨天晚上，我吹的就是这个家伙，它响得很哪。"

肖平很感兴趣地接过来，见羊角弯弯的象个大月牙，羊角中间拴着个花手绢，还刻着精致的花纹，这个别致的乐器很着人喜欢。他吹了一下，果然很响，暗暗称赞老孙有办法。他把号还给了孙大立，转脸看看佟飞燕，佟飞燕已到涧边洗完了脸，回来坐在岩石上，让白冬梅帮她编着散乱的辫子。他听佟飞燕向白冬梅讲这两天在千丈壁上的情形，便凑上前去听。佟飞燕告诉白冬梅，这两天他们在千丈壁上，曾遇见数处风化面，一碰上就塌方，岩石轰轰隆隆滚下岩壁，很危险。有时遇见数十丈的光滑面，手无处攀，脚也无处蹬，全凭安全绳吊着坚持勘察。还遭受过岩鹰的袭击。惊险和劳累还算不了什么，渴的滋味实在难受，如果不克制，带的水连半天都不够喝，渴得嗓子都发燥，今天晌午干粮都没吃下去，现在还饿着肚子。肖平听着暗暗称赞：这两人是多么好的勘探员啊！

肖平抬头往山上望望，勘探员们散布在山上。有的在山坡上挖找矿沟，有的用探矿仪器勘测，有的沿着矿石露头画图，有的爬上石峰去敲打矿石标本，大家利用各种勘探手段去揭铁架山的谜。铁架山到底怎么样呢？他转脸瞅瞅陈子义，希望老工程师谈谈看法。

陈子义已看完千丈壁上的勘察草图，正在默默地分析推算。几天来他踏勘了全山，对整个铁架山的矿床情况大体上有了数，综合了所有的资料，心里已有个设想，有个估算，只等着勘探去证明。现在，经过勘探千丈壁所得的资料表明，自己的设想是对的，而且比自己设想的要好得多。他见肖平瞅他，郑重地说：

"肖局长，依靠现有的勘探资料，初步证明铁架山的矿埋藏量很大，而且矿体规整，便于开采，这是个有极大工业价值的大矿山。应该马上插上红旗，在这儿扎下营，抽调些人马，尽快组织力量进行深部勘探！"

大家听老工程师这么一说，都很兴奋。

白冬梅自报奋勇地说："我去插旗！"她没等谁说话，拎起白罩衫就往帐篷跑去。

肖平、葛锋和佟飞燕等人瞅着飞跑的白冬梅，都暗自高兴，这个姑娘也动起来了。

白冬梅跑远了，肖平转脸向陈子义问："陈工程师，你对铁架山有把握吗？"

陈子义捋着胡子说："我是个长胡子的人了，决不会说空话！根据现有的勘察资料来看，埋藏量起码在亿吨以上。肖局长，这儿应该马上进行大规模深部勘探，这个大型铁矿山会给国家提供丰富的矿石资源！"接着他讲起自己的根据，老工程师的估算是踏实的，是以勘探资料和他的几十年的经验为依据的，听他讲完再也用不着怀疑。

"好啊！"肖平赞同地说，他扫了几个人一眼，说："你们出色地完成了任务，我代表分局向你们祝贺！你们马上准备进行深部勘探，尽快地把详查勘探的设计搞好。我回去后立刻调给你们四百人、几台站探机，和能保证钻机开动的一些辅助设备。等到人员和设备一到，整个勘探工作就要马上展开！"

"好，我们马上着手准备！"葛锋兴奋地说。他抬头在山上寻找鲁云超，准备把老鲁叫来，叫他并不是为了争论谁是谁非，那个已经是过去的事了，而是要跟他商量如何做好准备，如何保证完成深部勘探任务，深部勘探要比普查的规模大得多，复杂得多，需要齐心协力去干。

肖平看葛锋望着山上，走过来问："你望什么？"

"我找老鲁。"

肖平挨近他些，说："我准备还让鲁云超跟你共同领导普查队，希望你要很好地团结他，帮助他！"

葛锋爽快地说："很好，我相信再经过一个阶段相处，我们会互相了解的，会搞好关系的，他经过一段痛苦的自我斗争后，会转变好的，我们会共同把工作搞好。"

肖平看葛锋的态度很诚恳，心里很满意，抓住葛锋的手，握得葛锋感到有些痛。

葛锋仰头望望铁架峰，怀着愉快的心情回忆着这一阶段的工作。队员们经过多少风霜之苦，经过无休止的争论，用尽了多少心血，到底把矿找到了，而且是个很有工业价值的大矿。这多么令人高兴啊，而使人更高兴的是，队员们经过这一阶段的艰苦生活锻炼，都在自己的前进道路上迈进了一步。他正沉思着，忽听远处有人喊，转头望去，见是刘老槐和小花由西山坡走下来，他扬手喊了一声，忙迎上前去。

刘老槐来到葛锋跟前，开口就问："铁架山的矿怎么样？"

葛锋告诉他说："铁架山是个大矿，我正想把这个好消息告诉你呢！"他向肖平介绍道："这就是那位老猎人刘老槐大爷，那是他的女儿小花。"接着又把脸转向刘老槐说，"刘大爷，这是我们分局的肖局长。"

肖平热情地向老头说："刘大爷，谢谢你啦！"

刘老槐向肖平鞠了一躬，笑着说："谢我干什么，我不过是跑跑腿，矿是你们找到的。"老头听说铁架山是个大矿，心里非常高兴，捻着胡子望着散布在山上的勘探员们，他对这些人很尊敬，埋在地下千万年的宝藏，这些人一到就开发出来了。

小花跑到佟飞燕的跟前，喊了一声佟姐，亲热地抱住了佟飞燕的脖子。佟飞燕也抱住她，说："小花，你来的正好，昨天我还在千丈壁上头呢。"小花松开了小佟，从腰里掏出三封信，交给佟飞燕说：

"这是你们的信，乡邮员送到我家，让我给你们带来。"

佟飞燕接过信，见一封是自己的，一封是给葛锋的，另一封是白冬梅的。她把葛锋的信交给他，自己退到一边打开父亲旳来信，见写着：

> 飞燕：爸爸为你祝福，你跟葛锋相爱我非常高兴。葛锋跟我在一起十来年，我很了解他，他是个品质很好，经过艰苦战斗生活锻炼，有为能干的人。你不要犹豫，订婚吧！我已经给他写信了。
>
> 父字

佟飞燕看完欢喜得热血沸腾，心扑通扑通蹦跳，脸上飞起彩霞。她觉得有些奇怪，自己并没有向父亲透露过自己的心思，父亲怎么会知道呢？她想了想，忽然想了起来：啊，这是葛锋给父亲去信了。她看了一眼葛锋，葛锋正跟刘老槐谈话，没理会小佟的心思。她暗在心里说："不用你那么沉着，我看你看完信向我说个什么。"她把自己的信揣进口袋里，看看小白的信，是小白妈妈来的。她们之间是不保密的，便打开来看，见写着："……罗伟自山里跑回来后，连咱家的门都没进，听说他跟你吹了，又去追求他的表妹，表妹也不理他，为这个跟他妈妈大吵一顿，……这些日子他闲荡着，到处碰钉子，谁都说他没有出息。妈妈我原来也没有主见，同意你们结婚，现在看他的人品，吹了好！干脆跟他一刀两断吧！……"她看完深深吸了一口气，认为小白摆脱罗伟是件好事。

佟飞燕仰头向山上找白冬梅，忽听顶峰上"通"地响起了枪声。她往顶峰望去，见白冬梅已在峰顶立起一面鲜红的旗帜，小白站在旗下，雪白的罩衫迎着太阳闪着亮光。

贺林站在白冬梅的身边，手里端着枪，放枪是为了通知所有的勘探员都知道，让人们都高兴高兴。

枪声震动了铁架山，震动了所有的勘探员。大家都仰脸向山上望去，看见了白冬梅插的红旗，知道了千丈壁的勘探效果很好，知道了铁架山的矿有工业价值。大家不约而同地都振臂欢呼起来，欢呼找到了矿，欢呼唤醒了千年沉睡的铁架山，欢呼铁架山的面貌从此要变样，欢呼自己对社会主义建设事业又做出了贡献！

佟飞燕知道白冬梅眼下正在跟着勘探员们欢呼，同大家一道享受这胜利的愉快。她认为罗伟的事是微不足道的，不必为她操心。她望着雄伟的铁架峰，望着插在高峰上的红旗，内心充满了快乐。铁架山使她受了多少累，流了多少汗，但铁架山没有辜负她，给她带来了无限喜悦。揭开铁架山的谜，是她对祖国的勘探事业又做出了一分贡献。

肖平被这个沸腾的场面感动了。队上的人都这样兴高采烈他是理解的，这个喜悦是经过激烈斗争和用艰苦的劳动代价换来的。跟大自然的斗争是艰苦的，但人与人之间的斗争也相当激烈。现在，摆在他们面前的任务仍然是繁重的，也不可能想象在前进道路上没有障碍。但是，他相信这个坚强的集体能够承担给他们的任务，能够战胜前进道路上的各种障碍，能够从这个胜利走向另一个胜利。他转脸瞅瞅站在身边的葛锋，葛锋仰脸望着欢呼的队员们，满脸是兴奋的红光，此刻他满腔是热情，浑身是力量，准备在队员们欢呼胜利之后，马上带领大家投入更紧张的战斗。肖平的眼光落到陈子义的身上，老头好象无动于衷，嘴衔着烟斗，眯着眼睛站在一边。不，老工程师此刻正在思索征服铁架山的大计，铁架山的蓝图已印在他的脑海里，他在思索，在判断，精神很集中，连肖平看他都没在意。肖平抬头找找鲁云超，找了一阵也没有找到。

　　鲁云超此刻站在山半腰，惊讶地仰脸望着顶峰的红旗。枪声震撼着他的心灵，这个意外的收获使他受了很大的震惊。眼下，他的心里有快乐，而更多的是自责的痛苦，几个月的事都一齐涌现在眼前，事实胜于雄辩，现在他不得不认错了。同时，也激起了他的力量，决心要挺起胸膛重新干起来。他觉得浑身发热，胸膛发闷，猛地敞开衣服，两个扣子被挣飞了！

　　贺林又对空连连打了三枪，枪声震得山谷发出洪亮的回音，贯满了整个山野。惊得山燕疾飞，岩鹰扇动翅膀高高飞起，象观察研究什么似的，在红旗的上空盘旋。

一九六〇年春初稿

一九六二年春一改

一九六三年六月一日三改毕

后　记

　　我想写一部反映地质勘探生活的书的愿望是很久了。我曾在地质勘探部门做过测量工作，在深山里跑了几年。在这期间，我接触过许多勘探员，有山林经验丰富的老地质工、白发苍苍的老工程师、充满豪迈盛情的男女青年技术员、干劲十足的钻探工以及服务在地质勘探部门的人们。他们在建设社会主义的伟大理想鼓舞下，不辞辛苦，不怕艰险，奔波在深山里，英勇地跟大自然斗争，为工业建设寻找资源。他们的英雄形象，深深地印在我的脑子里。地质勘探部门跟其他部门一样，这里也有矛盾斗争，而且有时也表现得相当激烈，因为在分散的艰苦的环境里更容易检验出人们的品格，还有那大自然的景象更是变化万千，当你进入深山，看眼前峰峦起伏，矫健的岩鹰和山燕在空中飞翔，林木茂密，溪水畅流，你会情不自禁的赞美：祖国的山河多么美好。但大自然是严峻的，你长年奔波在深山里，会遇到很多困难，会吃尽苦头。只有那些勇于克服困难的人，才配享受此中乐趣。总之，地质勘探生活是丰富多彩的，那些英勇的地质勘探者是值得歌颂的，在那个时候我就有这个愿望。

　　要实现这个愿望是有困难的。解放前我只念过六年书，失学后，在家里从事农业生产，又荒疏了。一九四七年参加了人民解放军，在军队里得到了党的培养，学会了测量技术，一九五二年转业到地质勘探部门工作。这时，虽然文化程度有些提高，但想写出文学作品仍然很困难。在我们这个社会里，处处有党的关怀和同志们的帮助，我开始练习写作不久，作家草明同志知道了，就吸收我参加了她辅导的文学小组，在草明同志的帮助下，陆续写了些反映地质勘探生活的短篇，为写这部中篇做了准备。在写这部小说的过程中，得到我所在单位党组织的亲切关怀，得到周围爱好文学同志们的帮助，得到春风文艺出版社的同志们的帮助。没有党的培养与支持，没有同志们的帮助，根本写不出来。非常感激党！非常感谢所有帮助过我的同志们！

这部小说，只写了一支人数不多的普查队的勘探活动，比起伟大的地质勘探事业、英勇的地质勘探员们所创造的业绩和丰富多彩的生活来，这仅是个小片断，而且写的很幼稚。我的愿望还有待将来去实现。

敬请读者教导、帮助。

李云德

一九六三年七月十一日